イケニエのロンリ
~THE SACRIFICE 2nd. HALF~

「……正直言って、
俺はあんたが少し羨ましいよ」

「……それはひょっとして侮辱ですの？」

「——御兄様。
脱がせてくださいまし」
カールの手が
少女の白い太股を
ゆっくりと這い
ガーターベルトの
金具を外す。

ストレイト・ジャケット 8

イケニエのロンリ

～THE SACRIFICE 2nd. HALF～

1212

榊　一郎

富士見ファンタジア文庫

88-31

口絵・本文イラスト　藤城陽

目次

Strait Jacket

1 (乱暴《らんぼう》な狂人《きょうじん》、囚人《しゅうじん》などに着せる) 拘束服《こうそくふく》

2 成長 (発展《はってん》) を妨《さまた》げるもの

序　章　王は選択し

OU HA SENTAKU SHI

昔々ある処《ところ》に小さな小さな王国が在りました。

領土《りょうど》は小さく資源《しげん》も少なく決して豊かとは言えない国ではありましたが……王国は代々賢《かしこ》く優《やさ》しい王様が治めていて国民は慎《つつ》ましくも平和な暮《く》らしを送っていました。

しかしある時——王様の許《もと》に恐《おそ》ろしい魔神《まじん》がやってきて言いました。

「王よ。小さく貧しい国の王よ。毎年俺様《おれさま》に十人の男女を生《い》け贄《にえ》として差し出すが良い」

それはとんでもない要求《ようきゅう》でした。

国民は国の礎《いしずえ》です。国民無くしては王族も貴族《きぞく》もありません。だから『決して国民を蔑《ないがし》ろにするなかれ』——それは代々王家に伝わる家訓《かくん》でありました。

けれど魔神はその醜《みにく》い顔を歪《ゆが》めてにたりと笑いながら言いました。

「無論《むろん》タダとは言わぬ。生け贄を差し出せばその度《たび》に俺はお前の望むモノを何でも一つ与《あた》えてやろう。お前からの貢《みつ》ぎ物に対する俺様からの贈《おく》り物という訳《わけ》だ」

魔神が言うにはそれはモノであるのならば何でも良いとの事でした。

大量の金塊《きんかい》でも。

雄大《ゆうだい》な宮殿《きゅうでん》でも。

絶世《ぜっせい》の美女でも。

至高《しこう》の美食でも。

あるいは――

空を飛ぶ絨毯《じゅうたん》でも。

歌を謡《うた》う絵画でも。

山を斬《き》る魔剣《まけん》でも。

夢を操《あやつ》る錫杖《しゃくじょう》でも。

それがたとえ、今までに誰《だれ》も見た事も聞いた事も無い魔法《まほう》の道具であろうとも構《かま》わないと魔神は言いました――毎年十人の生け贄と引き替《か》えにそれを与えると。

「王よ。お前は何もする必要は無い。ただ『承知《しょうち》』とのみ答えよ。さすればお前は毎年十人の国民を代償《だいしょう》として望みのものを手に入れる。誰がその十人に選ばれるかはその時になってみないと分からない。俺様にもお前にも分からない。俺様にもお前にも選べない。偶然と運命だけが生け贄を選び得《え》るのだ。公平であろう？」

魔神は真っ赤な口を開けて笑いました。

人間の何倍も大きなその口には、鮫《さめ》の様に鋭《するど》い牙《きば》が何十本何百本と並んでいるのが見えました。きっと魔神は生け贄となった男女を、生きたまま頭からばりばりと食べてしまうに違いありません。何と恐《おそ》ろしい事でしょうか。

誰もが皆《みな》――当然、王様は魔神の申《もう》し出を断《ことわ》ると思っていました。

王様は頭が良い人でした。それにも増して優しい人でもありました。いつも家訓を守り、国民の事を何よりも大事にしている人でした。少なくとも自分の私利私欲《しりしよく》の為《ため》に、国民を生け贄に差し出す様な真似《まね》をする人ではありません。

だから残忍《ざんにん》な魔神の申し出に、怒《おこ》る事や嘆《なげ》く事はあっても、受け入れる事など万に一つも無い筈《はず》だ――と誰もが思っていました。

けれど……

「分かった」

しばらく考えた末に――あろう事か頷《うなず》いて王様はこう言いました。

「魔神よ――承知した。そなたとの取引に余《よ》は応《おう》じよう」

驚《おどろ》いたのはその言葉を間近《まぢか》に聞いていた大臣達でした。

大臣達は先《ま》ず自分の耳を疑《うたが》いました。そしてその言葉が聞き間違《まちが》いでないと知ると王様の正気を疑いました――王様は恐ろしい魔神を前にして恐怖《きょうふ》の余《あま》り頭がおかしくなってしまったのではないかと。

大臣達は口々に王様を諌《いさ》めました。

「王よ。我等《われら》が王よ。どうか落ち着いてよくお考えください」

「今からでも遅くありませぬ。魔神との取引をお止《や》めください」

「毎年十人もの国民を生け贄に差し出すなどとんでもない」

けれども王様はいつもと変わらぬ落ち着いた表情《かお》と口調《こえ》で言いました。

「大臣よ。よく汝等《なんじら》こそ考えよ。我等の務《つと》めは何であるか?」

すると大臣達は口を揃《そろ》えて言いました。

「王よ。考えるまでもありますまい。我等の務めとは国民に平和で豊かな暮らしを与える事です。我等の権能《けんのう》はその為に国民より託《たく》されたものでありますれば」

大臣達の答えに王様は大きく頷いて言いました。

「そう。だからこそ我は魔神との取引を受け入れたのだ」

「王よ。我等には王のお考えが分かりません」

大臣達は途方《とほう》に暮れてしまいました。

王様の言う事が大臣達には分かりません。生け贄を捧《ささ》げて王様の望みを叶《かな》える事がどうして国民の為になるのかが全《まった》く理解《りかい》出来ないのです。

困《こま》り果《は》てた大臣達に王様は言いました。

「人は死ぬ。どうあってもいつか死ぬ。その事実に優劣《ゆうれつ》は無い。王族も貴族も庶民《しょみん》も変わらず必ず死ぬ。それを無くす事は出来ない」

「王よ。それは自然の摂理《せつり》でありますれば仕方の無い事」

「されど大臣達よ。例えば城下《じょうか》で流行病《はやりやまい》が蔓延《まんえん》している時に、その病をたちどころに治す薬を魔神に要求したとすればどうなる？」

そうです。

人間はいつか必ず死にます。死なない人間は居ません。長命も短命も読んで字の如《ごと》く死の訪《おとず》れが遅《おそ》いか早いかの違いでしかありません。だから毎年——王国でも老若男女《ろうにゃくなんにょ》何百人何千人が死んでいきます。王様がどれだけ国を平和に治める事に心を砕《くだ》いたとしても、国民は必ず死んでいくのです。

事故《じこ》で。病気で。犯罪《はんざい》で。自殺で。

そこにたった十人が追加されたところで大差ないでしょう。偶然《ぐうぜん》によって増えたり減《へ》ったりする幅《はば》の内に含《ふく》まれる程度《ていど》のものでしかありません。

けれど……例えば王様の言った様な薬がもし在れば。

病に苦しむ何百人という国民が死なずに済《す》む事になるでしょう。何百人という国民が救われその家族や子孫までも含《ふく》めれば何千人何万人という人々が救われる事になるでしょう。

また――

「大臣達よ。例えば隣国《りんごく》が攻《せ》めてきた際《さい》、自ら動いて戦い隣国の兵士達を退《しりぞ》ける様な、鋼《こう》鉄《てつ》の兵士人形の軍隊が在《あ》ればどうなる？」

そのお陰《かげ》で何百人何千人という人々が戦場に立たずに済むでしょう。

それどころか、『鋼鉄の兵士が居るのであの国を攻めるのは無理だ』という評判《ひょうばん》が広まればそもそも戦争を仕《し》掛《か》けようと言う無謀《むぼう》な国は無くなるかもしれません。そうすれば罪《つみ》の無い他国の民《たみ》も死を免《まぬが》れる事が出来ます。

更《さら》に――

「大臣達よ。例えば自ら馬車よりも速く動いて、馬車よりも沢山《たくさん》のものを一度に運べる車が在ればどうなる？」

一見すればそれは人の生死には関係の無い事かもしれません。

けれどそれだけ便利《べんり》になれば、国の中で色々なものをあっちへこっちへと簡単《かんたん》に運べる様になるのです。例えば東の荒野《こうや》で飢《う》えている人々の許に、西の海岸で余《あま》って海に棄《す》てていた作物を腐《くさ》る前に運び届《とど》ける事だって出来る筈です。例えば北の村で仕事が無くて困《こま》っている人を、人手不足で困っている南の街《まち》へ送り届ける事も簡単になる筈《はず》なのです。

そうなれば人々の暮らしはより豊かになり貧しくて死んでいく人の数は減《へ》るでしょう。

「大臣達よ」

王様は以前と変わらない穏《おだ》やかな口調《くちよう》で言いました。

「一人の死を惜《お》しんで十人の死を見《み》逃《のが》せば我は暗君《あんくん》の誹《そし》りを免れまい。流された生け贄の血を我は無駄《むだ》にはせん。魔神に捧《ささ》げられし十人の若い男女は、千人の、あるいは万人の人々を救うだろう。その為ならば余は敢《あ》えて冷酷《れいこく》にも残忍《ざんにん》にもなろうぞ」

大臣達は王様の深い深いお考えにとても感じ入って、もう誰も王様に文句《もんく》を言ったりはしませんでした。

こうして——王様は魔神と毎年取引をし、その贈り物を得た王国は栄《さか》え、人々の暮らしはどんどん豊になっていったという事でした。

…………

…………

「それでおしまい……なの？」

飢えと寒さに小さく震《ふる》えながら幼《おさな》い彼は首を傾《かし》げた。

彼は聡明《そうめい》な子だった。

王国が栄えたのは良い事なのだと分かる。

同じ十人が死ぬのならば、無駄に死ぬよりも無意味に死ぬよりも、百人を生かし救う事の出来る『意義在《いぎあ》る死』の方を選ぶべきだとする考え方も、おぼろげながら理解《りかい》は出来た。

けれども——

「やっぱり十人の男の人とか女の人とかが殺されるんだよね」

無差別とはいえ確実《かくじつ》に十人の男女が毎年生け贄に供《きょう》される。

その事実は全く変わっていない。

救いが在るのはそれが百人千人を救う為《ため》の尊《とうと》い死であるというただ一点でしかない。

それは確かに意味の在る事なのだろう。

だが……もし自分がその十人の一人に選ばれたらと思うと、彼は納得《なっとく》する事が出来なかった。やはり彼は死にたくなかった。死ぬ事は怖《こわ》かった。たとえ自分一人の死が十倍百倍の他人を救うのだと言われても、それは彼にとっては何の救いにもなりはしなかった。

母は——僅《わず》かに困った表情を笑顔《えがお》に混《ま》ぜて言った。

「ソーセージ」

「……え？」

「ソーセージ……好きでしょう？」

「うん。大好きだよ。美味《おい》しいもの」

彼と母──親一人子一人の貧しい生活。その日の糊口《ここう》を凌《しの》ぐのが精一杯《せいいっぱい》の二人にソーセージやハムを含《ふく》め肉類など滅多《めった》に食べられるものではない。だからこそごくごくたまに口にする事の出来るソーセージは彼にとって最高の御馳走《ごちそう》なのだった。

「でもそれは」

母は憐《あわ》れみを含《ふく》んだ微笑《びしょう》で言った。

「牛さんや豚《ぶた》さんを殺してお肉にしたものなのよ」

「…………」

彼は言葉に詰《つ》まった。

ソーセージが肉で出来ているのは知っていた。

肉が生き物の身体の一部だという事も知っていた。

だが幼い子供にありがちな楽観的思考《らっかんてきしこう》から──彼はそれまで二つの事実を繋《つな》げて考えた事は無かった。事実《じじつ》の先に在るものについて明確《めいかく》に意識した事は無かった。自分が食べているものとて何かの『死』──つまりは『犠牲』の上に成り立っているものなのだとは。

牛や豚は殺される。

その肉をソーセージにする為に。彼の大好きなソーセージを作《つく》る為に──彼が美味しいと思うその食べ物を作り出す、それだけの為に牛や豚は殺されるのだ。何も知らずに育てられて人間の都合と嗜好《しこう》によって殺される。

それは確かに人間を育てる糧《かて》にはなるだろう。

だがそれが牛や豚にとって慰《なぐさ》めになるのだろうか？

「……ソーセージを食べるのは悪い事なの？」

「違うの。ソーセージだけではないの。人間は、生き物は、何かを食べなければ生きていけないの。それは植物でも動物でも同じなの。植物だって生きているの。それを人間は刈《か》り取って、粉《こな》にして、焼いて、パンを作っているのよ」

「…………」

そう言われれば途端《とたん》に自分がひどく罪深《つみぶか》い存在の様な気がした。

自分の存在は大量の犠牲の上に成り立っている。

ただ今日の糧を口にするだけでもそこには一つの——場合によっては何百、何千、何万の死が潜《ひそ》んでいる。そう思うだけで彼は眩暈《めまい》がした。自分はなんて浅ましい生き物なのだろう。死をついばまねば生きていけない怪物《かいぶつ》だ。

恐《おそ》らく——彼の表情が強張《こわば》った意味に母は気付いたのだろう。

彼女は優《やさ》しく笑いかけながら言った。

「神様がね。人間に『生きなさい』ってそうした諸々《もろもろ》の命を与えてくださったのよ。牛さんや豚さんや羊さんも、神様が、そうして人間に与えてくださったのよ」

「でも……」

異論《いろん》を口にする息子に上から覆《おお》い被《かぶ》せる様にして母は言った。

「だからきちんと神様と、それからカールの為に死んでお肉になってくれた牛さんや豚さんに感謝《かんしゃ》しないとね」

「……感謝すれば……いいの？」

「そう。私達は食べなければ生きていけないの。だからそれは仕方の無い事なの。その事を悲《かな》しんだり恨《うら》んだりしてはいけません。ちゃんと感謝して――その事を受け入れなければいけないのですよ」

「………分かった……」

彼は頷いた。

そう――確かに食べなければ人間は生きていけない。

人間だけではない。他《ほか》のどんな生き物だって食べなければ生きていけない。水と光だけで育っている様に見える植物ですらもが、肥料《ひりょう》という形で生き物の死骸《しがい》を栄養《えいよう》として取り込《こ》んで行く。生命とはそうしたものだ。常《つね》に何かが何かを犠牲《ぎせい》にして生命《いのち》は成り立っている。例外は無い。

だからそれは仕方の無い事。

悲しんでも怒《おこ》っても憎《にく》んでもどうにもならない。生命の在り方の否定《ひてい》――犠牲とそれに支えられる存在の否定は、最終的には自分自身の存在をも否定してしまう事になる。

だから受け入れるしかない。

そういうものなのだと。

母は幼い彼にそう説《と》いた。

しかし……

（……でも母さん）

彼は心の底で呟《つぶや》く。

（じゃあどうして……人は死ぬ事を怖《おそ》れたり悲しんだりするんだろう？　どうして誰《だれ》かの犠牲になって死んでしまう事を怖がったり悔《くや》しがったりする様に人間は出来ているのかなあ……？）

植物は多分……喰《く》われても泣くまい。

人間も、たとえ何かの生け贄にされたとしても、誰かの繁栄《はんえい》の犠牲にされたとしても、それを当然として心安らかに死んでいけるのなら……良かったのに。むしろ生け贄にされる事を喜べる様な気持ちが最初から在ればこんなに苦しまずに済んだのに。

どうしてそもそも死への恐怖《きょうふ》や生への執着《しゅうちゃく》が人間には在るのだろう。

（……どうして……）

考えると彼は恐ろしくて恐ろしくて泣きたくなった。

考えれば考える程《ほど》に徒労感《とろうかん》と虚無感《きょむかん》に苛《さいな》まれて彼はいたたまれなくなった。

生命とは元々そういうものなのだから。

神様がそういう風に決めてしまっているのだから。

だからどうしようもない。

でも……ならばどうして神様は人間に恐怖などという気持ちをも与えたのだろう？

（こんな気持ちが無ければ……きっと）

ずっとずっと穏《おだ》やかに人は暮らせたのだろうに。

無論《むろん》……聞き分けの良い母想《おも》いの息子であった彼は、無意味な質問を母に浴《あ》びせて困らせる様な事は無かった。恐らくそれは母に問い掛《か》けても納得《なっとく》のいく答えは得られない類《たぐい》の疑問であると、本能的に悟《さと》っていたのだろう。

そう。彼は頭の良い子供だった。

だから……

（……人は…………）

五年後に母が病《やまい》で亡《な》くなるまで——彼がこの話を蒸《む》し返す事は二度と無かった。

第一章　異形は夜を奔り

IGYOU HA YORU WO HASHIRI

街《まち》の夜景《やけい》を揺《ゆ》るがす轟音《ごうおん》と共《とも》に、空中で爆炎《ばくえん》が弾《はじ》けた。

衝突《しょうとつ》する攻撃魔法《こうげきまほう》と攻撃魔法。

奇《く》しくも共に使用呪文《じゅもん》は『第一の劫火《ごうか》』──〈ブラスト〉。

攻撃魔法としては基本中の基本である。対人戦闘用《せんとうよう》として見た場合、その破壊力《はかいりょく》は明らかに過剰《かじょう》──命中すれば確実《かくじつ》に相手の生命を奪《うば》い去《さ》る文字通りに必殺《ひっさつ》のものとなる。元は対装甲車輌用《たいそうこうしゃりょうよう》に記述開発《きじゅつかいはつ》された軍用の魔法《ソーサリイ》であり、無限《むげん》ともいうべき復元能力を持つ魔族《メレヴエレント》ですらも、急所《きゅうしょ》に命中すれば一撃《いちげき》でその生命を絶《た》つ事が可能だった。

だが──

「──！」

レイオット・スタインバーグは爆風《ばくふう》と衝撃《しょうげき》を避《さ》けて跳《と》び下がる。

彼の放った攻撃魔法〈ブラスト〉は想定《そうてい》していた位置よりも遥《はる》かに手前で発現《はつげん》していた。

元々……魔法は相互干渉《そうごかんしょう》を起こし易《やす》い。

そもそも魔法とは行使者の認識《にんしき》を現実事象《じしょう》に転換《てんかん》する技能である。意識内の仮想領域《かそうりょういき》に魔法回路として構築《こうちく》された事象誘導機関《フェノメナイズ・エンジン》が、現実の事象に干渉して空想を現実に引きずり出す。

だが認識は人間の数だけ存在し……それに対して干渉対象《たいしょう》である現実は一つしかない。故《ゆえ》に同時に至近距離《しきんきょり》で、しかも同じ系統《けいとう》の現象の具現《ぐげん》を目的とする事象誘導機関が稼働《かどう》していた場合、事象誘導機関同士が物理界面に顕現《けんげん》する優先順位《ゆうせんじゅんい》を争って相互干渉を起こす事になる。

その結果がどういう形で顕《あらわ》れるかは——実は魔法士達にも分からない。

魔法同士が打ち消し合って対消滅《たいしょうめつ》する場合も在れば、共鳴《きょうめい》の様な現象を引き起こして当初想定されていたものの数倍に及《およ》ぶ効果を発揮《はっき》する場合も在る。ごく稀《まれ》な例ではあるが全く当初の魔法とは別の——予想だにしなかった現象として発現する場合も在る。

今回はその発現位置がずれる事になったのだ。

「——なるほど？」

石畳《いしだたみ》の地面に身を沈《しず》めて爆風をやり過ごしながらレイオットは呟《つぶや》いた。

言うまでもなく今の彼は愛用のモールド〈スフォルテンド〉を装着《そうちゃく》した状態である。

魔法士用特殊拘束装甲服《とくしゆこうそくそうこうふく》——通称《つうしょう》『モールド』。

それは未《ま》だ戦いが剣《けん》や槍《やり》によって行われていた時代、騎士《きし》が帯《お》びていた、板金鎧《プレート・メイル》を彷彿《ほうふつ》とさせる。鋼鉄《こうてつ》を強制的《きょうせいてき》に人の形に添《そ》わせる事で造り上げられる異形《いぎょう》の人型であった。

だが……かつての騎士の鎧《よろい》と異《こと》なり、そこに装飾性《そうしょくせい》は皆無《かいむ》である。機能《きのう》がそのまま形状として顕れたかの様な、無骨《ぶこつ》な金属《きんぞく》部品によって頭頂《とうちょう》から足下《あしもと》にまで覆《おお》い固《かた》められたその姿は、ひどく威嚇的《いかくてき》で——しかし同時に研《と》ぎ澄《す》まされた刃物《はもの》の如《ごと》く、何処《どこ》か禁欲的《きんよくてき》でひたむきな美しさが備《そな》わっている。

それは現代に生きる魔法使い達の装束《しょうぞく》。

不用意に魔法を使えば人間である事を辞《や》めねばならないこの時代において、人間を人間である事に繋《つな》ぎ止める為《ため》の鋳型《モールド》。特にレイオットの着用する〈スフォルテンド〉は戦闘用に特化《とっか》したタクティカル・モールドと呼ばれる種類のものであった。

「見掛《みか》けによらず攻撃魔法は正統派《せいとうは》か？」

レイオットは何処か興奮《こうふん》を含《ふく》んだ口調で言った。

一撃で人間を爆砕《ばくさい》する程《ほど》の破壊力をぶつけ合いながら、しかしこの戦闘専門の魔法使い——戦術魔法士《タクティカル・ソーサリスト》には、この状況《じょうきょう》を愉《たの》しんでいるかの様な様子がある。普段《ふだん》はひどく気《け》怠《だる》げな空気を漂《ただよ》わせているだけに、戦闘の愉悦《ゆえつ》に滾《たぎ》るその様子は大きな落差を生んで目立つ。

「…………」

相手は——無言《むごん》。

それもまた異形《いぎょう》の存在だった。

だがレイオットの〈スフォルテンド〉が未だ人型の範疇《はんちゅう》に収まるのに対し——相手の帯《お》びるその鋼鉄は『人』の範疇を大きく逸脱《いつだつ》した輪郭《りんかく》を示《しめ》していた。

既存《きそん》の概念《がいねん》の中に最も近いものを探《さが》すとすれば、神話や伝説の領域《りょういき》に踏《ふ》み込《こ》む事になるだろう。それは未だ大真面目《おおまじめ》に神が現実のものとして語られていた時代……人智《じんち》の及《およ》ばぬ荒野《こうや》や森林や海洋の奥《おく》に存在すると信じられていたものだった。

上半身は人間。下半身は——馬。

まるで馬の首を切り落とし、やはり両足を切り落とした人間を接《つ》ぎ木の如《ごと》く無理矢理《むりやり》に繋《つな》いだかの様な、奇怪《きかい》な形状。共に哺乳類《ほにゅうるい》でありながらも、結果的に三対《つい》——昆虫《こんちゅう》の如く六本の手足を持つに至《いた》ったその姿を、異形と呼ばずして何と呼べば良いのか。

だが——そこには何故《なぜ》か均衡が在った。

無理に異《こと》なるもの同士を繋ぎ合わせた形状であるにもかかわらず、その輪郭にはある種の優美《ゆうび》ささえ在った。人馬一体という言葉が在るが——優《すぐ》れた騎手《きしゅ》と騎馬《きば》がまるで一つの生物であるかの様に一体感を醸《かも》し出すのと同じく、この人と馬の合成物の形状《けいじょう》には奇妙《きみょう》な一体感が在った。

異形ではあるが決して醜悪《しゅうあく》ではない。

しかもそれは生物ではなかった。

その表面は全《すべ》てレイオットのモールドと同じく、鎧状の鋼板によって覆われている。剣と槍が幅《はば》を利《き》かせていた中世の戦場では、馬にも装甲《そうこう》を被《かぶ》せる事があった様だが――それを更《さら》に徹底《てってい》させた様な印象《いんしょう》が在る。やはり生身の肌《はだ》が晒《さら》されている部分など頭頂から爪先《つまさき》まで何処《どこ》にも無く、見方によってはまるで様々《さまざま》な鋼鉄の部品を掻《か》き集めて造り上げた前衛《ぜんえい》芸術《げいじゅつ》の様な印象すら在った。

人の姿を半《なか》ば以上棄《す》ててはいるが――そこにはモールドと類似《るいじ》の点が多数見受けられる。

とはいえ……

(まさか中にあのままの形の生身が居る訳《わけ》じゃないだろうしな……)

相手の様子を窺《うかが》いながらレイオットは考える。

『呪《のろ》った者を魔族化《まぞくか》させる』と噂《うわさ》される謎《なぞ》の異形の存在――俗称《ぞくしょう》〈黒騎士《くろきし》〉。

その正体は不明である。だがまさか本当に半人半馬の肉体を持つ魔法士が居る筈《はず》も無い。無論、魔族化してしまった魔法士は人間の姿を大きく逸脱した肉体を持つに至《いた》るが、その場合には改めてモールドを装着する筈も無い。魔族は基本的に狂気《きょうき》に支配された怪物であり理性的《りせいてき》な行動を採《と》る事は殆《ほとん》ど無いからだ。

（となると……）

恐《おそ》らくは何らかの方法であの四本脚《あし》を制御《せいぎょ》しているだけで——実際《じっさい》には普通の人間が中に入っているのだろう。魔法を使ってきた事からもそれは間違いない。

伝統工芸品《でんとうこうげいひん》の中には発条《ゼンマイ》で本物の様に動く馬の人形なども存在するが、少なくとも魔法の完全機械化は実現出来ていない以上——〈黒騎士〉の中が全て自動機械の類《たぐい》という事も有《あ》り得《え》ない。

まして……

（いくらなんでも機械制御であそこまでは出来ないだろうし……一体どうなってんだ？）

レイオットが見る限り〈黒騎士〉の動きは機械的なものではない。生きた馬そのもののけである——いやそれ以上に滑《なめ》らかな動作をしてのける。歯車や発条といった機械部品の組合せだけであも複雑な動きを、しかも幾通《いくとお》りも臨機応変《りんきおうへん》にして見せる事が出来るとは到底《とうてい》思えなかった。

（いや……もしかするとこいつ……）

レイオットは〈黒騎士〉と睨《にら》み合いながら考える。

時と処《ところ》は――深夜の街路《がいろ》。

辺りに人影は見られず、風景を塗《ぬ》り潰《つぶ》そうとする夜の暗黒《あんこく》を、街路沿いに並《なら》べられた街《がい》灯《とう》が辛《かろ》うじて追い払っている。世界を塗り潰すのは、闇《やみ》よりやや手前の中途半端《ちゅうとはんぱ》な灰色。

この為か、昼間と同じ街の風景であるにもかかわらず――見えるもの全てが何処《どこ》か古びてくすんだ様な雰囲気《ふんいき》を漂《ただよ》わせていた。

何処か遠くでサイレンの音が鳴り響いている。

恐らくは短時間の間に大量発生した――発生させられた――魔族事件《ケースSA》の対処《たいしょ》に警察署《けいさつしょ》も消防署《しょうぼうしょ》も追われているのだろう。

魔族は意志を持った小型の極致災害《きょくちさいがい》だ。法律的《ほうりつてき》にもそう定義《ていぎ》されている。魔族がその尋《じん》常《じょう》ならざる魔法能力を行使して暴《あば》れ回った後には、大量の死傷者《ししょうしゃ》と瓦礫《がれき》の山が築《きず》かれる。火災や倒壊《とうかい》といった二次災害で死傷者が出る事も珍《めずら》しくない。

(とりあえず応援《おうえん》だの何だのは期待できんか)

発生した魔族の等級にもよるが……警察の対魔族狙《そ》撃《げき》部《ぶ》隊《たい》であるSSSや他の戦術魔《タクティカル・》法士《ソーサリスト》は魔族への対処で手《て》一杯《いっぱい》であろう。もっとも元よりレイオットは他者の助力をあまりあてにしてはいないのだが。

むしろ問題は通常の対魔族戦と異なり現場《げんば》封鎖《ふうさ》が成されていない事である。

街中に響き渡るサイレンの音に興味を引かれて、のこのこと一般市民《いっぱん》が出てくるだけでレイオットとしては何倍も戦い難《にく》くなる。他人の生死をいちいち気に病《や》む程《ほど》の善人《ぜんにん》でもないが——一般市民を戦闘の巻き添《ぞ》えにして死なせるのはやはり気分が良くない上、過失《かしつ》だの何だので後々面倒《のちのちめんどう》な事になる可能性も高い。特に裁判沙汰《さいばんざた》にまでなると無資格《モグリ》の戦術魔法士たるレイオットは何かと旗色《はたいろ》が悪いのだ。

何はともあれ——

（まずはこいつがどれだけの手札《てふだ》を持っているかを見極《みきわ》めないとな……）

レイオットは〈黒騎士〉を睨み据えながら考える。

現状《げんじょう》では相手の戦力が分からない。

戦闘においてそれは致命的《ちめいてき》とも言うべき不利であった。

攻撃手段。攻撃精度《せいど》。攻撃可能回数。破壊力。運動能力。防御力《ぼうぎょりょく》。体力的限界。いずれも戦闘の結果を決める上で重要な要素《ようそ》である。これが予《あらかじ》め情報として与えられている場合と与えられていない場合では状況が全く異《こと》なってくる。

無論、魔族相手の場合は考えても仕方がない処《ところ》が在るのだが——その代わりに魔族は己《おのれ》の魔法能力を振り回すだけで基本的に戦術《せんじゅつ》というものを持たない——相手が人間となるとその情報の読み合いが勝敗を分ける可能性も在った。

しかも——

（とりあえず最大威力《いりょく》で吹《ふ》っ飛ばすって訳にもいかんし）

相手が魔族ならただ強力な魔法で殲滅《せんめつ》すれば良いだけだ。

だが人間相手となると——少々ややこしい。

別に今更《いまさら》『人殺しなんか出来ない』と綺麗事《きれいごと》を言う積もりは無い。レイオットが魔族狩り専門を標榜《ひょうぼう》しているのは、単にそちらの方がより過酷《かこく》な戦場を求める彼の性癖《せいへき》と合致《がっち》していただけの事である。自分に敵意《てきい》を向けている人間を相手に戦意《せんい》を鈍《にぶ》らせる程、レイオットはお人好《ひとよ》しではない。

だが……この〈黒騎士〉に関しては謎《なぞ》が多過《おおす》ぎる。

一体何を考えて行動しているのか。そもそも〈黒騎士〉の中に居るであろう人間は何者なのか。次々と人間を魔族化させている様だが——そんな事をしてこの〈黒騎士〉には何の得が在るというのか。あるいは元より理由など無い狂気《きょうき》の行動なのか。

それらの詳細《しょうさい》が明らかにされぬまま〈黒騎士〉を跡形《あとかた》も無く吹っ飛ばしてしまえば、後に禍根《かこん》を残す事にもなりかねない。今は未《ま》だ〈黒騎士〉が単独犯《たんどくはん》かどうかさえ分からないのだから。

（もう少しつついてみるか……？）

言うまでもなく先にレイオットが放った〈ブラスト〉は小手調《こてしら》べだ。

元々発現点を相手から一メルトルばかり手前に設定《せってい》してあった。高い威力を持つとはいえ、直撃《ちょくげき》でない限りその破壊力は距離に対して等比級数的な減少《げんしょう》を見せる。たとえ〈黒騎士〉が無防備《むぼうび》に立ち尽くしているだけだったとしても、装甲で覆われている以上、即死《そくし》はまず有り得なかっただろう。

また——約一メルトル手前というのは使い慣れないスタッフである事も考慮《こうりょ》しての数字であった。

数日前の戦闘でレイオットは〈スフォルテンド〉と対《つい》になっていた本来《ほんらい》の魔法増幅器《スタッフ》を失っている。今は代わりに変換《へんかん》アダプタを嚙《か》ませて、本来は別のモールドに装着されていたスタッフを〈スフォルテンド〉に、接続《せつぞく》しているのだ。

無論、この代用品のスタッフでも基本的な機能《きのう》に問題は無い。だがやはり使い慣れた品と異なる為に微妙《びみょう》な部分——出力調整《ちょうせい》や照準《しょうじゅん》修正《しゅうせい》に誤差《ごさ》が出る可能性が在った。

「…………」

ゆらりと〈黒騎士〉が動く。

その巨体が石畳を蹴《け》って横へ——レイオットを中心に弧《こ》を描《えが》く様に走り始めた。

「ふむ……？」

身構《みがま》えつつレイオットは右手の魔法増幅器――スタッフの操桿《そうかん》を前後させて無音詠唱《ダムキャスト》。まるで獲物《えもの》に喰《く》らい付く隙《すき》を窺《うかが》う肉食獣の如く〈黒騎士〉はレイオットを中心として弧を描いて走っている。

次に来るのは魔法か――それとも他の攻撃手段か。

突如《とつじょ》として〈黒騎士〉の胴体《どうたい》の一部が割れた。

跳ね上げられた装甲の下から発条《ばね》仕掛けの様に飛び出してきたのは、回転基部《ターレット》に取り付けられた小型の短機関銃《たんきかんじゅう》である。ちきちきと虫の鳴く様な音と共に旋回《せんかい》した凶器《きょうき》はその銃口をレイオットの方に向けた。

「――!」

レイオットは咄嗟《とっさ》に横へ跳躍《ちょうやく》。

同時に一瞬《いっしゅん》前まで彼が占《し》めていた空間を、乾《かわ》いた射撃音《しゃげきおん》と共に十数発の銃弾《じゅうだん》が連《つら》なって薙《な》いでいく。それらはいずれも先にモールド・キャリアを銃撃した際《さい》と同じく徹甲弾《てっこうだん》であるらしく――近くの街灯に当たった一発は反対側にまで抜け、中心に風穴《かざあな》を開けられた支《し》柱《ちゅう》は耳障《みみざわ》りな鋼鉄の悲鳴を上げながら傾《かたむ》いた。

無論……モールドなど簡単《かんたん》に貫通《かんつう》してしまうだろう。

「イグジスト!」

レイオットは無音詠唱しておいた魔法を発動させる。

選択呪文《せんたくじゅもん》は〈デフィレイド〉。

瞬間的に展開《てんかい》された力場《りきば》平面《へいめん》が殺到《さっとう》する銃弾の連なりを受け止める。元々砲撃《ほうげき》を遮蔽《しゃへい》する為に記述開発された〈デフィレイド〉の力場平面は、高い貫通力を秘《ひ》めた徹甲弾をも難《なん》なく防《ふせ》ぎ、弾《はじ》き飛ばされた小さな鋼《はがね》の凶器《きょうき》はいずれも周囲の地面や建物の壁《かべ》に食い込んで停《と》まった。

同時に銃声が止《や》む。

恐《おそ》らくは弾倉交換《だんそうこうかん》の為だろう——短機関銃が一旦《いったん》〈黒騎士〉の内部に引き込まれる。

この隙を逃がさずレイオットは〈デフィレイド〉を解除《かいじょ》。

同時に左腕で腰の後ろのホルスターから愛用の大口径《こうけい》回転式拳銃《けんじゅう》〈ハード・フレア〉を引き抜いて——撃《う》つ。

轟音《ごうおん》と共に放たれ夜気《やき》をぶち抜き一直線に〈黒騎士〉へと飛ぶ四五マグナム弾。レイオットの放ったそれは徹甲弾でこそないが、まともに命中すれば薄い鉄板《てっぱん》などぶち抜いてしまうし——たとえ貫通できなくとも強烈な衝撃を内部に与《あた》える事になる。

命中……すれば。

「——やはり駄目《だめ》か」

呟《つぶや》くレイオット。

次の瞬間、彼に向けて再び銃口を覗《のぞ》かせた短機関銃から銃撃の雨が降《ふ》り注《そそ》いだ。

跳躍《ちょうやく》し、更《さら》には石畳の上を転がってこれを避《よ》けるレイオット。

彼を追って銃弾の列が路面《ろめん》に火花を散らしていく。当然モールドの薄い装甲では徹甲弾を受け止める事は出来ない。当たればレイオットの負けだ。

対して──

（銃は通用しないと思った方がいいな）

レイオットの放った四五マグナム弾は空中に静止《せいし》していた。

弾かれたのでも外れたのでもない。まして装甲を貫通出来なかった訳でもない。まるで超高速度撮影《ちょうこうそくどさつえい》の様に銃弾は〈黒騎士〉の肩部装甲に命中する直前で、空中に浮《う》かんだまま停まっているのである。

（どんな魔法か知らないが──魔族の魔力圏《ドメイン》と同様《どうよう》の機能《きのう》が在るって事か）

魔族に銃弾は効かない。

魔法を使う生物として特化している魔族は魔力圏と呼ばれる空間を己の周りにまとう。『魔族の本当の肉体』とも呼ばれるこの随意領域《ずいいりょういき》は、物理法則よりも魔族の意志を優先《ゆうせん》し、その存在を守る。一定以上の脅威《きょうい》と思《おぼ》しき運動物体や火炎、衝撃《しょうげき》、その他諸々《もろもろ》を全《すべ》て防ぐ事が可能だ。

しかも中級以上の魔族となるとこの絶対防御を無意識かつ恒常的《こうじょうてき》に纏《まと》う。

この為、通常の銃弾では魔族の肉体に達《たつ》する事さえも出来ないのである。無論、魔族はその脳細胞《のうさいぼう》の半分以上を破壊しない限り無限に再生する為、一発や二発の銃弾がその肉体の末端《まったん》に到達《とうたつ》した処《ところ》で、さしたる意味は無いのだが。

（新式《しんしき》の魔法？　しかし——）

実の所……人間も魔力圏を帯《お》びる事は出来る。

しかし魔族と異なり人間は魔法を際限《さいげん》なく使う事は出来ない。効果時間の長い魔法、あるいは効果範囲の大きな魔法はそれだけ拘束度数《デュラビット》を多く消費《しょうひ》する。常時《じょうじ》かつ全方位、しかも弾を跳ね飛ばすのではなく弾道《だんどう》を歪《ゆが》めるのでもなく、空中に停止させる程のものとなると——あまりに拘束度数の消費が激《はげ》しく実戦《じっせん》で使うのは現実的ではない。

無論《むろん》……技術は進歩するものだ。

〈黒騎士〉が使っているのも新しく記述開発された魔法とモールドで、少ない消費拘束度数で長時間の効果を維持《いじ》出来るのかもしれない。

だが……

「何にしても——」

一瞬、銃撃が途切《とぎ》れた隙に身を起こすと、レイオットは走った。

何度も何度も〈デフィレイド〉で敵の攻撃を防いでいては、瞬《また》く間に拘束度数を消耗《しょうもう》してしまう。銃弾が効かない以上、〈黒騎士〉を倒すのには魔法が必要である。拘束度数は温存《おんぞん》せねばならない。

また先の銃撃から推測《すいそく》するに――〈黒騎士〉の装備する短機関銃の装弾数《そうだんすう》はおよそ三十。およそ三秒もかわしていれば弾切れの為に弾幕《だんまく》は途切れざるを得ない。短機関銃という精《せい》度《ど》の低い火器相手、しかも回転基部の動きはどうしても単純《たんじゅん》にならざるを得ない事を思えば、身のこなしで〈黒騎士〉の銃撃をかわすのはそう難しい事ではなかった。

とはいえ――

「どういう理屈《りくつ》か知らないが……これじゃ魔族と戦ってるのと大差無いな」

呟くレイオット。

いや――実際にはそれよりも遥《はる》かに不利だ。

魔族は思い付くままに魔法を振りまくだけでその攻撃はひどく散漫《さんまん》だ。

戦術も何も在ったものではなく――あるいは戦術魔法士と向かい合っている最中《さいちゅう》にも『戦っている』という認識《にんしき》が在るかどうかさえ疑問だった。その言動はむしろ遊んでいるかの様に無駄だらけで――だからこそそこに戦術魔法士達のつけ込む隙《すき》が在る。

だが〈黒騎士〉は違う。

戦闘慣《せんとうな》れしているかどうかまでは分からない。だが今までの戦いぶりを見る限り魔族の様に大きな隙《すき》は在るまい。少なくとも状況と相手を把握《はあく》し、分析《ぶんせき》し、そこから対応《たいおう》を組み立てる事の出来る理性が在るのは間違いない。

しかも銃弾が通じない事に加えて、威力の強い魔法で単純に殲滅——という訳にはいかない事を考えれば、レイオットの手数《てかず》は自《おの》ずと限られてくる。

その一方で〈黒騎士〉側にしてみればレイオットを殺すのには何の躊躇《ためら》いも持ち合わせてはいないだろう。

「手段を選んでる場合じゃないか……」

呟きながらレイオットは後退《こうたい》。

〈黒騎士〉から一定の距離を取る。

そして——

「シモンズ監督官《かんとくかん》！」

路肩《ろかた》に停《と》まっているモールド・キャリアに——その陰《かげ》に居る筈《はず》の魔法監督官に向けてレイオットは叫《さけ》んだ。

「手を抜いて勝てる相手でも無さそうだ——悪いがしばらく気絶《きぜつ》でもしててくれ！」

「――え？」

咄嗟《とっさ》には意味が分からなかったのか、少し間の抜けた声が返ってくる。

モールド・キャリアの陰から上半身だけを出してこちらを見ているのは、栗色《くりいろ》の長い髪《かみ》と眼鏡《めがね》が特徴《とくちょう》の若い女性官吏である。元々小柄《こがら》で童顔《どうがん》な為にきょとんとした表情を浮かべていると妙《みょう》に幼《おさな》い少女の様な雰囲気《ふんいき》が在る。

ネリン・シモンズ。

労務省《ろうむしょう》魔法管理局の二級魔法監督官。

眼鏡の奥で何度か瞬《まばた》きし――そしてネリンは表情を引きつらせた。

「ちょっとスタインバーグさん!?」

レイオットの台詞《せりふ》の意味に気付いたらしい。そして恐《おそ》らくは彼が今から使おうとしている呪文《じゅもん》の種類《しゅるい》も。さすがは非公式とはいえレイオット・スタインバーグの担当監督官――彼のやりそうな事は想像がつくのだろう。

「我法を破り・理《ことわり》を超《こ》え・更《さら》なる力を欲《ほっ》する者なり！」

口頭呪文詠唱《リアルキャスト》――開始。

使用呪文は〈アクセラレータ〉。

「我は鉄人・我は巨人・我は超人《ちこうじん》――瞬《またた》く間なれど・与えよ・我に・人智《じんち》を超えた力を！

仮初《かりそ》めなれど・我が拳に・万物《ばんぶつ》を粉砕《ふんさい》せしめる・奇跡《きせき》を宿《やど》せ！　ソコム・ソコム・ラ・アスプ——」

レイオットの思惑《おもわく》に気付いたのだろう。

〈黒騎士〉は猛然《もうぜん》と彼に向かって突進《とっしん》してきた。距離を詰《つ》めてより確実《かくじつ》に仕留《しと》めようというのか——あるいはいっそその巨体でレイオットを踏み潰そうとでもいうのか。元々の背丈《せたけ》が高い事もあって迫《せま》り来《く》る鋼鉄の騎馬には疾走《しっそう》する大型トラックにも匹敵《ひってき》する威圧感《いあっかん》が備《そな》わっていた。

だが——レイオットは動かない。

三メルトル。二メルトル。一メルトル。

鉄槌《てっつい》の如き威力《いりょく》を秘《ひ》めた蹄鉄《ていてつ》が石畳を叩《たた》きながら肉薄《にくはく》する。ただの突撃とはいえ、そもそもの体軀《たいく》の大きさが違う。恐らくは重量《じゅうりょう》も。あの突進の勢《いきお》い込みで脚に蹴《け》られてはレイオットとて無事《ぶじ》には済むまい。

そして——

「〈アクセラレータ〉——イグジスト！」

〈黒騎士〉の前脚がレイオットのモールドに掛《か》かる直前——魔法が発動した。

同時に〈スフォルテンド〉の胸部拘束装甲から三つの拘束度端子が弾け飛ぶ。口頭《こうとう》による詠唱《えいしょう》の効率《こうりつ》の悪さと設定された効果時間の長さから、基礎《きそ》級攻撃魔法《きゅうこうげきまほう》ならば一つの消費である処を余計《よけい》に消費するのである。

そして——

「——！」

〈黒騎士〉の驚愕《きょうがく》する気配が互《たが》いの装甲越しに伝わって来る。

巨体の突進は停まっていた。

踏み降ろされてきた〈黒騎士〉の前脚をレイオットが左手一本で受け止めたからである。

身体能力強化の魔法——〈アクセラレータ〉。

その発動と共にこの魔法の使用者は呪文の文句通り超人と化す。

普段、人間が己《おのれ》の肉体に対して無意識に塡《は》めている枷《かせ》を〈アクセラレータ〉は外し——その結果として肉体構造《こうぞう》の限界にまで筋力《きんりょく》や反射神経《はんしゃしんけい》が高められるのである。効果時間や強化率の設定にもよるが、この魔法を使用中の魔法士《ソーサリスト》は灰色熊《はいいろぐま》と肉弾戦《にくだんせん》をする事すら可能となるのだ。

だが己の肉体に直接作用する魔法は、法律上その使用を禁止されている。

医療《いりょう》魔法士自身ですら魔法治療《ちりょう》を受けようと思えば他の医療魔法士に施法《せほう》を頼《たの》むしかないのだ。これは魔法の行使主体と行使対象が同じであった場合、内に閉じた作用体系の為に呪素《じゅそ》が魔法士に蓄積《ちくせき》し易《やす》く、モールドを着ていても魔族化の恐れが在るからだ、と言われているが——実を言えばはっきりとした根拠《こんきょ》は無い。

何にしても自分自身の肉体を対象とした魔法は、本来ならば違法《いほう》——即《すなわ》ち魔法監督官の前では使う事を許されないものだ。

また……〈アクセラレータ〉の効果はあくまで一時的なものだ。

己の肉体を『騙《だま》し』て強制的《きょうせいてき》にその性能を引き上げているに過ぎない。筋肉そのものの量や耐久性《たいきゅうせい》が向上する訳ではない。故《ゆえ》に当然ながらその無茶《むちゃ》な効果の反動は後で全身に食い込む筋肉痛と疲労感という形で返ってくる。設定された増幅率《ぞうふくりつ》にもよるが——効果が切れた後の半日ばかりは、まともに動く事も出来まい。

だが——今はそんな事を気にしている場合でもなかった。

「…………」

レイオットに脚を摑《つか》まれ動きを止められた〈黒騎士〉が——右手を振った。

金属音と共に右腕の部品が展開《てんかい》。わずか一瞬の間に折り畳《たた》まれていた部品が伸張《しんちょう》しながら互《たが》いに結合して長大な——二メルトルもの槍へと変化する。

腕部《わんぶ》に直付《じかづ》けされたこの凶器でレイオットを突き殺そうというのか、〈黒騎士〉は右腕を大きく振りかぶった。

だが黙って見ているレイオットでは無論《むろん》ない。

彼は〈黒騎士〉を転倒《てんとう》させようと手に力を――

「っ――!?」

レイオットは短く声にならない呻《うめ》きを漏《も》らした。

身体《からだ》の動きが鈍《にぶ》い。

いや……抑《おさ》え込まれている。

〈アクセラレータ〉を使用中であるにもかかわらず、水底に居るかの様にある種の抵抗《ていこう》が身体全体にまとわりついて動きを阻害《そがい》するのである。〈アクセラレータ〉を使っていなければそれこそ身動き出来なくなっていたかもしれない。

「これは……!」

レイオットは〈黒騎士〉から手を離して後方に跳び下がる。

同時に突き出された槍が彼のモールドの仮面をかすめて火花を散らした。

レイオットは更に身を沈めて移動。

刺突《ツキ》の動きで伸びきった腕と姿勢《しせい》を戻しながら――その動きに載《の》せて薙《な》ぎ払《はら》われた槍の穂先《ほさき》が、再び〈スフォルテンド〉の頭頂部を擦過《さっか》して抜ける。

異様《いよう》な速度であった。

後方に跳び下がった時点でレイオットにまとわりついていた奇妙《きみょう》な抵抗は消滅《しょうめつ》している。つまり最初の『突き』はともかく続く『薙ぎ』に関してはレイオットは〈アクセラレータ〉の掛《か》かった加《か》速《そく》された反応をしているのだ。

にもかかわらず〈黒騎士〉の動きはそれに難《なん》なく追従《ついじゅう》している——しかもレイオットに倍する程の巨体でだ。たとえレイオットの動きを眼《め》で追えたとしても、尋常《じんじょう》の膂力《りょりょく》ではこの長い槍を此処《ここ》まで素早《すばや》く振り回す事など出来る筈《はず》がない。重量物たるモールドを着用していれば尚更《なおさら》の事だ。

更に槍の刺突《しとつ》が繰り出される。

これも辛《かろ》うじてかわし、レイオットは斜《なな》め横へ跳躍《ちょうやく》。〈黒騎士〉の左側面に回り込みながら再接近。図体《ずうたい》が大きく槍自体も長い事から、左側が死角《しかく》になると踏《ふ》んでの事である。〈アクセラレータ〉により強化された脚力でレイオットは一気に間合いの内へと飛び込み、左の掌底《しょうてい》を〈黒騎士〉の胴体に向けて叩き込む。

だが。

弾丸にも匹敵《ひってき》するかと思われる程の一撃が——

（……！）

——空中でその速度を鈍《にぶ》らせた。

ごおん……

鈍《にぶ》い音が響く。

〈黒騎士〉は掌底を喰らって大きく身体を揺《ゆ》らしたものの……得《え》られた結果はただそれだけであった。〈黒騎士〉の胴体には傷一つ付いていない。本来ならばコンクリート壁でも打ち抜く程の威力を秘めた掌打《しょうだ》が、その威力を殆《ほとん》ど発揮《はっき》出来ていない。

「成《な》る程《ほど》なっ！」

再び跳び下がって身構《みがま》えながらレイオットは小さく頷《うなず》いた。

掌底の速度が緩んだのは無論レイオットの意図《いと》した事ではない。やはり唐突《とうとつ》に生《しょう》じた抵抗が打撃《だげき》の勢いを殺したのである。

それはつまり――

（……やはり魔力圏《ドメイン》の作用か）

魔族のそれとは若干《じゃっかん》異なる様だが――〈黒騎士〉が己を中心として展開《てんかい》する一定の領域内では〈黒騎士〉の意志が何よりも優先される。黒騎士がそれと望めば銃弾すらもがその中では停止してしまうのだ。

レイオットの動きを阻害した抵抗の正体はこれだった。

もっとも……魔族の魔力圏は意志を持たぬ無機物《むきぶつ》に対しては絶対的な効果を示すが、相手が人間であった場合、その効果《こうか》が明らかに鈍る。これは魔力圏に働きかける意志がその行使者のものなのか、たまたま内側に入り込んだ敵のものなのか区別がつかず、若干の混乱を引き起こす為だと言われていた。

言ってみれば魔力圏内に存在する他人の意志は、魔力圏に下《くだ》される命令信号に混入《こんにゅう》する信号雑音《ノイズ》なのである。音速に数倍する速度で飛来する銃弾をも空中停止させる事が可能な魔力圏が、レイオットの動きを完全に押し留《とど》められないのは、この為《ため》だ。

（という事は――だ）

レイオットは〈ブラスト〉を無音詠唱《ダムキャスト》。

超至近距離《ちょうしきんきょり》にてスタッフを〈黒騎士〉に向ける。魔族と同じく銃弾は停止させる事が出来ても魔力圏の圏内《けんない》から、しかも魔法攻撃を加えられれば防《ふせ》ぎ切れまい。魔力を帯びた攻撃は魔力圏への親和性《しんわせい》が高く――魔力圏が『排除《はいじょ》すべき異物《いぶつ》』として認識《にんしき》しにくいのである。

この際《さい》――相手の手足の一本位は吹っ飛ばす積もりでレイオットはいた。

魔力圏を帯びるという事は事実上魔族と同じ戦闘能力を持っているという事だ。しかも魔族と異なり〈黒騎士〉は理性で戦術《せんじゅつ》を組み立て己の能力を効率的《こうりつてき》に操《あやつ》る事が出来る。危《き》険《けんす》過ぎてとても無傷《むきず》で捕《と》らえる事など出来ない。

「その身体そのものも魔力圏で動かしている訳《わけ》か！」

「…………」

無論《むろん》――〈黒騎士〉は答えない。

代わりに猛烈《もうれつ》な勢いで槍がレイオットに向けて繰《く》り出された。

レイオットはしかしスタッフの先端《せんたん》を槍に絡《から》めてこれを弾《はじ》く。強制的に狙いを逸《そ》らされた槍の先端は虚《むな》しく跳ね上がって空中を貫《つらぬ》き、スタッフはぴたりとその先端を〈黒騎士〉の胴体に密着《みっちゃく》させた。

「――イグジスト！」

撃発音声《トリガーボイス》詠唱《えいしょう》。

同時に威力をやや絞《しぼ》り込《こ》んだ〈ブラスト〉の火球が炸裂《さくれつ》。

しかし――

「――!?」

〈黒騎士〉の身体は其処《そこ》には無かった。

スタッフの前から消えた巨体は――空中に在った。

一瞬で距離にして五メルトル近く後方に跳躍していたのだ。馬同様どころか……本物の馬にすら到底不可能《とうていふかのう》な動きである。まるで重力を無視したかの様な不自然極《ふしぜんきわ》まりない動きだった。

しかもその背後、灰暗色《かいあんしょく》の体躯《たいく》が跳躍によって描《えが》く放物線《ほうぶつせん》の途上《とじょう》には、街路脇《わき》に建つ雑《ざっ》居《きょ》ビルの壁面《へきめん》が在った。

そのまま壁面に激突する……誰が見てもそんな間抜《まぬ》けな結果を想《おも》い描いただろう。空中においては姿勢制御《しせいせいぎょ》までは可能でも、その軌道《きどう》を急激に変えるのは無理《むり》だ。

だが。

「——!!」

「え……な……なに!?」

遠くでネリンが愕然《がくぜん》と声を上げるのが聞こえた。

当然ではあろう。

彼女でなくても信じ難《がた》い光景ではあった。レイオットとて一瞬ながら己の眼《め》を疑った位だ。騙《だま》し絵を見ているかの様な違和感《いわかん》がそこには在った。

〈黒騎士〉は悠然《ゆうぜん》と立っていた。

建物の——壁に。

まるで重力の方向が変わったかの様に、その巨体を垂直《すいちょく》の壁の上に平然《へいぜん》と立たせているのである。無論、支《ささ》えるものは何も無い。見ているだけで平衡感覚《へいこうかんかく》が狂《くる》ってくるかの様な光景《こうけい》であった。

「――面白《おもしろ》い手品だ」

言いながらレイオットは無音詠唱。

一瞬驚きはしたがそこまでである。

壁に立とうが天井《てんじょう》にぶら下がろうが――射程範囲内《しゃていはんいない》であれば同じ事だ。普段から条理常識《じょうりじょうしき》の外側に棲《す》まう怪物《かいぶつ》を相手にしている戦術魔法士にとって、今更《いまさら》多少の奇術《きじゅつ》や奇芸《きげい》なぞ度肝《どぎも》を抜かれる程ではない。

選択呪文は〈ブラスト〉。

彼は〈黒騎士〉に向けて駆け寄る。

だが――

「――!」

ごろりと足下《あしもと》に転《ころ》がる小さな鋼《はがね》の塊《かたまり》。

それが何なのか理解した瞬間《しゅんかん》レイオットは全力で横へと跳《と》んでいた。

手榴弾《しゅりゅうだん》。それも――三発。

次の瞬間、それまでにも増して強烈《きょうれつ》な轟音《ごうおん》の連《つら》なりが辺りの空気を揺るがした。

路上《ろじょう》に膨《ふく》れあがる巨大な塊の如《ごと》き火炎と爆煙《ばくえん》。

だが——手榴弾の本当の威力《いりょく》は火炎でも衝撃《しょうげき》でもない。

最大の殺傷力《さつしょうりょく》を発揮《はっき》するのは爆裂《ばくれつ》と同時に加速され散弾《さんだん》の如《ごと》く飛来する大量の破片《はへん》である。この破片の殺傷力を向上させる為、手榴弾は敢《あ》えてその外殻《がいかく》に、破裂《はれつ》して飛散《ひさん》し易《やす》い様な凹凸《おうとつ》が刻《きざ》まれているものも多い。

「くっ——」

〈アクセラレータ〉によって強化された脚力《きゃくりょく》は重いモールドを着た彼をすら三メルトル以上も跳躍させていたが……三発の手榴弾の威力はその程度の距離などまるで無いものの様にレイオットへと届《とど》いていた。

恐らく生身であったなら全身に大量の傷を刻まれていた事だろう。

爆風と衝撃に逆《さか》らわずレイオットは地に転がる。目論見《もくろみ》通り大半の破片は伏《ふ》せる彼の頭上を通り過ぎていったが——それでも幾《いく》つかの破片がモールドの表面に食い込む衝撃と異《い》音《おん》が彼を包んだ。

そして——

「スタインバーグさん！」

ネリンの叫び声に——レイオットは寒気《さむけ》が背中を駆け上がるのを感じた。

近過《ちかす》ぎる。

反射的に振り返ったレイオットは、自分が蒸気式トラックの側に居る事に気付いた。

鋼鉄《こうてつ》の塊《かたまり》の様な四角い車輌《しゃりょう》の陰《かげ》にネリンと——そして更《さら》に小柄《こがら》な少女の姿が在った。

レイオット達の他《ほか》に人目が無いせいか、普段は目深《まぶか》に被《かぶ》っているフードを下ろし少女は己の身に備わった異形《いぎょう》を晒《さら》している。紅い髪《かみ》と紅い眼。そしてその間に——本来ならば眉《まゆ》毛《げ》の在るべき位置に備《そな》わる紅い球面。いずれも鮮《あざ》やかな血色をしたそれらは、彼女生来《せいらい》のものであり、彼女が尋常《じんじょう》の人間ではない事を示《しめ》していた。

CSA——先天性魔法中毒患者《ソーサリイ・アディクト》。

俗称《ぞくしょう》『半魔族《ハーフ・ブルート》』。

魔族《まぞく》に強姦《ごうかん》された女性が産み落とす忌《い》まわしき混血児《こんけつじ》。

それがレイオットの助手《じょしゅ》にして同居人であるこの紅い異形の少女——カペルテータ・フェルナンデスの素性《すじょう》である。顔立ちそのものはよく整《ととの》って愛らしいのだが、その常人とは明らかに異《こと》なる幾《いく》つかの『部品』と、何より人形の様な無表情のせいで、ひどく浮世《うきよ》離《ばな》れした雰囲気《ふんいき》を持つ少女である。

それはこの戦場の間近に在っても変わらない。

彼女はいつもの通り驚きも焦《あせ》りも刻まぬその白い顔をレイオットに向けて、ひたすら彼だけを見つめている。自分の身に迫《せま》る危険《きけん》などまるで関知《かんち》していない様な様子であった。

だが——
（——まずい）
レイオットは仮面の下で表情を歪《ゆが》める。
手榴弾の威力をやり過ごすべく、咄嗟《とっさ》に方向も確かめず跳躍した為に——レイオットは
ネリンやカペルテータの側《そば》に来てしまっていたのだ。とりあえず手榴弾の破片は彼女等の
前に停車した蒸気式トラックの車体が防いでくれていた様だが……これで更《さら》に〈黒騎士〉
からの追撃《ついげき》が来れば彼女等とて安全とは言えまい。
「——！」
レイオットの焦燥《しょうそう》を見越《みこ》したかの様に……放物線を描いて迫り来る二つの手榴弾。
いくら〈アクセラレータ〉が効《き》いていたとしても〈ブラスト〉を解除《かいじょ》して呪文選択をし
直している余裕《よゆう》は無い。レイオットは壁に立つ〈黒騎士〉の異形の奥で、何者《なにもの》かがほくそ
笑《え》むのが見えた様な気がした。
「隠《かく》れてろ!!」
彼女等にそう叫び——レイオットは撃発音声《トリガーボイス》を詠唱。
「——イグジストッ!!」
爆音。

空中で〈ブラスト〉を大きく上回る火炎の花が咲いた。

レイオットが発動させた〈ブラスト〉が空中で手榴弾を撃墜《げきつい》したのである。爆風と爆風が相殺《そうさい》し、余剰《よじょう》の破壊力《はかいりょく》が雪崩《なだれ》の様にレイオット達へと殺到《さっとう》してくる。腕を顔の前に――仮面の切れ込み《スリット》の前に翳《かざ》して眼を守りながらレイオットはそれに耐《た》えた。

立ちこめる煙の中でレイオットは呻《うめ》く様に呟《つぶや》く。

「……本気で戦車並か」

魔力。短機関銃。槍。そして――手榴弾。

何かと引き出しの多い相手である。攻撃力も防御力も重戦車並――あるいはそれ以上だろう。恐らく通常装備《つうじょうそうび》の警察官《けいさつかん》では百名集まっても止められまい。ある意味では魔族よりも遥《はる》かに厄介《やっかい》だった。

だが……

「…………」

〈黒騎士〉が動き出す。

爆煙《ばくえんご》越しにその巨体が壁を歩いて――昇《のぼ》って移動していくのが見えた。

さすがに銃弾や手榴弾の手持ちが尽きたのか、あるいは他《ほか》に何か急ぐ理由でも在るのか、〈黒騎士〉はレイオット達をそれ以上は追撃《ついげき》せず、平然《へいぜん》と重力を無視して雑居ビルの壁面を昇って屋上《おくじょう》へ向かっていた。

「——逃がすかっ！」

レイオットは立ち上がる。

武器が尽《つ》きたとなれば好機《こうき》だ。残り拘束度数《デュラビット》は六。未《いま》だレイオットは基礎級魔法ならば六回分撃てるだけの余裕《よゆう》が在る。そして既《すで》にレイオットは〈黒騎士〉を制圧《せいあつ》する為《ため》の戦法《せんぽう》を二つばかり考え出していた。

彼はスタッフを構え直し〈黒騎士〉を追うべく地を蹴った。

だが——

「スタインバーグさん！ 駄目《だめ》です！」

悲鳴じみたネリンの声に思わず立ち止まるレイオット。

「駄目です——モールドが！ 駄目ですよ！」

慌てふためきながら言う彼女の台詞《せりふ》の意味が分からず、束《つか》の間《ま》、レイオットは怪訝《けげん》な表情を仮面の下で浮かべる。彼女の悲鳴じみた叫びは聞き慣れているが、明らかにその慌て振りが普段《ふだん》と違う。

ネリンの言葉を補《おぎな》う様に——カペルテータがひどく冷静《れいせい》な口調《くちょう》で指摘《してき》した。

「レイオット。拘束度がもう在りません」

「……!?」

レイオットは改めてその意味を悟《さと》って己《おのれ》を包む〈スフォルテンド〉の胸元《むなもと》に視線を落とした。

黒い拘束装甲《こうそくそうこう》の胸部。

そこには先の手榴弾の破片が幾《いく》つか食い込んでいた。

無論《むろん》それは内側のレイオットには届いていない。胸部装甲はモールドの中でも殊更《ことさら》に頑《がん》丈《じょう》で装甲が分厚い部分ではある。だからこそレイオットは言われるまで気付かなかったのだが――

拘束度端子《たんし》が……無い。

食い込んだ破片を中心に胸部の装甲が大きく歪《ゆが》み、亀裂《きれつ》を走らせ、本来六つ残っている筈《はず》の拘束度端子が全《すべ》て抜け落ちてしまっていた。

つまり残り拘束度は――零《ゼロ》。

拘束度端子はただ残り回数を示すだけのものではない。誘導《ゆうどう》された大量の呪素《じゅそ》によって瞬間的に発生する魔法回路の過負荷《かふか》を、自ら弾《はじ》け飛ぶ事で解消《かいしょう》すると同時に回路遮断《しゃだん》し、逆流《ぎゃくりゅう》を防いでいるのである。

この状態では基礎級魔法の一発でレイオットは魔族化してしまう。

「くそっ――」

歯噛《はが》みするレイオット。

既《すで》に〈黒騎士〉は壁面を登り切り、雑居ビルの向こう側へと消えようとしていた。

咄嗟《とっさ》に〈ハード・フレア〉を構えてみたものの――彼はすぐに銃を降ろした。未だ魔力圏《ドメイン》が生きている以上、銃弾は通用すまい。機関銃か何かで大量の銃弾を浴《あ》びせかければまた話は別だろうが――魔力圏の処理容量《しょりようりょう》を『防御』に割《さ》かせて姿勢制御能力を崩《くず》す事が出来るかもしれない――わずか数発の銃弾では撃つだけ無駄だ。

「だ……大丈夫ですか？」

恐《おそ》る恐るといった様子で蒸気式トラックの陰《かげ》からネリンが尋《たず》ねてくる。

レイオットが戦う現場については彼女も見《み》慣《な》れている筈なのだが、此処《ここ》まで派手《はで》に〈スフォルテンド〉が破損《はそん》した処《ところ》を見たのは恐らく始めてだろう。歪みはともかく拘束装甲に亀裂が走るというのはさすがに珍《めずら》しい。

「とりあえずモールドの表面で破片《はへん》は停《と》まってるみたいだ」

言ってレイオットは〈スフォルテンド〉の肩や腕《うで》をざっと撫《な》でてみせる。食い込んでいた破片の幾つかが抜け落ちて石畳《いしだたみ》に跳《は》ねた。

「そうですか。良かった……」

安堵《あんど》でネリンの表情が大きく緩《ゆる》む。

その隣《となり》ではやはり無表情なままカペルテータがレイオットを見つめていた。

「……すまん。逃がした」

大きく溜《た》め息《いき》をつきながらレイオットは言う。

だがネリンは首を振った。

「仕方《しかた》ないですよ。あんな相手……むしろ生き残ってくれただけでも御《おん》の字《じ》です」

なんだかんだ言ってもネリンはレイオットの担当官を続けている内に、何度と無く魔族《ケース》事件《SA》の現場に立ち会っている。魔族や魔法戦闘を間近《まじか》に見た事も何度か在る。〈黒騎士〉がいかに難敵《なんてき》であったか——直接戦わなかった彼女にも理解出来るのだろう。

「そう言って貰《もら》えると気が楽だがね」

レイオットは言ってスタッフとモールドの接続《せつぞく》を解除《かいじょ》。

スタッフを蒸気式トラックに立て掛け、自らもその側部にもたれかかる。

「シモンズ監督官《かんとくかん》。カペル」

「——はい」

レイオットは担当魔法監督官と助手の少女を交互《こうご》に眺《なが》めて言った。

「何です？」

「悪いが……後始末《あとしまつ》頼《たの》む」

言ってレイオットは〈アクセラレータ〉を解除。

超人的な運動能力の反動として全身に食い込み始めた激痛《げきつう》と疲労《ひろう》を抱えながら、レイオットはずるずると蒸気式トラックの車体に沿《そ》って身を沈《しず》め……力尽《ちからつ》きて倒れるかの様な動作でその場に座り込んだ。

●　●　●

鈍《にぶ》い駆動音《くどうおん》と振動《しんどう》に包まれる装甲指揮車《そうこうしきしゃ》の後部指揮室内には二つの人影《ひとかげ》が在った。

「……たった一晩《ひとばん》でこれか……」

その一方――ブライアン・メノ・モデラート警視《けいし》は頭上を仰《あお》いで既《すで》に十回目になろうかという長い溜《た》め息《いき》をついた。

袋小路《ふくろこうじ》に迷《まよ》い込《こ》んだかの様な漠然《ばくぜん》たる圧迫感《あっぱくかん》が彼に嘆息《たんそく》させるのである。上を向いたのは、繰り返される自分の溜め息が狭《せま》い指揮室内に充満《じゅうまん》していく様で息苦しいからだった。もっとも頭上を仰いでも、すぐ鼻先に天井《てんじょう》が在って息苦しさが増すばかりではあったが。

四角く厳《いか》つい髭面《ひげづら》には苦渋《くじゅう》の表情が色濃《いろこ》い。

彼は元より四六時中何かに腹を立てているかの様に顰《しか》め面をしているが――今夜は普段《ふだん》

に比べても一際《ひときわ》、眉間《みけん》の縦皺《たてじわ》が深かった。

部下から受けた報告内容は惨憺《さんたん》たるものだった。

今晩に発生した〈黒騎士〉関連の魔族事件《ケースSA》は総計《そうけい》六件。

その内、ブライアン達が――警察《けいさつ》の対魔族狙《まぞくそ》撃部《げきぶ》隊《たい》SSSが倒《たお》した魔族《メレヴエレント》は三体。戦術魔法士《タクティカル・ソーサリスト》が倒した魔族が三体。六件のケースSAそのものはひとまず終焉《しゅうえん》した。

SSSの射殺《しゃさつ》した三体に関しては既《すで》に回収班が回収を始めている。戦術魔法士達が殺した魔族の死体に関しては恐《おそ》らく原形すら残らない有《あ》り様《さま》だろうが、これも現場に残された肉片《にくへん》なり体液《たいえき》なりが資料《しりょう》として回収される筈《はず》だった。今日から数日間、検屍《けんし》や科研《かけん》の連中は大忙《おおいそが》しだろう――特に魔族の解剖《かいぼう》だの何だのに興味《きょうみ》を持っているシェリル・アリア検屍官などは。

だが……

死傷者数五十二人。

内――死亡者数四十四人。

物的損害《ぶってきそんがい》の金額的《きんがくてき》計算は勿論未《もちろんいま》だ終わっていないが、現時点で判明《はんめい》しているだけでも車輛《しゃりょう》が七台、雑居《ざっきょ》ビル二棟《とう》、民家一軒《けん》、街灯《がいとう》十本が破壊《はかい》されている。恐《おそ》らく翌朝《よくちょう》にはこの倍の数が計上《けいじょう》されている事だろう。

更《さら》に言えば——この惨状《さんじょう》はわずか数時間での出来事なのだ。

ブライアンとしても溜め息をつかざるを得ない。

しかも……原因たる〈黒騎士〉は未だ逮捕《たいほ》されていない。

その正体も目的も分からない。故《ゆえ》にこの悪夢《あくむ》の様な一夜が今晩限りのものなのか、それともこれからも続くのか、当の〈黒騎士〉以外には誰《だれ》にも分からない。

また……対魔族事件戦力の要《かなめ》であるSSSや戦術魔法士が受けた損害《そんがい》も小さくは無い。

SSSの隊員が一名死亡。二名が重傷《じゅうしょう》。戦術魔法士も二名が負傷。

数字としては小さなものに見えるが、実際《じっさい》には深刻《しんこく》な戦力減である。こんな事件が連日起これば一週間と経《た》たずにトリスタン市内の対魔族事件戦力は摩耗《まもう》しきって機能《きのう》しなくなるだろう。

最早《もはや》SSSの予算がどうの、魔法士誘致《ゆうち》政策《せいさく》がどうの、などと悠長《ゆうちょう》な事を言っている場合ではない。動ける魔法士やSSSが居《い》ない状態で更に魔族が複数発生すればもう本当に打つ手は無いのだ。隣《となり》の市から戦術魔法士やSSS同様の部隊を呼ぼうにも連絡《れんらく》や手続《てつづき》の関係で時間が掛《か》かりすぎる。手間取っている間に魔族が上級魔族に変異《へんい》してしまえば……それこそ救援《きゅうえん》の代わりに、燃料気化《ねんりょうきか》爆弾《ばくだん》を満載《まんさい》した軍の爆撃機《ばくげきき》がやってきて街《まち》ごと一切合切《いっさいがっ》《さい》を吹っ飛ばす事になるだろう。

そうなる前に何とか事態《じたい》を収拾《しゅうしゅう》せねばならない。

その為《ため》には――

「……〈黒騎士〉か」

ブライアンは呟《つぶや》いて傍《かたわ》らの書類《しょるい》ケースから数枚の資料を取り出した。

今回、出動前に手渡されていた〈黒騎士〉に関するものだ。急遽設立《きゅうきょせつりつ》された対策本部《たいさくほんぶ》の関係者には同じ者が配布《はいふ》されている筈《はず》である。

実は受け取った時点で既《すで》にケースＳＡ発生の報《ほう》を聞いていたブライアンは、現場に急行する車内でざっと眼《め》を通しただけで、未だこの資料を詳細《しょうさい》に読み込んではいない。ただし資料といっても二枚のタイプされた文字主体の報告書と粒子《りゅうし》の粗《あら》い写真が七枚――それが全てである。〈黒騎士〉についてはその程度《ていど》の情報しか無いのだ。

無理《むり》もない話ではあった。

『〈黒騎士〉に呪《のろ》われると魔族になる』――それまであくまで都市伝説の領域《りょういき》に居た〈黒騎士〉の実在《じつざい》が確認《かくにん》されたのは、僅《わず》かに数時間前なのだから。むしろたった数時間でまとめ上げたにしては賞賛《しょうさん》に値《あたい》する量だとも言えるだろう、その殆《ほとん》どが意味の無い都市伝説の再解説《かいせつ》であったとしても。

灰暗色の異形《いぎょう》。

半人半馬《はんじんはんば》としか形容《けいよう》し様の無いその姿。

確かにそれは印象として鎧《よろい》を帯《お》びた騎馬《きば》の姿に見えた。特に写真の中では右手から長い槍状武器を伸ばしており——その輪郭《りんかく》は確かに騎兵槍《きへいそう》を携《たずさ》えている騎士《きし》の姿を連想《れんそう》させるものが在る。

〈黒騎士〉。

何の捻《ひね》りも無いが、それだけに順当《じゅんとう》と言えば順当で分かり易《やす》い通称《つうしょう》ではあった。

だが……

「……何が〈黒騎士〉だ」

苛立《いらだ》たしげにブライアンは呟いた。

騎士の家柄《いえがら》の出であり、その事を誇りにさえ思っている彼からすれば、こんな異形の怪《かい》物《ぶつ》に——そして恐らくは最低最悪の犯罪者であろう相手に——『騎士』の名が冠《かん》されるのは不愉快《ふゆかい》の極《きわ》みだ。

無論《むろん》……いわゆる『騎士』にまつわる高潔《こうけつ》な印象の大半が後付のものである事はブライアンも知っている。それは最も騎士が騎士として戦っていた時代ではなく、その存在がやや形骸化《けいがいか》を始めた時代に形作られたものだ。

騎士は——いや王侯貴族《おうこうきぞく》とそれに連なる者達全ては元を辿《たど》れば山賊《さんぞく》か海賊《かいぞく》だ。

たまたま組織が大きくなった結果として、それは国家の体裁《ていさい》を採《と》る様になっただけの事である。歴史を紐解《ひもと》けば誰にでも分かる事実だ。故《ゆえ》にその成立過程《せいりつかてい》に高潔さなど元々生じる余地《よち》は無かった。それはある種《しゅ》の余裕《よゆう》が生まれた時代——統治《とうち》が直接的暴力《ぼうりょく》ではなく法《ほう》律《りつ》と経済によって実行される様になった時代に権威《けんい》付けとして生まれたものだ。

だがそれでも——それだからこそブライアンは理想像としての騎士にこだわる。綺麗事《きれいごと》にしろ何にしろそれを取り繕《つくろ》わなくなった騎士などただの人殺しか、その末裔《まつえい》に過《す》ぎないからだ。貴族や王族も同じである。

そしてそれは公権力《こうけんりょく》にも同じ事が言える。警察《けいさつ》や軍隊《ぐんたい》は国家が合法として認《みと》める暴力機構《きこう》である。そこから理想とそれに殉《じゅん》じる信《しん》念《ねん》が失われればそれはただの——否《いな》、法律に守られている分だけ更《さら》に質《タチ》の悪い暴力装置《そうち》に成り下がる。

それはさておき……

「しかし……」

ブライアンの向かいに座っていたもう一人——彼の部下であるダリル・ローエングリン巡査《じゅんさ》がふと口を開いた。

「〈黒騎士〉が、本当に、存在していたとは、驚《おどろ》きです」

細かく台詞《せりふ》を区切り、まるでいちいち自分の口にした言葉を確かめているかの様な独特《どくとく》の木訥《ぼくとつ》な口調《くちょう》で彼は言った。熊《くま》の様に大柄《おおがら》な体軀《たいく》と小さな双眸《そうぼう》、それにこの喋《しゃべ》り方のせいで初対面の人間には愚鈍《ぐどん》な印象を抱《いだ》かれる事も多いのだが……その実、高い学歴《がくれき》を持ち、現場での判断力にも長《た》けた優秀な警察官である。

またダリルは射撃《しゃげき》能力にも秀《ひい》でており、名手揃《シャープシューターぞろ》いのSSS狙撃手《スナイパー》達の中においてさえ一、二を争《あらそ》う腕《うで》を持っている。

「てっきり、都市伝説の類《たぐい》かと、思っていました」

背中を丸めながら——大柄な彼は背筋《せすじ》を伸ばしていると頭が天井《てんじょう》を擦《こす》ってしまうのである——ダリルが言う。

「確かにな」

ブライアンは写真に視線を注《そそ》ぎながら言った。

元々ブライアン達は——警察は『〈黒騎士〉に呪《のろ》われたら魔族になる』という噂については全く信用していなかった。

この手の都市伝説は、突拍子《とっぴょうし》も無いものから妙《みょう》に説得力の在るものまで多種多様《たしゅたよう》、大量に生まれては消えていくものだ。警察がいちいちその全てを本気にして対応《たいおう》していてはきりが無い。そして〈黒騎士〉にまつわる流言蜚語《りゅうげんひご》はむしろ前者——突拍子も無いものの方

に属《ぞく》していた。

そもそも他人を恣意的《しいてき》に――強制的《きょうせいてき》に魔族化させるとはどういう事か。

それが技術的に可能かどうかという問題はさておき……そんな方法を開発し、検証《けんしょう》し、実践《じっせん》する事に何の意味が在るというのか。

魔族の存在は周囲の全てを等《ひと》しく破滅《はめつ》させる。それはまさしく法律が謳《うた》う通り問答無用《もんどうむよう》の局地災害《きょくちさいがい》だ。制御出来ないものは兵器としてすら意味がない。

わざわざこんな異形のモールドを創《つく》り出して運用するには、それなりの費用《ひよう》と手間《てま》が掛《か》かる筈だが――他に活《い》かせなければ全くの無駄《むだ》だ。まさか趣味《しゅみ》という訳《わけ》でもないだろうし、発作的《ほっさてき》な通り魔犯罪としては手が込みすぎている。

故に……〈黒騎士〉は続発する魔族事件の脅威《きょうい》に晒《さら》され続けた市民達が、恐怖《きょうふ》の余《あま》りに創り出した空想《くうそう》の産物《さんぶつ》だとブライアン達は考えていた。実際《じっさい》、類似《るいじ》の噂は過去に幾《いく》つか例が在る。

「しかし、これでとりあえず、〈憂国騎士団〉や、それに類する連中の、暴行事件は減るでしょうね」

顰《しか》め面《つら》で嘆息《たんそく》を繰り返すブライアンに気を使ってか……その草食動物を思わせる大きくも穏和《おんわ》な顔に、若干《じゃっかん》明るい表情を浮かべて言うダリル。

現在……トリスタン市警《しけい》の警察官達の頭を悩《なや》ませる問題は〈黒騎士〉そのものの他《ほか》にもう一つ在った。元を辿《たど》れば原因は〈黒騎士〉なのであろうが実質的《じっしつてき》には別の問題になってくる。

市民の暴行事件や暴動《ぼうどう》である。

『誰が魔族になるのか分からない』

そういう噂が流れ始めて随分《ずいぶん》になる。

魔族というのは不用意《ふようい》に魔法を使ってしまった人間のなれの果てだ。

本来、職業《しょくぎょう》としての魔法士か、あるいは違法《いほう》に製造《せいぞう》された密造《みつぞう》モールドの所有者、あるいは同じく非合法に製本《せいほん》された魔法の解説書《かいせつしょ》である〈黒本〉の所有者……といったごく一部の人間達が魔族になる危険《きけん》が在る。その中でも魔法士はその危険を覚悟《かくご》の上で成立する職業であるからこそ高給取《こうきゅうと》りなのである。

逆《ぎゃく》に言えば魔法を使わない限り魔族にはならない。

故にこそ魔法士でもなく、違法な物品《ぶっぴん》にも手を出さない『善良《ぜんりょう》な』一般市民《いっぱんしみん》には魔族の被害者になる恐れは在っても、自らが魔族化して加害者《かがいしゃ》になる可能性は皆無《かいむ》と言えた。

だが……

現実に黒本とも密造モールドとも縁《えん》の無い様な人間が、明らかに不自然《ふしぜん》な状況下で魔族化する事件が幾《いく》つか続いた。目敏《めざと》い人間が一連のその事件に気付き、彼等《かれら》の主張《しゅちょう》は噂となって世間に流布《るふ》――やがて人々は『いつ誰が魔族になるのか分からない』『今この瞬間に自分が魔族になるかもしれない』『あるいは自分の眼《め》の前の友人知人が魔族になるかもしれない』そんな恐怖を覚える様になっていった。

魔族化の常識《じょうしき》が崩《くず》れたのだ。

無論……こんな状態では人間がまともな社会生活を営《いとな》める筈《はず》も無い。

だが同時にずっと法治社会で暮らしてきた人々が、一気に無法《むほう》状態に陥《おちい》る筈も無い。その結果……意識的か、無意識的にかはともかく、人々は自分達が安心出来る新たな基準《きじゅん》を求める事となった。

自分達が魔族化しないという保証《ほしょう》を彼等は欲《ほっ》したのだ。

それが理屈《りくつ》にもならない譫言《うわごと》の類であろうとも彼等の精神の安定には必要なものだった。

結果的に――『分かり易《やす》く』『応用《おうよう》が利《き》き易く』『容易《たやす》く自分をその基準《きじゅん》の外側に置ける』新たな『常識』が市民の間で流布し始めた。

事実とは何の関係も無く勝手《かって》に――だ。

『魔法と関係の在った人間は魔族化し易い』

そんな曖昧《あいまい》な基準《きじゅん》が人々の間に浸透《しんとう》し、これを信じた――これに縋《すが》った者達や、これを大義名分《たいぎめいぶん》として自分達の自己満足的な暴力行為を正当化した集団が引き起こす暴行事件や小規模な暴動が頻発《ひんぱつ》する様になった。そしてそれらの事件の半数以上は結果的に死者を出していた。

誰もが皆《みな》――差別《さべつ》をする事で自分を安心させようとしている。

自分の安心の為に適当《てきとう》な『他人』を生《い》け贄《にえ》にしているのだ。

この風潮《ふうちょう》を止めるには『原因の無い魔族化』の陰《かげ》に潜《ひそ》んでいる本当の『原因』を調べ出して公表するしかない。より新しい、より強固《きょうこ》で、より理解し易い、本物の『基準』を与えてやらねば人々の不安は止められまい。

その意味でも〈黒騎士〉の逮捕《たいほ》は急務《きゅうむ》なのであった。

だが――

「それは……どうかな」

ブライアンは呟《つぶや》く様に言った。

確かに〈黒騎士〉の存在が公式発表されれば〈憂国騎士団〉の主張《しゅちょう》する『魔族化する人間』の基準――即《すなわ》ち『CSAが魔族化し易い』『顔や身体の形がいびつな人間は魔族化し易い』『魔法士やその家族や関係者は魔族化し易い』などといった根拠《こんきょ》も無い差別基準は否定されるだろう。

また『何の原因も無く誰かが魔族化する』というよりは『〈黒騎士〉が無辜《むこ》の市民を魔族化させていた』という公式発表がなされた方が市民の間の動揺《どうよう》は少ない筈《はず》だ。

「だがな……」

ブライアンは頭痛《ずつう》を堪《た》えるかの様に自分のこめかみを右手で揉《も》みながら言った。

「人間は一旦《いったん》何かを信じて行動を始めると、たとえ信じたものが間違いだと言われても、なかなかそれを認《みと》められない。証拠が提出《ていしゅつ》されてもその証拠の信憑性《しんぴょうせい》を疑ってかかる事になる」

「…………はあ」

眼を瞬《まばた》かせるダリル。

真面目《まじめ》で実直《じっちょく》な――そして何より若いこの警官《けいかん》にはブライアンの言っている意味がよく分からなかったのかもしれない。ブライアンは更に大きく溜め息を一つついてから適当《てきとう》な実例《じつれい》を記憶の中から一つ引っ張り出した。

「例えば――ランパル真教《しんきょう》の教祖死亡事件《きょうそしぼうじけん》な」

「あ。はい」

ダリルが頷《うなず》く。

ランパル真教教祖死亡事件。

それは数ヶ月前に起こった魔族事件《ケースSA》である。

ランパル真教とはアルマデウス帝国《ていこく》でも主流を占《し》めるホルスト教の一派《いっぱ》――ランパル派が分離《ぶんり》独立《どくりつ》して出来上がった新興宗教《しんこうしゅうきょう》だ。

当時まだ信徒《しんと》は四千名と宗教団体としては小規模《しょうきぼ》ではあったが、分かり易い教義《きょうぎ》と教祖のカリスマ性から熱心《ねっしん》な信徒を多く抱《かか》えており、その結果として既存《きそん》宗教との衝突《しょうとつ》を繰り返して孤立《こりつ》――急速《きゅうそく》に狂信集団《カルト》的な側面を強めつつあった。

この手の新興宗教の常《つね》として、ランパル真教も安易《あんい》な奇跡《きせき》の演出と、信者獲得《かくとく》の為《ため》の強引《ごういん》な布教《ふきょう》が問題になっていた。ブライアンもダリルも何度か『家族を救い出したい』と、ランパル真教に入信した者の身内《みうち》が警察に相談に来る光景《こうけい》を見ている。教祖であるヨアヒス・ロザムンデが死亡したと聞いて、涙《なみだ》を流しながら喜んだ者も少なくないという。

しかし……

「あれにした処《ところ》で、後日の検証《けんしょう》でランパル真教の教祖は魔法士《ソーサリスト》を使って『奇跡《きせき》』を捏造《ねつぞう》していたって事が分かった訳《わけ》だが……多くの信徒は警察の提出した証拠の方が捏造だってんで未《いま》だに教祖が『星の御子《みこ》』だって信じてるそうだ」

「…………」

さすがのダリルも顔をしかめて黙《だま》り込んだ。

ヨアヒス・ロザムンデは『心の清《きよ》い人間ならば魔法《ソーサリイ》を使っても魔族《メレヴュレント》にならない』と主《しゅ》張《ちょう》し、信徒達の前で実際《じっさい》に魔法を使って見せていた。これが強烈《きょうれつ》な『奇跡』のパフォーマンスとなって信者を惹《ひ》き付けていた訳だが……実際には彼の立つ演壇《えんだん》の下に潜《ひそ》んだ魔法士が彼の代わりに魔法を行使《こうし》していただけという三流手品にも劣るペテンであった事が事件の際《さい》に判明《はんめい》している。ヨアヒスとその説法《せっぽう》を聞きに来ていた信者達は、魔族化したその魔法士に殺されたのだ。

「自分の眼で見ていない以上、情報の信憑性なんてのは突《つ》き詰《つ》めれば、その提供者《ていきょうしゃ》の信用でしかない。いくらでも加工《かこう》が利《き》くからな」

「それは、そうですが……」

「ならば今回の事も、〈憂国騎士団〉みたいな連中からすれば『警察とマスコミが結託《けったく》したでっち上げ』だと主張する方が都合《つごう》がいい。何しろもし〈黒騎士〉が本当に存在したのなら、奴等のやっていた事はまるっきり見当違《けんとうちが》いも良い所で——大恥《おおはじ》だからな。俺達もつい昨日までは信用していなかった話だ、否定もし易かろうさ」

「いや……しかし恥とか、何とか……そういう次元の、話では……」

「……俺が言うのも何だがな」

困惑《こんわく》の表情を浮かべるダリルに〈第一分署の騎士〉と渾名《あだな》されるブライアンは皮肉《ひにく》げな

苦笑《くしょう》を浮かべて言った。

「武器を持たない人間を寄って集《たか》って殴《なぐ》ったりする私刑《リンチ》集団の癖《くせ》に、自分達で〈憂国騎士団〉なんぞと名乗る連中だぞ？　自分達の矜持《きょうじ》を満足させる為《ため》なら眼の前に在るものでも『見なかった』と主張しても何の不思議《ふしぎ》は無いさ。それで何人もの人死にが出ようと奴等の知ったこっちゃない」

そもそも……〈憂国騎士団〉は『原因の無い魔族化』の噂《うわさ》が発生する以前から存在していた集団である。

彼等はあくまでＣＳＡや魔族事件関係者の差別を活動目的としており、彼等がここしばらく暴行及《およ》び殺傷事件の際《さい》に主張していた『魔族化の基準』も、世間に流布《るふ》する噂に自分達の主義主張を無理矢理こじつけたに過ぎない。

ならば……たとえ〈黒騎士〉が現実に存在していたとしても、彼等にはそれを肯定《こうてい》する必要は何処《どこ》にも無い。

「写真なんてのはいくらでも『合成だ』とか何とか主張出来るし、一般市民はそれが合成写真かどうかなんて判断つかないからな。まして一般《いっぱん》市民にも〈憂国騎士団〉を応援《おうえん》する動きが出ていた。ならば——こんな写真数枚と公式発表だけじゃ世情《せじょう》不安が収まらない可能性が強い」

確かに一旦信じたものを自ら否定するのは難《むずか》しい。

信じて取り返しの付かない事をしていたならば尚更《なおさら》の事だ。

〈憂国騎士団〉は無論《むろん》の事、彼等の主張を信じて彼等の活動に好意的見解《こういてきけんかい》を持っていた者達は確かに〈黒騎士〉の存在を認め難《がた》いだろう。既《すで》に〈憂国騎士団〉による暴行事件では死者が二桁《ふたけた》に達しているのだから。

「何にしても」

ブライアンは資料《しりょう》を指先で弾《はじ》きながら言った。

「この〈黒騎士〉を捕《つか》まえてもっと大量の証拠を揃《そろ》えない事にはな。いくら否定してもしきれない位の証拠を突き付けてやれば、大概《たいがい》の連中は目を覚《さ》ますだろう。まあ……〈憂国騎士団〉みたいなのは無くなりはしないだろうがな」

「ですね」

諦念《ていねん》混じりに頷くダリル。

その時——

『——隊長』

運転席から車内の伝声管《でんせいかん》を通して声が掛《か》かった。

『そろそろ魔法管理局《まほうかんりきょく》に着きます』

「分かった」

そう応《おう》じてブライアンは資料をケースの中に戻した。

●　●　●

既《すで》に時刻《じこく》は明け方——午前四時半を回っていた。

魔法管理局に徹夜《てつや》で灯《あか》りが点《つ》いているのは、実の所あまり珍《めずら》しくない。

そもそも役所と一括《ひとくく》りに言っても業務形態《ぎょうむけいたい》は様々《さまざま》だ。職員《しょくいん》が定時に帰宅《きたく》するのが当然《とうぜん》といった印象の在る市役所でも、実際《じっさい》には数多くの残業《ざんぎょう》が発生し、深夜《しんや》に庁舎《ちょうしゃ》を出る職員も少なくない。まして最近はケースSAの多発で処理《しょり》すべき懸案《けんあん》の多い魔法管理局となれば、何日も徹夜して家に戻っていない職員も居《い》るのも不思議《ふしぎ》ではない。

ただし……灯りが点いているのが会議室となるとさすがに異例《いれい》ではあるだろう。

「すみません！　遅《おそ》くなりました！」

第二会議室の扉《とびら》を開いた途端《とたん》、集中する視線《しせん》を前に——ネリンはそう声を上げた。

この第二会議室は、つい先日の魔法士《ソーサリスト》達を集めて行われた通達会《つうたつかい》と同じ部屋だが、その中の印象は全く異《こと》なるものになっている。

大学の講義室の如《ごと》く前方《ぜんぽう》の演壇《えんだん》に向けて並べられていた百以上の椅子《いす》はその殆《ほとん》どが片付

けられている。代わりに部屋の真ん中に大きな四角を描《えが》く様にして配置《はいち》された長机《ながつくえ》八基と、そこに沿《そ》う様に並べられた十六の椅子、更《さら》に壁際《かべぎわ》に並べられた十の椅子が、まさしく会議室然とした風景《ふうけい》を形作っていた。この第二会議室に限《かぎ》って言えば当然こちらの方が本来《ほんらい》の姿ではある。

長机についているのは全部で十五名。

警察関係者《けいさつかんけいしゃ》が六名、魔法管理局関係者が七名、そして——恐《おそ》らくは専門家《せんもんか》として意見を伺《うかが》う為《ため》に呼ばれたらしいモールド・エンジニアが二名。魔法管理局関係者は無論《むろん》だが、この十五名の中にはネリンも顔見知りの人間が数名含まれていた。

更に壁際の椅子には戦術魔法士《タクティカル・ソーサリスト》が三名。フィリシスやトーマスの姿が無いのは恐らく先に発生した六体の魔族の駆除《くじょ》に出払《ではら》っているからだろう。

代わりに——

「おや？　遅刻《ちこく》した上に女性同伴《どうはん》か。いいご身分だな？」

レイオット達に向けて真っ先に声を掛《か》けてきたのは、魔法管理局の人間でも警察関係者でもなく……戦術魔法士のヴィクハルト・ヤークトルーフであった。

表情といい口調《くちょう》といいひどく挑発的《ちょうはつてき》で、過剰《かじょう》な程《ほど》の自信が溢《あふ》れている。

長身痩躯《ちょうしんそうく》に帯《お》びるのは黒革《くろかわ》のジャケット、スラックス、ベルト、ブーツと、黄色のシャッ。指に、手首に、耳朶《みみたぶ》に銀細工《ぎんざいく》の派手《はで》な装身具《アクセサリ》を幾《いく》つも着けている上、一部金色に染《そ》められた黒の前髪が、警戒色《けいかいしょく》の組合せとなって周りの者の注意を惹き付けずにはおかない。

他人がいつも自分を注目《ちゅうもく》していないと気が済《す》まない……そんな性格なのだろう。こういう類《たぐい》の人間は、意識してか無意識かはともかく、実力以上に高い自尊心《じそんしん》を維持《いじ》する為《ため》に常《つね》に周りを挑発して回る様な言動《げんどう》が目立つ。きゃんきゃんと吼《ほ》え立てる犬と同じだ。

ネリンとしては仕事でもなければあまり口を利《き》きたくない類の人間だった。

「しかもガキの愛人と担当監督官で両手に花ってか？　なるほど——魔法監督官とねんごろになってりゃ無資格《むしかく》でも仕事は回ってくるよな？」

「…………」

ネリンは顔をしかめた。

両手に花というか両腕《りょううで》に花というか——確《たし》かにレイオットはその左右の腕をそれぞれネリンとカペルテータの肩に回している。だが今のレイオットを見てヴィクハルトの様な感《かん》想《そう》を持つ者は他《ほか》に居まい。

言うまでもなくレイオットは彼女等の肩を抱《だ》いているのではなく、彼女等《ら》に肩を貸《か》して貰《もら》って辛《かろ》うじて歩いている状態だ。彼が満身創痍《まんしんそうい》の状態であるのは誰《だれ》の眼《め》にも——ヴィクハルトの眼にすら明《あき》らかだろう。

だから彼の下品な発言は挑発の為だけのものだ。

さすがにネリンも一言何か言い返してやろうと思ったが――

「貴様《きさま》の言えた義理《ぎり》ではなかろう」

先にそう言ったのはブライアンだった。

警察関係者の一人として部下のダリル・ローエングリン巡査《じゅんさ》や数名の上司《じょうし》と共に長机についている。ブライアンとダリルだけが普通の制服ではなく特殊部隊《とくしゅぶたい》用の戦闘服《せんとうふく》に上着を羽織《はお》った状態なのは、二人とも現場から直接こちらに来た為《ため》であろう。

「貴様《きさま》とて一時間の遅刻だ。そこの無資格戦術魔法士とはわずか十五分の差《さ》でしかない」

「はっ――」

鼻で笑ってヴィクハルトは言った。

「お巡《まわ》り風情《ふぜい》が何を偉《えら》そうによ。俺達が居《い》なけりゃあっという間に手詰《てづ》まりになっちまう癖《くせ》に。悔《くや》しかったらモールド着て魔法撃《う》ってみな？　そんな意気地《いくじ》もありゃしねえんだろが？」

警察関係者が何名も居る前である事を思えば、信じ難《がた》い放言《ほうげん》である。

実力主義の社会だから礼儀《れいぎ》だの何だのは必要無い――そう思って魔法士の業界《ぎょうかい》に入ってくる礼儀知らずは居るが、此処《ここ》まであからさまで極端《きょくたん》な言動は珍《めずら》しい。

「その言葉そっくり返そう」

ブライアンは憮然《ぶぜん》とした表情で言った。

「貴様はモールドとスタッフ無しで魔族の前に立てるのか？」

「…………」

「――ちなみに」

空気が険悪《けんあく》な方向に冷え始めたのを察したのか――魔法管理局トリスタン支局《しきょく》の支局長であるカート・ラベルが口を挟《はさ》んだ。

ヴィクハルトを詰《なじ》るでもなく、レイオットを庇《かば》うでもなく、ただひたすら事務的《じむてき》な口調でカートは言葉を続けた。

「スタインバーグ氏が遅れたのには理由が在ります。時間にして二十分前、氏は此処《ここ》に急行中《こうちゅう》、偶然《ぐうぜん》〈黒騎士〉と接触《せっしょく》、戦闘《せんとう》に及《およ》んだそうです」

「…………！」

一瞬《いっしゅん》の驚愕《きょうがく》。

そして次第《しだい》にざわめきが会議室全体に染《し》み渡《わた》っていく。さすがにブライアンも驚きの表情を浮かべてレイオット達の方を振り返っていた。

カートが〈黒騎士〉との一件を知っているのは、予《あらかじ》めネリンが会議への遅刻とその理由を電話で報告《ほうこく》していたからだ。

「とりあえず」

ネリンは声を上げる。

「スタインバーグさんは〈黒騎士〉との戦闘で負傷《ふしょう》しておられます。手近《てぢか》な処《ところ》に座って頂《いただ》きますが——よろしいですか」

「無論《むろん》だ」

カートが頷《うなず》く。

ネリンはレイオットを壁際に並べられた椅子の上に座らせる。壊《こわ》れた人形の様に手足を弛緩《しかん》させた何処《どこ》か情けない格好《かっこう》の彼の右にはカペルテータが、左にネリンがそのまま腰《こし》を下ろした。

ちなみに三つ椅子を隔《へだ》てた向こうにヴィクハルトを含《ふく》む三名の戦術魔法士が座っている。

「負傷している処を申《もう》し訳《わけ》ないが——〈黒騎士〉と戦闘したとの話だが」

警視長《けいしちょう》の階級章《かいきゅうしょう》を付けた警察官が声を掛《か》けてくる。

「細かい状況《じょうきょう》とその結果を聞きたい。可能かね？」

「……まあ……何とか」

レイオットは僅《わず》かに身じろぎして——顔をしかめる。恐らく肩でも竦《すく》めてみせる積《つ》もりが筋肉痛《きんにくつう》のせいで上手《うま》くいかなかったのだろう。

「結果も何も——結局は逃《に》がしちまった訳だろ、未だに俺達がこうして雁首揃《がんくびそろ》えてるって事はよ？」

尚《なお》もせせら笑う様な口調で言うヴィクハルトを数名の出席者が睨《にら》む。

〈黒騎士〉対策《たいさく》という事で戦術魔法士を可能な限り集めているのだろうが……出来ればこの傲岸不遜《ごうがんふそん》の典型《てんけい》の様な男をさっさと追い出してしまいたいというのが、一同の本音に違《ちが》いない。それが出来ないのは、なんだかんだ言っても戦術魔法士は貴重《きちょう》な戦力であり魔法戦闘の専門家であるからだ。

先のブライアンの発言にしてもレイオットを庇《かば》っての事ではなく単にこのヴィクハルトの物言いを不愉快《ふゆかい》に感じた為であろう。

「細かな状況は私が」

レイオットの代わりに片手を挙げてネリンが言う。

事故《じこ》同然《どうぜん》の遭遇《そうぐう》。モールド・キャリアでの追跡《ついせき》。短機関銃《たんきかんじゅう》による攻撃。レイオットの反撃《はんげき》。魔族同様《どうよう》の魔力圏《ドメイン》。壁の垂直歩行《すいちょくほこう》。手榴弾《しゅりゅうだん》の装備《そうび》。彼女は自分の見た通りの事を——ただし〈アクセラレータ〉の使用は別にして——つぶさに一同の前で語った。

「……彼女の報告通りに相違《そうい》無《な》いですか？」

カートが確認《かくにん》をレイオットに求める。

レイオットは億劫《おっくう》そうな動きで頷いて見せた。

「他《ほか》に補足《ほそく》すべき事や気付いた事などが在れば聞かせて貰えますか」

「一つ……」

呟《つぶや》く様にレイオットは言った。

「……魔力圏を纏《まと》ってはいるが……あれは魔族ではなく……あくまでモールドを纏った人間である……という事。四本脚の歩行も……壁を走る事も……恐らくは魔力圏による制御だろう……だが逆に言えば……それはたとえ高効率《こうこうりつ》の呪文書式《じゅもんしょしき》を……記述《きじゅつ》開発したとしても……専用の……魔法機器《まほうきき》を開発したと……しても……大量の……拘束度数《デュラビット》を消耗《しょうもう》する筈《はず》だから……長時間の活動は……無理《むり》だろう……」

「……しかし」

警視長が怪訝《けげん》そうに口を挟む。

「報告書では〈黒騎士〉が確認されてから君と交戦《こうせん》するまでに五時間以上が経過《けいか》している。これは短時間とは言えまい」

「……考えられる事は……三つ」

レイオットは言った。

「〈黒騎士〉は複数……居るか……あるいは……途中《とちゅう》……四本脚以外の方法で移動……しているか……」

「複数……!?」

「確かに〈黒騎士〉が単独犯《たんどくはん》であるという証拠《しょうこ》は無いが……」

ざわめきが会議室に広がっていく。

更に——

「あるいは……」

レイオットは最後の可能性を付け加えた。

「何らかの形で……拘束度を……補給《ほきゅう》しているか……」

「拘束度を補給？」

怪訝そうにカートが言い——彼は二名のモールド・エンジニアを振り返った。

「そんな事が可能なのですか？」

「簡単《かんたん》でしょう」

淡々《たんたん》とした口調でそう言ったのは——丁寧《ていねい》に黒髪《くろかみ》を結《ゆ》い上げた女性のモールド・エンジニアであった。

若く美人なのだが、それよりも先《ま》ず才気走《さいきばし》った印象が先に記憶《きおく》に残る——そんな切れ者然とした女性である。一見《いっけん》すると何処かの社長秘書《ひしょ》といった雰囲気《ふんいき》で、スーツがよく似合っていた。

ローランド工房《こうぼう》のモールド・エンジニア――エヴァ・イーミュン。

量産型モールド〈アセンブラ〉の開発者であると同時に、自らが所属《しょぞく》するローランド工房の経営《けいえい》をも事実上切り盛《も》りしているという、見た目通りの才媛《さいえん》だ。

ついでに言えばこの女性はネリンともレイオットとも面識《めんしき》が在る。

「単に一度モールドを脱《ぬ》ぎ、幾つかの消耗部品《しょうもうぶひん》を交換《こうかん》、再装着《さいそうちゃく》すれば済む事です」

「……それは」

困惑《こんわく》の表情を浮かべる警視長。

そちらの方を向いてエヴァは言葉を繋《つな》いだ。

「現行法の中には魔法工学や医学上、何ら根拠の無い制約《せいやく》も少なくありません。強制待機《きょうせいたいき》期間《きかん》もその一つでしょう。一度脱《ぬ》いだモールドを再装着するのに、適正《てきせい》な間隔《かんかく》というのははっきりと分かっていません――御存知《ごぞんじ》でしょう？」

「確かにそれはその通りですな」

カートは頷く。

そもそも戦術魔法士の人手不足を補《おぎな》う為《ため》、強制待機期間の短縮《たんしゅく》を改正条例案《かいせいじょうれいあん》として提出《ていしゅつ》する様働きかけているのは他ならぬカート・ラベル支局長自身である。当然、その期間の再設定については専門家の意見を集めてはいただろう。

「つまり……〈黒騎士〉は何処かに仲間が居て、戦術魔法士や警察が追い回していた間にも何度か整備をしていたと？」

「可能性として低いとは思いますが……可能か不可能かと問われればそういう事になります。無論、複数の〈黒騎士〉が居て入れ替《か》わっている可能性も在りますが。何にしても入れ替わったり整備したりする余裕が在ればさっさと逃亡《とうぼう》しても良い筈ですから、どうして五時間も逃げ回っていたのかが分かりませんけれども」

「ローランドさんもお弟子《でし》さんと同じ御意見ですか？」

カートは更《さら》にエヴァの隣《となり》に座っているモールド・エンジニアに尋ねる。

ローランドの姓《せい》で呼ばれたその人物は……老齢《ろうれい》の女性であった。

年齢《ねんれい》は既《すで》に六十を越《こ》えているだろう。長い髪は白く、肌《はだ》には幾筋《いくすじ》もの皺《しわ》が刻《きざ》まれている。

ただし彼女の場合にはただ『老人』という言葉を以《もつ》てその容姿《ようし》を表現するとかなりの違《い》和感《わかん》を伴《ともな》う事になる。その矍鑠《かくしゃく》とした物腰《ものごし》は気迫《きはく》に満ちていて、枯《か》れた雰囲気が全く無いからだ。むしろ昨今《さっこん》の若者よりも遥《はる》かに精気《せいき》に溢《あふ》れている感じだった。

衣装《いしょう》がこれまた――若い。

鋲打《びょう》ちの革ジャンに革のスラックスである。

ヴィクハルトと似たような格好ではあるのだが、こちらには……奇抜《きばつ》さだけではなく風格《ふうかく》の様なものが在る。ただ粋《いき》がって極端《きょくたん》な格好をしているだけの若造《わかぞう》と、趣味《しゅみ》や信条《しんじょう》としてそれらを長年着こなしてきた者の違いなのかもしれなかった。

こちらもネリン達は顔見知りだ。

ルイーゼ・ローランド。

ジャックの祖母《そぼ》でありトリスタン市――否《いな》、アルマデウス帝国《ていこく》でも屈指《くっし》のモールド・エンジニアとして知られる女傑《じょけつ》である。

「あんたら。本当に誰も気付いてないのかい?」

ルイーゼはいきなり――呆《あき》れた様な口調で言った。

何の事なのかネリンには分からない。他の出席者達も同様の様だった。隣のエヴァさえも驚《おどろ》いた様な表情を浮かべている処を見ると、ルイーゼの愛弟子《まなでし》である彼女ですら『気付いてない』らしい。

カートが怪訝そうな表情で尋《たず》ねる。

「と……いいますと?」

「……気付いてるのはスタインバーグの坊主《ぼうず》だけかい」

短く溜《た》め息《いき》をつく様にルイーゼは言ってから、改めて資料を持ち上げた。

「資料は一通り見せて貰《もら》ったよ。写真も。それからそこの——」

老婆《ろうば》はちらりとカペルテータに視線を向ける。

「お嬢《じょう》さんの描いた絵ってのも見せて貰った。モールド・エンジニアとして言わせて貰えば、そこのシモンズ監督官やスタインバーグの坊主が言っている事に矛盾《むじゅん》は感じない。魔《ド》力圏《メイン》云々《うんぬん》の話も実に筋《すじ》が通ってる」

「……ふむ」

「ここまで来れば誰か気付きそうなもんだがね」

「ですから——何をです？」

さすがのカートの口調にも若干《じゃっかん》の苛立《いらだ》ちが混じる。

しかしそんな事はまるで気にしていない様子で——涼《すず》しげな口調でルイーゼは言った。

「〈黒騎士〉がどうして魔族を生み出すか、さ」

「…………」

一同が顔を見合わせる。

ネリンは傍《かたわ》らのレイオットを振り返る。『気付いているのはスタインバーグの坊主だけ』——ルイーゼの言葉通りなのか、無資格の戦術魔法士の顔に驚きの表情は無い。ただ気怠《けだる》げな苦笑《くしよう》を浮かべているだけだ。

「発想《はっそう》が逆《ぎやく》なんだよ。魔族が生み出されるのは結果に過ぎない」

「結果……？」

「魔族と同様の魔力圏を帯《お》びる様な呪文書式は理論的《りろんてき》には不可能じゃないさ。だが現実に今まで存在しなかったのは、拘束度数が大量に消費されて実用的じゃないからだよ」

「……それは、その通りですが」

カートが怪訝そうに応《おう》じる。

その程度の事はモールド・エンジニアでなくても知っている。魔法関連の仕事をしていれば自然と身に付く知識《ちしき》の一つだ。無論——カートだけでなくネリンもその程度の事は知っている。

「此処《ここ》まで言っても未だ分からないかい？」

ルイーゼは溜め息をついて言った。

その時——

「……あ」

ネリンの脳裏《のうり》でばらばらに散らばっていた幾つかの部品がかちりと嚙《か》み合った。

『〈黒騎士〉』『魔族化』『拘束度数の補充』——

ネリンは己《おのれ》の口元を押さえながら呻《うめ》く様に言った。

「まさか……他人の……」

「そうだよ」

最後まで言わせる事無くルイーゼは言った。

「この〈黒騎士〉は他人を——こういう言い方していいのなら——他人を魔法回路《かいろ》の一部に組み込んで、その者の『拘束度数』を横取りする事で、魔法を使ってんだよ。そりゃ拘束度数をばんばん消費する魔法でも使えるわな。自分の代わりに魔族化する『生《い》け贄《にえ》』さえ居ればね。まあ『生け贄』はモールド着けてないから、一回の魔法で魔族化しちまう訳だけど、逆に言えばモールドで小刻《こきざ》みに拘束度数を分けられてないから、一回で拘束度数を十とか消費しちまう様な魔法を使うにはかえって好都合《こうつごう》だろうね」

「…………！」

会議室に驚愕《きょうがく》と緊張《きんちょう》が走る。

だがルイーゼは一同の動揺《どうよう》が収まるのを待たず畳《たた》み掛《か》ける様に言葉を続けた。

「先にビーチャム魔法士からの報告書も届《とど》いてただろうに。〈黒騎士〉は他人を魔族化させる際《さい》に大きな魔法を使ってる。これはビーチャム魔法士を振《ふ》り払《はら》う為《ため》の足止めの意味も在ったろうが、恐らく改めて魔力圏を維持《いじ》する為の『補給』も兼《か》ねていたんだろう」

「それは――」

　さすがにカートも絶句《ぜっく》する。

　誰もが『魔族を造る』方を目的だと考えていたのだ。確かにそちらの方が派手《はで》で深刻《しんこく》な問題ではある。実際《じっさい》に〈秩序成す炎〉の様なテロリズム集団が魔族を大量発生させた例も幾《いく》つか在った。

「だが……」

　警視長が喘《あえ》ぐ様な口調で言う。

「この〈黒騎士〉は何のためにそんな……モールドを？」

「そこまでは分からないよ。ただこの写真や絵を見る限りじゃ、何らかの実験《じっけん》の意味合いが強いんじゃないかね。定期的《ていきてき》に現れては魔族を生み出してたのもそう考えると合点《がてん》がいくだろう？」

「実験……何の？」

　腕を組んで写真と――そして複写《ふくしゃ》されたカペルの絵を眺《なが》めながらルイーゼは言った。

「あるいは軍事《ぐんじ》利用――」

「マノン共和国《きょうわこく》か？」

「モールド・エンジニア拉致《らち》の――」

「そう決めつけるのは早計《そうけい》では……」

より混沌《こんとん》たるざわめきが会議室の中に満ちていく。

数ヶ月前——モールド・エンジニア数名や戦術魔法士が立て続けに行方不明《ゆくえふめい》になった為、軍備拡大《ぐんびかくだい》を目論《もくろ》んでいるマノン共和国が魔法技術による戦力増強を狙《ねら》っているのではないかという噂《うわさ》が立った事が在る。

これは無論《むろん》、マノン共和国は公式に否定している。魔法士の軍事利用は国際条約《こくさいじょうやく》で明確《めいかく》に禁《きん》じられており——万《まん》が一肯定《いちこうてい》すれば経済封鎖《けいざいふうさ》から軍事行動《ぐんじこうどう》まであらゆる制裁《せいさい》を周辺諸国《しょこく》から受ける事になるだろうからだ。

だがマノン共和国陸軍でもタカ派として有名な——そして疑惑《ぎわく》の渦中《かちゅう》に居たラルフ・クーベリック准将《じゅんしょう》の唐突《とうとつ》な自殺騒動《じさつそうどう》から、むしろ他国のマノン共和国に対する疑念は高まっている。クーベリック准将を自殺させる事で蜥蜴《とかげ》の尻尾《しっぽ》切りを行ったのではないか……あるいは自殺騒動の陰《かげ》で密《ひそ》かに就任《しゅうにん》した次の責任者が計画を続行しているのではないかと。

「何にしても……」

ルイーゼは言った。

「もし私の想像通りなら、このモールドを造《つく》った奴《やつ》は頭がいかれてる」

ざわめきがぴたりと止まる。

一同の視線を浴《あ》びながらルイーゼは心底呆《しんそこあき》れた様な口調で言った。

「こいつは次々とイケニエを使い潰《つぶ》しながら魔法を使い続ける為のものだからね。こんなもの開発したところで一般《いっぱん》社会で商品化出来る筈も無い。たとえ軍事利用だとしても大々的に使える筈がないんだ——とてもじゃないけど国民の賛同《さんどう》を得られる筈も無いしね」

確かに法治《ほうち》国家《こっか》においてこんなシステムを使った兵器が許容《きょよう》される筈も無い。

文字通り人間を消耗品《しょうもうひん》として——生け贄に使うシステムだ。

最早《もはや》、人道がどうのという次元の問題ではない。

あるいは敵兵《てきへい》を生け贄として使うのであれば——そして思想統制《しそうとうせい》の行き届《とど》いた全体主義国家や独裁《どくさい》国家においてならば、国民の賛同が得られるかもしれない。だが、それもそう長続きしないのは眼《め》に見えている。周辺諸国との対立が深刻化《しんこくか》するだけの話だ。

そして国家同士の対立の極致《きょくち》——戦争ともなれば核兵器《かくへいき》や燃料気化《ねんりょうきか》爆弾《ばくだん》の出番である。

さすがに歩兵レベルの兵器ではどれだけ優秀《ゆうしゅう》でもどうにもなるまい。

「つまり開発してもそこで終わりなんだよ——これは。ならばこんなものを開発する理由なんて限られてくる。ごくごく個人的な事情が在るか、さもなくば」

言葉を切って顔をしかめるルイーゼ。

結論《けつろん》を促《うなが》す一同の視線に押される様な形で彼女は言った。

「……趣味《しゅみ》なんだろうさ」

「…………」

ざわめきが濃《こ》さを増す。

無論、ルイーゼの話は全《すべ》て推測《すいそく》の上に成り立っている。彼女の語った事が真実であるかどうかは未だ分からない。だが現時点で最も筋《すじ》の通った話ではあった。

「何にしても早急にこの〈黒騎士〉を逮捕《たいほ》する必要が在る」

警視長が言った。

「市民の不安感もそろそろ限界に達している。ここしばらく続いていた『原因の無い魔族化』の元凶《げんきょう》として、〈黒騎士〉の存在を明るみに引きずり出さなければ、いつまたどういう形で暴動《ぼうどう》が起こるか分からない」

「魔法士であるという事が唯一《ゆいいつ》の救いですな」

机についていたトリスタン支局の職員が言った。

「これ以上、戦術魔法士やSSSの戦力を割《さ》かれずに済む。魔法士であるのならば通常装備の警察でも対処可能《たいしょかのう》ですから――」

確かに魔法士ならばわざわざ攻撃魔法や対魔族狙撃銃《そげきじゅう》〈サンダー・ボルト〉でなくても殺す事は出来るだろう。

モールドは拘束装甲と呼ばれるが、その防御力《ぼうぎょりょく》はさして高い訳ではない。表面をテフロン処理《しょり》した徹甲弾《てっこうだん》ならば撃《う》ち抜けるだろうし……たとえ撃ち抜けなかったとしても銃弾の持つ打撃力《だげきりょく》そのもので充分《じゅうぶん》に制圧《せいあつ》出来る。

単純なエネルギー量から言えば大口径《だいこうけい》ライフルの銃弾《じゅうだん》は時速数十キロメルトルで突っ込んでくる自動車のそれに等《ひと》しい。貫通しないからこそむしろ、それが衝撃《しょうげき》となって相手に伝わる。モールドを着た魔法士にしてみれば鉄槌《てっつい》で殴《なぐ》られている様なものだ。何発も耐《た》えられる筈も無い。

だが――

「無理《むり》だろ」

せせら笑う様な声でヴィクハルトが言った。

「スタインバーグの言う事が正しいんなら警官《けいかん》なんざ役に立たねえよ。魔力圏を帯びてるって事は魔《メレヴエレント》族と同じだぜ？　銃が通用しないって事だ。警棒《けいぼう》で殴ってみるか？」

「……では〈サンダー・ボルト〉ならば」

警視長が言う。

「対魔族戦力を割くのは痛いが――〈黒騎士〉を逮捕制圧出来れば魔族の大量発生は食い止められる筈だ。予備《よび》の〈サンダー・ボルト〉をＳＥＳにも配備《はいび》して……」

「いや……」

口を挟んだのは――レイオットだった。

「悪いが……俺《おれ》もその……警戒色野郎《けいかいしょくやろう》と……同じ意見だ……」

「……誰が警戒色だ」

不機嫌《ふきげん》そうにヴィクハルトが言う。

どうやらこの格好《かっこう》は自覚《じかく》無しにやっていたらしい。

構わずレイオットは言葉を続けた。

「SSSの戦法《せんぽう》は……基本的に狙撃だ……だがあの……重い〈サンダー・ボルト〉を担《かつ》いで……あちこち動き回る訳にも……いかないだろう。だが……〈黒騎士〉は……機動力《きどうりょく》が高い……まして……一度気付かれて……〈デフィレイド〉でも展開《てんかい》されたら……益々《ますます》銃弾は……通用《つうよう》しない」

魔族と異《こと》なり〈黒騎士〉の中身は人間――理性《りせい》に基《もと》づく判断力が在る。狂気《きょうき》や本能《ほんのう》に従って動く魔族に比《くら》べると『特定の場所に誘《さそ》い込《こ》んで狙撃』という戦術《せんじゅつ》が通じない可能性は、確かに高い。

「む………君等の意見《いけん》は？」

眉間《みけん》に縦皺《たてじわ》を刻《きざ》んで警視長はブライアンとダリルを振り返る。

「申《もう》し訳《わけ》ありませんが……スタインバーグ氏の言うとおりであると小官《しょうかん》も思います」

苦渋《くじゅう》の表情を浮かべながらもダリルはそう発言しブライアンも頷《うなず》いて同意《どうい》を示《しめ》した。

「では――」

カートが一同の内心を代弁《だいべん》して尋《たず》ねる。

「どうするべきだと？」

魔法管理局トリスタン支局局長の視線はレイオットの方を向いていた。

「……俺に聞くのか？」

苦笑《くしょう》するレイオット。

公式な肩書《かたが》きだけで見れば、この場で二番目に場違《ばち》がいなのはレイオットだろう。

彼は法的《ほうてき》には単なる一般《いっぱん》市民である。杓子定規《しゃくしじょうぎ》な法解釈《ほうかいしゃく》とその遂行《すいこう》を求められる役人達が、建前上《たてまえじょう》一般市民に過《す》ぎない彼の意見を求めるのは――ましてや本来《ほんらい》は違法《いほう》な存在として糾弾《きゅうだん》せねばならない無資格の戦術魔法士の意見を求めるというのは、レイオットでなくても苦笑せざるを得ない図である。

もっともそれだけ事態が逼迫《ひっぱく》しているのだとも言える。

ちなみに……この場で一番場違いなのは言うまでもなくカペルテータである。

「この際、無資格だの何だのはさておいて、貴方《あなた》の意見が聞きたい。少なくとも此処《ここ》に居る人間の中で最も魔法戦闘について実績《じっせき》が在るのは貴方だし、〈黒騎士〉と戦闘経験が在るのもこの場では貴方だけだ」

「……左様《さよう》で」

カートの言葉にレイオットが溜め息をつく。

レイオットが場の中心になっているのが気に入らないらしく、ヴィクハルトが彼の方を睨《にら》んでいるが……それに気付いているのかいないのか、レイオットはやはり気怠《けだる》い口調のまま言葉を繋いだ。

「……SSSは逆に言えば……魔族に対しては有効《ゆうこう》な存在だ。その意味では……魔族が発生した場合……〈黒騎士〉による発生も含《ふく》めて……SSSに処理《しより》を任《まか》せてしまう。そして〈黒騎士〉そのものに関しては……戦術魔法士投入によって捕獲《ほかく》……という処《ところ》が現実的《げんじつてき》だろうな……」

「──異論《いろん》は？」

カートがまとめる様に尋《たず》ねる。

出席する一同は──ヴィクハルトですらも沈黙《ちんもく》で応《おう》じた。彼等が考えていた事もレイオットのそれと大差在るまい。抜本的《ばっぽんてき》ではないが無難《ぶなん》で確実《かくじつ》な結論だった。

「ならば細《こま》かい連絡《れんらく》と詳細《しょうさい》な現場での対応《たいおう》についてこれから打合せをしたいと思いますが。

よろしいか？」

更にカートが会議室全体を見回して尋ねる。

やはり——誰からも異論は出なかった。

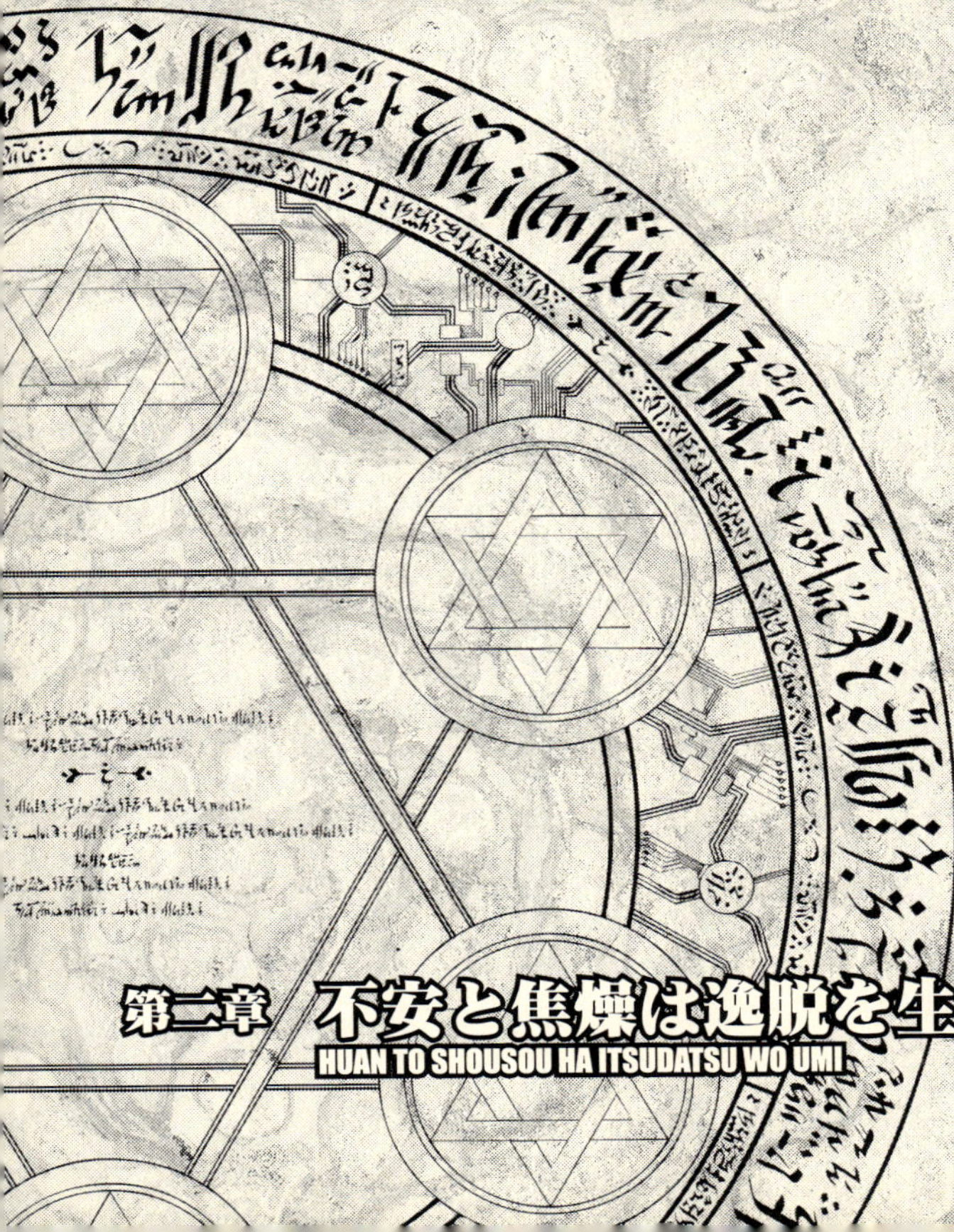

第二章　不安と焦燥は逸脱を生み

HUAN TO SHOUSOU HA ITSUDATSU WO UMI

すり切れかけたレコードが旧《ふる》い聖歌《せいか》を静かに奏《かな》でている。

レコードについた細《こま》かな傷《きず》のせいか。あるいは蓄音機《ちくおんき》の針《はり》が悪いのか。旋律《せんりつ》の中にざらざらとした小さな雑音《ざつおん》が混じっているが、気にする者は此処《ここ》には居ない。音質《おんしつ》などは些細《ささい》な事——というのが持ち主の主張《しゅちょう》であった。

重要《じゅうよう》なのはそこに込められた精神《せいしん》であるのだと。

おお尊《とうと》きかな　おお尊きかな
星々の息吹《いぶ》きによりて生まれたまいし御子《みこ》
御身《おんみ》　人々のため　まことの苦しみを受け　犠牲《ぎせい》となりたまい
御胸を刺《さ》し貫《つらぬ》かれ　血を流したまえり
臨終《りんじゅう》の悶《もだ》えに先立ちて　我等《われら》の糧《かて》となりたまえ

おお尊き星の御子
慈悲《じひ》深き星の御子
御血を以《もっ》て我等が罪を贖《あがな》いたもう

「……ふふ……」

薄闇《くらやみ》の中で車椅子《くるまいす》の少女は密《ひそ》やかな笑《え》みを浮《う》かべる。

優美《ゆうび》な——労働というものとまるで縁《えん》がないかの様な線の細さが、少女をまるで繊細《せんさい》な美術工芸品の様に見せている。こうして声も無く部屋の片隅《かたすみ》に座っていれば、等身大《とうしんだい》の陶《ヴィ》製人形《スクドール》と見紛《みまご》う者も居るかもしれない。生身《なまみ》ならば当然に備《そな》わる俗臭《ぞくしゅう》というものがひどく希《き》薄《はく》で——何処《どこ》か遠くを見ているかの様にその瞳は、浮世《うきよ》離《ばな》れした、焦点《しょうてん》の曖昧《あいまい》な処《ところ》が在った。

「——ミュリエナ」

ふと——背後から声が掛かる。

だが少女は振り向かない。そこに何が在って誰が居るのか分かっているからだ。

厳《おごそ》かなパイプオルガンと合唱《がっしょう》の声に包まれながら少女はただ微笑《ほほえみ》を浮かべている。

「ミュリエナ」

改めてそう少女の名を呼びながら——その脇《わき》に人影が湧《わ》く。

小柄《こがら》な……しかもいつも申《もう》し訳《わけ》無さそうに背中を丸めているかの様な青年である。少女の姿と比《くら》べればあまりに地味《じみ》で無粋《ぶすい》な——垢抜《あかぬ》けない田舎者《いなかもの》といった風情《ふぜい》の彼は、しかし少女にとっては兄と呼ぶべき人物であった。

「お湯が沸《わ》いたよ」

少女の兄——カールはそう言ってミュリエナの側《そば》で膝《ひざ》をつく。

そのまま黙《だま》って彼はミュリエナの横顔を見つめている。その姿はまるで主人の命令を待つ愚直《ぐちょく》な犬の様だった。無言《むごん》の少女を訝《いぶか》しむ様子もその態度《たいど》に苛立《いらだ》つ様子も無い。彼はただ淡々《たんたん》と車椅子の脇に跪《ひざまず》いて穏《おだ》やかな笑みを浮かべ——少女の反応を待っている。

その柔和《にゅうわ》な表情の中で……まるで亀裂《きれつ》の様な目元の傷痕《きずあと》だけが異様《いよう》に目立っていた。

「——御兄様《おにいさま》」

少女が囁《ささや》く様に言う。

清楚《せいそ》な唇《くちびる》から紡《つむ》ぎ出される、何処《どこ》か淫靡《いんび》な響《ひび》きすら漂《ただよ》うその声に——カールはただ穏和《おんわ》な微笑《びしょう》を浮かべたまま、首を傾《かし》げて妹の横顔を覗《のぞ》き込む。

「お風呂《ふろ》——入れてくださいまし」

「うん」

カールは頷《うなず》いて立ち上がり、少女の車椅子を押して脱衣所《だついじょ》に向かう。

やはり薄闇《うすやみ》と、そして浴室《よくしつ》からの水蒸気《すいじょうき》が漂《ただよ》う白い脱衣所で彼はそっと壊《こわ》れ物を扱《あつか》うかの様な手つきで妹の身体《からだ》に手を掛《か》ける。

そこで——ふと何かを思い出したかの様に停《と》まるカールの手。

兄の節《ふし》くれ立った手を見下ろしながら……やはり囁く様に妹は言った。

「脱《ぬ》がせてくださいまし」

「——うん」

まずは足から。

やはり慎重極《しんちょうきわ》まりない手つきで彼はそっと妹の足に嵌《は》められた革靴《かわぐつ》を脱《ぬ》がせ、続けてその素足《すあし》を包む白い靴下《くつした》を脱がせていく。靴下はふくらはぎから膝《ひざ》を越《こ》え太股《ふともも》の辺りでガーターベルトによって留《と》められる長い絹製《きぬせい》のもの。これ一足でカールの着ているものが丸ごと買えてしまう高級品である。

カールの手が少女の白い太股をゆっくりと這《は》い——ガーターベルトの金具《かなぐ》を外《はず》す。するすると薄皮《うすかわ》を剝《む》くかの様に長い靴下を脱がせていく。そしてカールは妹の身体を少し車椅子から抱《だ》き上げた。何も言わずとも優雅《ゆうが》に細く白い腕《うで》が彼の首を巻き、カールはたてた片膝《かたひざ》の上に妹を座らせてそのワンピースを脱がせた。

そして――

「――御兄様」

妹に促《うなが》されて彼は下着に手を掛ける。

その際《さい》に僅《わず》かに逡巡《しゅんじゅん》を示すかの様に指の先が震えたが――それに妹が気付いたかどうかは分からない。何度となく繰《く》り返してきた作業《さぎょう》でありながらも、その指先には何処《どこ》か緊張《きんちょう》が在った。

兄の手が膝の上に腰掛《こしか》ける妹の下着を剥《は》いで行く。

ミュリエナは動かない。全《すべ》て兄に任《まか》せっきりだ。カールが彼女の服を脱がせていく様《さま》は、まさしく人形の着せ替えを行っているかの様な……何処か生身《なまみ》の俗臭《ぞくしゅう》を欠《か》いた奇妙《きみょう》な光景《こうけい》だった。

隣の部屋から賛美歌《さんびか》の旋律《せんりつ》が途切《とぎ》れ途切れに流れてくる。

やがて――まるで生まれたばかりの天使の如《ごと》く一糸《いっし》纏《まと》わぬ姿にミュリエナはなった。

全てを兄の視線に晒《さら》しながらも彼女の表情に羞恥《しゅうち》の色は無い。

「…………」

そっと妹を抱き上げるとカールは浴室に入った。

水蒸気の白煙《はくえん》がより濃厚《のうこう》なものとなって二人にまとわりついてくる。

「御兄様。濡《ぬ》れてしまいます」

ミュリエナが僅《わず》かに笑《え》みを含《ふく》んだ声を掛ける。

「……うん」

頷《うなず》くも――カールはしかし服を着たまま、自分が濡れるのも構《かま》わず妹を座らせると、彼女の身体にシャワーの湯をかけ始めた。

「御兄様」

ミュリエナが謡《うた》う様に声を掛ける。

鏡《かがみ》を見る彼女の瞳は何処か潤《うる》んでいるかの様だった。

「もうすぐですわね」

「……そうだね」

妹の身体を洗いながらカールは頷く。

農夫《のうふ》を思わせる木訥《ぼくとつ》な顔には穏やかな表情が浮かんでいる。

いつもと変わらない――まるで『穏和《おんわ》』という抽象《ちゆうしよう》をそのまま具現化《ぐげんか》した仮面《かめん》の如《ごと》くに。

「……楽しみ」

肌《はだ》を上気させながらミュリエナが言う。

「そうだね」

カールはまるで機械《きかい》の様に頷いた。

● ● ●

日曜日——エリック・サリヴァンは忙《いそが》しい。

医療系魔法士《いりょうけいソーサリスト》の資格取得《しかくしゅとく》を目指すという進路を決めた彼は、普段《ふだん》から勉学《べんがく》に勤《いそ》しみ、普《ふ》通《つう》の学生よりも多忙《たぼう》な生活を送っている。

魔法士資格そのものの取得はそう難《むずか》しくはないのだが、彼が目指している医療魔法士は当然の事ながら医師《いし》の国家《こっか》資格も同時に必要となる。そういう訳で彼は先《ま》ず理系《りけい》の中でも特に競争率《きょうそうりつ》の高い医学部に進学する必要が在るのだった。無論《むろん》、三流大学ならば入るのは比較的《ひかくてき》楽だが——名門の、しかも授業料の安い国公立《こっこうりつ》大学となるとその入学試験の競争率は相当《そうとう》なものになる。エリックはそこそこに学業《がくぎょう》の成績《せいせき》は良かったが、かといって手を抜いて一流大学の医学部に入れる程《ほど》ではない。可能な限り早い資格取得を目指すならば尚更《なおさら》の事だ。

だが——エリックの仕事は勉強《べんきょう》だけではない。

実はサリヴァン家の基本的な買い物は全て彼の担当《たんとう》になっているのだ。

サリヴァン家の人間は彼以外には誰《だれ》も家の外に出る事が出来ない。

医療魔法士をやっていた父の預金《よきん》や、前に住んでいた家を売却《ばいきゃく》した際《さい》の金がそれなりに残っている為《ため》、生活費《せいかつひ》に困《こま》る様な事は無い。少なくとも質素《しっそ》に暮《く》らす限《かぎ》り十年かそこらは働きに出る必要は無いだろう。

だがだからといって全員家にこもりっきりになるという訳にもいかない。

生きていればそれなりに消費《しょうひ》する生活必需品《ひつじゅひん》というものが何種類も在る。食品。トイレットペーパー。薬。衣服。その他諸々《もろもろ》。そしてその多くは外に買い物に出なければ手に入らない。配達《はいたつ》に頼《たよ》るという手も在るのだが——割高《わりだか》になる上に、そもそも母や妹は玄関《げんかん》まで受け取りに出る事さえ出来ないので、あまり意味が無い。

そういう訳で……学校が休みの日曜日となるとエリックは様々《さまざま》なものを買い出しに出掛けるのである。大量にまとめ買い出来れば隔週《かくしゅう》や月一回に買い物を減《へ》らす事も出来るのだろうが、自動車免許《めんきょ》を持っていないエリックは、まとめ買いした品物を運ぶ手段が無い。

もっとも……今日はフレッドが彼の父親の車を借《か》りてきてくれるそうなので、初めてのまとめ買いに挑戦《ちょうせん》しようと考えている処《ところ》だった。一年学校を留年《りゅうねん》している彼は、既《すで》に自動車免許を持っているのである。

「…………行ってらっしゃい」

玄関《げんかん》を出ようとした時——ふと廊下《ろうか》の奥からそんな声が掛《か》かる。

振《ふ》り返った彼はそこに立つパジャマ姿の妹を見た。

リムル・サリヴァン。十五歳《さい》。

（……また痩《や》せたか）

エリックは玄関口まで見送りに出てきた妹を眺《なが》めながらそんな事を思う。

この半年余《あま》りで妹は随分《ずいぶん》と変わった。

その容姿《ようし》も性格もだ。

先《ま》ず以前の顔が想像し難《がた》い程《ほど》に痩せた。

どちらかといえばぽっちゃりした丸顔だったのだが、今は頬骨《ほおぼね》が浮き出そうな程に細くなっている。長い髪もぼさぼさでろくな手入れが出来ておらず、結果《けっか》としてその容姿はひどく荒《すさ》んだ印象《いんしょう》になっていた。

おっとりのんびりした処《ところ》の在ったその物腰《ものごし》は、今や天敵《てんてき》の影《かげ》に怯《おび》える小動物の様に落ち着きが無い。よく笑う少女であったのだが——弱々しい今にも消えそうな微笑《びしょう》を除《のぞ》けば、エリックはもう半年の間、妹の笑顔《えがお》を見ていなかった。

無理《むり》もない話だ。

医療魔法士であった父が魔族化した後——彼女は学校で酷《ひど》い虐《いじ》めに逢《あ》って登校拒否《とうこうきょひ》になった。こちらの家に越《こ》してきてからは全く外出をしていない。一度無理矢理《むりやり》にエリックが散歩に連れ出そうとした際《さい》には泣き叫《さけ》んで抵抗《ていこう》した。

もっとも……家の中にさえ居れば食事の用意をしたり掃除《そうじ》をしたりする事の出来る妹は、未《ま》だましではあるのだろう。母は父の死後、完全にノイローゼで家事《かじ》一切《いっさい》が出来なくなり、寝室《しんしつ》からも滅多《めった》に出てこない。仕方《しかた》なく今はエリックとリムルが家事を分担《ぶんたん》してこなしている状態だった。

別に珍《めずら》しい話ではない。

魔族化した魔法士の遺族《いぞく》は何処《どこ》も似たり寄ったりの状況だという。

「きちんと戸締《とじ》まりしろよ。最近——物騒《ぶっそう》だから」

「うん……分かってる」

リムルは弱々しい微笑を取り繕《つくろ》って頷《うなず》いた。

自分に気を使っているのだという事がエリックには分かっていた。無表情よりもむしろ遥《はる》かに痛々《いたいた》しい。以前はもっと——良くも悪くも大《おお》らかな性格だったのだが、今のリムルは常《つね》におどおどと他人の顔色を窺《うかが》っている様な処が在った。

「ヴァリアック先生もちゃんと確認《かくにん》してから扉開けろよ」

改《あらた》めて言うまでもない事を——言われずとも見知らぬ人間に妹が家の扉を開く事は決してないだろう——しかしいたたまれない気持ちを紛《まぎ》らわす様にしてエリックは言った。

リムルは以前、強姦《ごうかん》されかかった経験《けいけん》が在る。

それも同級生の少年達五人にだ。

寸前《すんぜん》の処《ところ》で警官《けいかん》が通り掛かった為《ため》に難《なん》を逃《のが》れたが——今でも彼女が家の外に出る事が出来ないのはその為である。彼女は兄以外の男が怖《こわ》くて近くに寄れないのだ。食品だの何だのの配達《はいたつ》を受け取る作業《さぎょう》を妹に任《まか》せられないのもこの為だった。大抵《たいてい》の配達員は男性だからである。

たまにエリックの家にはフレッドが遊びに来るが、その際にも絶対にリムルは自分の部屋から出てこない。フレッドが悪い奴《やつ》ではない事はエリックから何度も聞かされて知っているのだが、頭では理解していても兄以外の男性を前にすると身体《からだ》が硬直《こうちょく》して呼吸さえまともに出来なくなってしまうのだという。

精神治療士《セラピスト》も女性を紹介《しょうかい》して貰《もら》った上で、わざわざ往診《おうしん》して貰っている状態だった。

「……うん……大丈夫《だいじょうぶ》」

リムルは小さく頷く。

「じゃあ行ってくる。フレッドの奴《やつ》も待ってるし」

「……うん」

「ほら。扉閉めろって」

「……うん」

言われて渋々《しぶしぶ》といった様子でリムルは扉を閉める。

本当はエリックに出掛《でか》けて欲《ほ》しくないのだろう。そもそも玄関まで出てくるだけでも彼女には相当な苦痛《くつう》の筈《はず》なのだ。それでも見送りに出てくるのは——今の彼女にとって頼《たよ》れる相手がエリックしか居ないからだ。

不憫《ふびん》には思うが……だからといってエリックまで家に閉じこもる訳にはいかない。

そういう訳でエリックとリムルは毎日の様にこのやり取りを繰《く》り返している。彼が学校に行く際やちょっとした用事で出掛《でか》ける際にもリムルは同じ様な反応《はんのう》を示《しめ》す。

故《ゆえ》に——

「——お兄ちゃん」

一旦《いったん》閉じられた扉が細く開かれるのもエリックとしては予想《よそう》の内だった。

「なに？」

「出来るだけ早く、帰ってきてね」

「……分かった」

これもいつもの会話である。

今度こそ扉が閉じられ鍵《かぎ》が掛けられた事を確認すると、エリックは溜《た》め息《いき》をついて歩き出した。精神治療士のお陰《かげ》か、少しずつ妹の状態は快方《かいほう》に向かってはいる様だが——以前は自分の部屋から出てくる事さえ稀《まれ》だった——それでも先行《さきゆ》きは明るくない。彼女が普通《ふつう》に外に出歩けるようになるまで、あるいは復学《ふくがく》出来るまで、何年かかるかエリックにも見当《けんとう》がつかない。

しかも——

「……しかし……」

こんな街《まち》では尚更《なおさら》だ。

いっそ引《ひ》っ越《こ》しを考えた方が良いかもしれない。トリスタンの事件など誰《だれ》も知らない様な——誰もエリック達の事など知らない様な街に。何処《どこ》だろうと少なくとも今のこの街よりはマシだろう。

「……何なんだ……本当に」

エリックは妙《みょう》に空気の硬《かた》い街の中を歩いていく。

見慣《みな》れた近所の街並みが何か見知らぬ異国《いこく》の風景《ふうけい》に見える。同じ建物が在り同じ街灯《がいとう》が在り同じ石畳《いしだたみ》が在る筈なのに……漂《ただよ》う空気がまるで違《ちが》う。道行く人々の姿は変わらないが、誰もが何処か暗い表情を浮かべて妙《みょう》に神経質《しんけいしつ》そうな視線《しせん》を辺りに撒《ま》いている。

今の街に満ちるのと類似《るいじ》した空気をエリックは知っていた。

父が魔族化して翌日《よくじつ》の、学校の教室だ。

規模《きぼ》は違うが——この妙に警戒心《けいかいしん》に満ちた空気はあの時のものとよく似ていた。誰もが互《たが》いの出方《でかた》を窺《うかが》っている様なぎすぎすとした緊張感《きんちょうかん》が漂っている。

あの時は生徒同士がエリックに対する扱《あつか》いをどうするかで逡巡《しゅんじゅん》が在ったのだろう。下手《へた》に庇《かば》うと自分までエリックと共に虐《いじ》めを受ける。だがあまり露骨《ろこつ》に態度《たいど》を変えると自分だけが先走る事となって恥《はじ》をかく。だから生徒達は全員が互いの反応を窺いながら真綿《まわた》で首を絞《し》める様にエリックを疎外《そがい》し始めた。

学校は社会の縮図《しゅくず》だと言われるがまさしくその通りだ。

今この街を覆っている空気はあの時のものと非常に似通《にかよ》った匂《にお》いがした。

「違うのは……誰が生《い》け贄《にえ》か、か」

エリックは呟《つぶや》いて暗澹《あんたん》たる気分になった。

人間は集団で生きる生き物だ。

個体として見ればひどくひ弱で——それ故《ゆえ》にこそ人間は集団を造《つく》って外敵に備《そな》えてきた。

だが文明を築《きず》き上げ、生物として繁栄《はんえい》の頂点《ちょうてん》に立ったかと思われた今でも、人間はその性質《せいしつ》を引きずり、逆にその性質故に集団を維持《いじ》するための『敵』を必要とする事になってしまった。

俗《ぞく》に人間が三人集まれば派閥《はばつ》が出来ると言われる。

一人では生きていけない。二人ならば助け合える。

だが——三人ならば一人と二人になってしまう。

より二人が強固《きょうこ》に結《むす》びつき安心を得《え》る為《ため》に外圧《がいあつ》としての『敵』、共通の『敵』という立場に三人目を追い込んでしまう。しかし当然この『敵』は自分達の集団より大きくては安心出来ないのだから——必然的《ひつぜんてき》に少数派《マイノリティ》を『敵』認定《にんてい》する。

その結果として起こるのが少数の弾圧《だんあつ》だ。

つまり……人間が人間として社会を成し生きて行くには『敵』としてその母集団から排《はい》斥《せき》されるべき存在がどうしても必要になってくる。それは言うなれば人が人として人同士暮らすための生け贄だった。

エリックもその生け贄として使われたのだろう。

だが——今の街は少々事情《じじょう》が異《こと》なる。

例の〈黒騎士〉の存在が警察《けいさつ》によって公式発表されてから既《すで》に一週間になる。

だがトリスタン市を多う不穏《ふおん》な空気は一向《いっこう》に晴れる事はなかった。

〈黒騎士〉はただ数枚の粒子《りゅうし》の粗《あら》い写真が公開されただけで、未《いま》だ逮捕《たいほ》されず、その存在すら疑問視する声が在る為《ため》だ。主にそれは〈憂国騎士団〉やそれに類する者達によって唱《とな》えられているのだが――市民の中にも、果ては有識者《ゆうしきしゃ》と呼ばれる者の中にも、〈黒騎士〉の存在を『警察や魔《ま》法管理局《ほうかんりきょく》が自分達の職務怠慢《しょくむたいまん》を誤魔化《ごまか》す為のでっち上げである』と主《しゅ》張《ちょう》する者が居た。

故に『原因も無いのに魔族化する』事への恐怖《きょうふ》と不安は未だ払拭《ふっしょく》されていない。また公式発表を信じた者達にしても、未だ〈黒騎士〉が捕《つか》まっていない現状に対してやはり不安を覚えている。

その結果……人々の間で無用《むよう》の猜疑心《さいぎしん》が高まりつつある。

次に魔族化しそうな者を互《たが》いに密告《みっこく》し、監視《かんし》するのである。

そして……何らかのきっかけが在ればその猜疑心は暴走《ぼうそう》し人を殺す。

密告が事実である必要は無い。先に殺した人間が本当に魔族になっていたのかどうかなど分からない。ただ彼等は殺せた事に安堵《あんど》し、加害者《かがいしゃ》側に回る事で身の安全を確保《かくほ》したと思いたがる。故にこそ加害者達は生け贄としての被害者達を次々と求める事になる。

実際《じっさい》……この三日程《ほど》で数件、『言動が奇矯《ききょう》だ』というだけの理由から近所の人間に集団暴行《ぼうこう》の末《すえ》殺されるという事件が発生している。ノイローゼになった者が銃《じゅう》で知り合いや家族を射殺《しゃさつ》するという事件も在った。相変《あいか》わらず〈憂国騎士団〉はＣＳＡ及《およ》び魔法士関係者の排斥《はいせき》を声高《こわだか》に訴《うった》えている。

未来といわず明日にさえも暗雲《あんうん》が立ちこめているのがエリックにも分かった。

「——よ。御苦労《ごくろう》さん」

ふと声を掛《か》けられて顔を上げるとフレッドが立っていた。

考え事をしながら歩く内に待ち合わせの場所まで来てしまったらしい。フレッドのすぐ後ろには、彼が父親から借りてきたという白い小型自動車が停車《ていしゃ》していた。

「どうしたよ。深刻《しんこく》そうな顔して」

級友の少年は不思議《ふしぎ》そうにエリックの顔を覗《のぞ》き込《こ》んでくる。

「むしろお前はどうしてそう脳天気《のうてんき》なのか僕は聞きたい」

そう言いつつも……エリックは普段《ふだん》と変わらぬフレッドの態度《たいど》に救われた様な気がした。

こんな人間も居るのだ。周りを蠢《うごめ》く実体の無い影に怯《おび》えて無意味に暴力を振り回す様な連中《れんちゅう》ばかりではない。そういう連中はただ目立つだけだ。街全体がそういう空気に染《そ》まっている様に見えても、人々が全員そんな風におかしくなってしまった訳ではない。

フレッドと会っているとそう思える自分が居る。

「どうもね。街の雰囲気《ふんいき》がぎすぎすしてて」

「ああ……これね」

フレッドは肩を竦《すく》めて言った。

「せめて〈黒騎士〉が捕まればどうにかなるんだろうけどなあ」

「店の方では何か聞いてないのか?」

「警察関係者が店に来るのも少なくなってさ。それだけ頑張《がんば》ってるんだろうけど……スタインバーグさん達も家に居ないしな」

フレッドが学校に秘密《ひみつ》でアルバイトをしている撞球場《ビリヤードじょう》は警察関係者がよく顔を出す。そして酒類も出る上に、こぢんまりした『隠《かく》れ家《が》』的な店舗《てんぽ》と、常連《じょうれん》と店員の馴《な》れ合う気易《きやす》い雰囲気《ふんいき》は人々の舌を滑《なめ》らかにするらしく——口の堅《かた》い警察関係者もついつい本音や愚痴《ぐち》が漏《も》れてしまう場所でもあった。

この為フレッドは妙に警察関係の事情《じじょう》に詳《くわ》しかったりもする。

無論《むろん》、店の信用に関《かか》わるという事でエリックの様な親しい友人に問われでもしない限り、フレッドも知り得た情報を喋《しゃべ》って回ったりはしないのだが。

「何でも〈黒騎士〉対策《たいさく》の一環《いっかん》で、戦術魔法士《タクテイカル・ソーサリスト》は交替《こうたい》で魔法管理局に詰《つ》めさせられてるらしい。シモンズさんが言ってた」

「皆頑張《みんながんば》ってるんだけどなあ……」

無意味《むいみ》に晴れ渡《わた》る空を見上げながらフレッドが言った。

「ところで今日はどういう感じで回んの?」

「〈グローサリー・ワンダー〉、〈ザ・ショップ〉、〈ミッキーズ・ドラッグ〉、それから――〈トリスタン・ガン・エクスチェンジ〉」

「……おい？」

さすがに怪訝《けげん》そうな表情でフレッドがエリックを振り返る。

彼は最後の店名が銃砲店《じゅうほうてん》である事を知っているのだろう。ちなみに先のものは有名な大型食料品店、雑貨屋《ざっかや》、薬屋である。

「そーゆーのは止《や》めたんじゃなかったのか？」

エリックは――一度銃を持ってレイオット・スタインバーグを殺しに行った事が在る。

父の復讐《ふくしゅう》というのが名目《めいもく》だった。だが実はそれが単に暴力を暴力で精算《せいさん》するだけの行為《こうい》――もっと身《み》も蓋《ふた》もなく言えば憂《う》さ晴《ば》らしの類《たぐい》でしかなかった事を思い知らされた彼は、深く反省してレイオットに謝罪《しゃざい》、以後、銃を握った事は無い。無かった筈だ。

その辺りの事情はフレッドも聞かされていた。

「持ち歩く積《つ》もりは無いけどね。母と妹がとにかく怯《おび》えるんだよ――〈遺族の会〉の方から連絡《れんらく》が回ってきてさ。知り合いの家が焼《や》き討《う》ちに遭《あ》った」

「………………」

顔をしかめて黙《だま》り込《こ》むフレッド。

ちなみに〈遺族の会〉とは正式名称を〈SA魔法士遺族の会〉という。元々魔族化した魔法士の遺族は世間的《せけんてき》に差別《さべつ》や弾圧《だんあつ》を受ける傾向《けいこう》が強い為、遺族同士が肩を寄せ合い、互いに身を守り合う為に結成《けっせい》された組織だ。母や妹の精神治療士もこの会からの紹介《しょうかい》で来て貰っている専門家である。

当然——エリックが言う『知り合いの家』というのはサリヴァン家、いやトムスン家と同じく一家の稼《かせ》ぎ頭《がしら》である父親が魔族化して処理《しょり》された家族の事である。直接顔を合わせた事は無いものの、状況が似ている事から精神治療士の薦《すす》めに従い、妹や母は文通を行っていた様だった。

「綺麗事《きれいごと》は綺麗事として重要だと思うけど」

溜《た》め息をつく様な口調《くちょう》でエリックは言う。

「先《ま》ずは生き残らないと言いたい事も言えないからね。何も無ければ積極的《せっきょくてき》に使う積もりも無いし。本当はもう銃なんて見たくもないんだけど」

「……うーん」

それでも顔をしかめながら車の扉《とびら》を開くフレッド。

助手席側に回りながらエリックは苦笑《くしょう》を浮かべて言った。

「——というかお前に言われる筋合《すじあ》いは無いと思うぞ」

「ちょ……それはお前……」

少し頬《ほお》を赤らめて慌てるフレッド。

彼が『戦術魔法士を目指す為』と称《しよう》して、レイオットの持っている〈ハード・フレア〉とよく似た回転弾倉式《リボルヴア》の拳銃《けんじゆう》を購入《こうにゆう》し、射撃場《しやげきじよう》に通って練習《れんしゆう》しているのをエリックは知っている。どちらかというとレイオット・スタインバーグに憧《あこが》れての事であって、誰かを撃とうとか脅《おど》そうという気は毛頭《もうとう》無いみたいだが。

「あれはなんつうか……御守《おまも》りなんだってば」

「うちのも御守りさ」

エリックは肩を竦《すく》めて言った。

「暴力なんて——使わずに済めばそれに越《こ》したことは無いんだよ」

●　●　●

ぼんやりと空中に視線を据《す》えたままスプーンを掻《か》き回す。

指先に伝わってくる感触《かんしよく》を何となく弄《もてあそ》びながらレイオットは長い溜《た》め息《いき》をついた。

彼の前にはアルマイト製《せい》の食器と盆《ぼん》が在る。

刑務所《けいむしよ》で囚人《しゆうじん》用として使われるものと大差《たいさ》ない様な無味《むみ》乾燥《かんそう》とした食器の中に入ってい

るのは彼が『ビーフシチュー』を注文した結果《けっか》として出てきたものであった。確《たし》かに食券《しょっけん》にはビーフシチューと書いてあった。匂《にお》いもビーフシチューのものだ。色もビーフシチューのものだ。これは何だと問われれば恐《おそ》らく十人が十人共『ビーフシチュー』と答える事だろう。

とはいえ――

「ビーフシチューってのはもっとこう……なんて言うかどろっとしたもんだよな」

「…………」

レイオットの対面に座る小柄《こがら》な人影《ひとかげ》は無言《むごん》。

もっともレイオットとしても別に返事は期待していなかった。独《ひと》り言《ごと》と大差ない。弾《はず》む会話に満ちた明るい食卓《しょくたく》を求めるのなら、とっくにこの無愛想《ぶあいそ》な相棒《あいぼう》との共同生活は破綻《はたん》をきたしていただろう。

「これじゃビーフシチュー風味《ふうみ》のスープだ。水で薄《うす》めてるなこれは。まあその分値段《ねだん》は安いんだから文句《もんく》も言えないが――もっとなあ……」

食器の中身をすくい上げたスプーンの先端《せんたん》からぽたぽたと水の様にさらりとした赤茶色の液体《えきたい》が滴《したた》る。確かに粘性《ねんせい》は低い様である。シチューという料理を『肉や野菜をどろどろになるまで煮込《にこ》んだもの』と定義《ていぎ》するのならば確かにこれは埒外《らちがい》だろう。

ちなみに――特に趣味《しゅみ》らしい趣味も無いレイオットなのだが、自炊《じすい》生活が長いせいか、それなりに料理には一家言《いっかげん》在る。もっとも彼の料理は典型的《てんけいてき》な『我流《がりゅう》』なのでその意見にあまり確固《かっこ》たる裏打ちは無いのだが。実際《じっさい》――高級店では裏漉《うらご》ししてさらりとしたスープ状のビーフシチューを出す店も少なくない。

まあそれはさておき……

「…………」

対面に座っている相手は黙々《もくもく》とサンドイッチを食べていた。

カペルテータ・フェルナンデス。

相変わらず目深《まぶか》に被《かぶ》られ薄闇《うすやみ》が凝《こご》るフードの中で、紅《あか》い光が四つ揺《ゆ》れている。離《はな》れて見ればまるでそれは四眼の怪物《かいぶつ》の様にも見えるが……近寄って見れば紅い眼の少女の顔とその額《ひたい》に備《そな》わる二つの紅い球面《きゅうめん》なのだと分かる。

その差はわずかに数歩。

距離《きょり》にすれば三メルトルも無い。

だがそのたった数歩、たった三メルトルを詰《つ》める事をせずに彼女を『化け物の出来損《できそこ》ない』と呼ぶ者達は確《たし》かに居る。居るからこそまた彼女はこのフードを脱《ぬ》げないのだ。

(……魔法管理局の人間ですらそうだからな……)

レイオットにすれば見慣《みな》れているせいか、彼女の額の球面に関しても、その紅い眼《め》や髪《かみ》にしてもそれ程《ほど》に違和感《いわかん》は無い。むしろその顔の造《つく》りそのもの——目鼻立《めはなだ》ちに関してはそれなりに整っているとさえ思う。成長すればそれなりに美人になるだろう。

だがそれに多くの人間は気付かない。

気付かないままに彼女を『出来損ない』として差別《さべつ》する。

カペルテータ本人はそれをあまり気にした様子も無いのが未《ま》だ救いではあった。だがそれは単に未だ彼女の人格が成長しきっていないだけなのかもしれない。もしこの先、普通《ふつう》の感情に彼女が目覚め——例えば異性《いせい》に恋をする様な事が在ったとしても、恐《おそ》らく彼女の気持ちは行《い》き場《ば》のないままに潰《つい》えるしか無かろう。

「どうかしましたか」

カペルテータがサンドイッチを齧《かじ》っていた手を止めて尋《たず》ねてくる。

「——ん？」

「レイオットが先程《さきほど》からずっと私を見ているので」

「ああ。実は君に恋《こい》してしまったのさ」

「…………」

カペルテータは何度か瞬《まばた》きする。

これで年相応《としそうおう》に焦《あせ》ったり慌《あわ》てたり頬でも赤らめれば可愛《かわい》いげも在るのだろうが――その顔にはいつもの如《ごと》く無表情が凝っているのみだ。

「……実は以前から思っていた事ですが」

カペルテータは淡々《たんたん》と言った。

「何だい――我《わ》が愛《いと》しの君？」

「レイオットは冗句《ジョーク》というものがあまり上手《うま》くないのではありませんか」

「……お前に言われたらおしまいの様な気がするな。何となくだが」

「かもしれません」

やはり無表情に頷《うなず》くカペルテータ。

「まあ真面目《まじめ》な話……」

レイオットは諦《あきら》めてビーフシチューを口に運びながら言った。

「此処《ここ》の食事も飽《あ》きたな」

「そうですか」

ただ淡々とカペルテータは応《おう》じる。

彼等《かれら》が居るのは魔法管理局の地下に在る職員用の食堂であった。

職員用とは言うものの一般《いっぱん》にも開放されていて、魔法管理局に来た部外者も普通《ふつう》の食堂

と同様に利用出来るのだが――値段の安さに比例《ひれい》する味のお陰《かげ》であまり利用者は居ない。

ただし予算でも余《あま》ったのか、テーブルや椅子《いす》の類《たぐい》は妙《みよう》に上品で上質《じようしつ》なものが並べてある為、外部の人間との待ち合わせや打ち合わせ用の場所として職員が使う事も多かった。

レイオット達はここ一週間――ずっとこの魔法管理局に詰《つ》めている。

監禁同然《かんきんどうぜん》に詰めさせられているといった方が正しいかもしれない。

これは二つの必要性からで――一つは対〈黒騎士〉用の貴重《きちよう》な戦力として、そしてもう一つは〈黒騎士〉対策委員会《たいさくいいんかい》のやはり貴重な意見源として、常《つね》に魔法管理局の眼の届《とど》く場所に彼を確保《かくほ》しておこうというのがカート・ラベル局長の考えであった。

お陰でレイオット本人は無論《むろん》、カペルテータも、そして彼の担当であるネリンもずっとこの魔法管理局の仮眠室《かみんしつ》をそれぞれ一つずつ宛《あて》がわれて、庁舎内《ちようしやない》に泊《と》まり込んでいるのだ。

ちなみにカペルテータの飼《か》い猫《ねこ》であるシャロンは、さすがに庁舎内で飼う訳にもいかないので、隣家《りんか》のエレナ・シェリングに世話《せわ》を頼《たの》んである。

だが――

「もう七日目――一週間か……」

スプーンをくわえながらレイオットは天井《てんじよう》を見上げて呟《つぶや》いた。

〈黒騎士〉とレイオットが戦った日から既《すで》に七日が経過《けいか》している。

この間——〈黒騎士〉は動きを止めていた。

異形《いぎょう》のモールドの目撃例《もくげきれい》は無く原因不明の魔族事件《ケースSA》も発生していない。

これが単に〈黒騎士〉が戦術魔法士やSSSに追い回された結果として懲《こ》りて慎重《しんちょう》になった為か……あるいは他《ほか》に理由が在るのかは分からない。元より過去のケースSAの発生件数やその詳細資料《しょうさいしりょう》を検討《けんとう》する限り、〈黒騎士〉の活動に一定周期《しゅうき》が在った訳でもない。目的も分かっていない以上——〈黒騎士〉が次にいつ現れるのか、そもそも『次』が在るのかどうかも定《さだ》かではない。

だから本来ならばこれは歓迎《かんげい》すべき事態《じたい》なのかもしれない。

だが——警察や魔法管理局の関係者はいずれも焦燥感《しょうそうかん》を覚えていた。

市民の間の不穏《ふおん》な動きは日毎《ひごと》に増えている。

暴行事件や傷害《しょうがい》事件は日常茶飯事《にちじょうさはんじ》になりつつあり、〈憂国騎士団〉の動きも活発だ。しかも〈黒騎士〉の存在を巡《めぐ》って彼等は警察や魔法管理局、ひいては政府そのものを『虚偽《きょぎ》の発表で市民を騙《だま》そうとしている』と決めつけている為、落ち着いて理性的《りせいてき》な行動を採《と》るようにと呼び掛ける政府公報《こうほう》や警察の街頭《がいとう》放送も、あまり効果《こうか》が出ていない。

「……意外《いがい》に脆《もろ》いな……社会ってのはさ」

それがレイオットの感想だ。

法治国家《ほうちこっか》といってもこんなものである。ちょっと警察権力《けんりょく》の扱《あつか》いあぐねる様なものが出てくれば容易《たやす》くその治安は揺れ始める。平穏《へいおん》な日常とは砂上《さじょう》の楼閣《ろうかく》に過ぎないとレイオットは無論《むろん》知っていたが——さすがにこの二週間余《あま》りでのトリスタン市の空気の変わりようは彼にしても何か冷《つめ》たいものを覚《おぼ》える部分が在った。

「意外ですか」

レイオットの言葉を舌の上で確かめる様にカペルテータが呟《つぶや》いた。

「そう思わないか？」

「脆い、脆くないの基準《きじゅん》がよく分かりませんが、私には殊更《ことさら》に意外には思えません」

「…………」

片眉《かたまゆ》を上げてレイオットは人々に『半魔族《ハーフ・ブルート》』の蔑称《べっしょう》で呼ばれる少女を見つめた。

カペルテータは何かの実験結果を読み上げる様な口調《くちょう》で告《つ》げた。

「人間が他人を信頼《しんらい》する基準があまりにも曖昧《あいまい》です」

「信頼……ね」

「家族や友人にしても絶対の『味方』である保証《ほしょう》は在りません。まして自分以外の不特定多数で構成される社会は一定数の『敵』を常《つね》に内包《ないほう》している事になります」

確《たし》かにそれはその通りだろう。

そもそも人間がたった一人しか居ない世界に争《あらそ》い事は起こり様が無い。

犯罪も。戦争も。

結局——人間にとって最大の敵は人間だ。

「そしてこの『敵』は潜在的《せんざいてき》であり、日常的に判別《はんべつ》出来ません。そもそも『敵』性としての存在に変化する可能性を常にほぼ自分以外の全員が持っているので、最終的に人間は」

カペルテータの口調は滔々《とうとう》としている。

そこには逡巡《しゅんじゅん》も躊躇《ちゅうちょ》もない。

事実を事実としてただ語るだけの声が——静かに断言《だんげん》した。

「『敵』になるかもしれない者同士で無理《むり》に集団を形成《けいせい》している事になります」

「…………」

「人間は一人では生きられないと言いますが、現実には単独《たんどく》生活も可能な能力を生物的に持っていると思います。ではどうして社会というものが成立するのか、私には理解出来ません」

「……なあ、カペル」

人差し指で額の辺りを掻《か》きながらレイオットは言った。

「はい」

「俺はともかく……シモンズ監督官《かんとくかん》や、シェリングのおばちゃんもお前にとっては『敵』の可能性を含《ふく》む存在なのか？」

「…………」

珍《めずら》しくカペルテータは黙《だま》り込んだ。

レイオットは溜め息をついてこのCSAの少女を見つめる。

恐《おそ》らく大抵《たいてい》の人間の耳には、カペルテータの台詞《せりふ》は恐ろしく人間味《にんげんみ》を欠《か》いたものの様に聞こえる事だろう。人によっては未だ十代半ばの少女がこんな台詞を大真面目《おおまじめ》に言う事に戦慄《せんりつ》と嫌悪《けんお》さえ覚えるかもしれない。

十代の頃《ころ》にありがちな——背伸《せの》びしようとする余《あま》りに生じる大人や社会への反抗心《はんこうしん》や、自尊心《じそんしん》の裏返しとして生じる底の浅い厭世観《えんせいかん》とは根本的《こんぽんてき》に質《しつ》が違う。

心底カペルテータはそう思って不思議《ふしぎ》がっているのだ。

人間が人間を信じて寄《よ》り添《そ》うという事を。

だが……彼女を責《せ》めるのは筋違《すじちが》いだとレイオットは考える。

この少女は壊《こわ》れた母親に育てられ、実の祖父《そふ》に監禁《かんきん》されて育った。肉親の情など元より意味も分からない状況でこの少女は自我《じが》に目覚《めざ》め、やがてようやく得た喜怒哀楽《きどあいらく》の萌芽《ほうが》は、しかし……両親の死と共に枯《か》れて死んだ。レイオットが殺した。

彼女に人間的な感情を育《はぐく》めと求める方が無茶《むちゃ》な話だろう。

（……だが……それでも……）

時折《ときおり》、この少女にも人間的な感情が再び芽生《めば》え始めているのかと思う事は在る。

レイオットが多少なりとも変化してきた様に、カペルテータもまた変化してきてはいるのだろう。毎日一緒《いっしょ》に居るせいで普段《ふだん》は意識しないが、初めて出会った時に比《くら》べると彼女も背は伸びたし――最近はフィリシスやネリンが買ってきて与《あた》える下着もきちんと着けている様だった。レイオットはあまり気にした事も無い上、カペルテータもそんな素振《そぶ》りは見せないが――身体が正常《せいじょう》に発育《はついく》していれば生理《せいり》も始まっているだろう。

彼女の身体の時間は確実《かくじつ》に流れている。

精神《せいしん》にも変化は見える。エレナ、ネリン、ナレア、ジャック、エリック、フレッド、シャロン……諸々《もろもろ》の者達と関《かか》わる事によって少しずつだがこの少女にも人間的な振《ふ》る舞《ま》いが増《ふ》えてきている様に思えた。

だが。

何か根本的な部分で――精神の奥底《おくそこ》でこの少女は立ち止まったままだ。

道は開けている。先も見えている。

だが始めの一歩を踏み出すのを躊躇《ためら》っている様に。

(何かが足《た》りない。――何が？)

問うてもカペルテータは答えまい。

あるいは彼女自身が分かっていないのかもしれないが。

そんな事を考えていると……

「――こんにちは」

ふと――声が掛《か》かった。

振り返ったレイオットの眼《め》に映《うつ》ったのは、車椅子《くるまいす》に座る少女とその脇《わき》に立つ小柄《こがら》な青年の姿であった。他人の顔だの名前だのを覚《おぼ》えるのは不得意《ふとくい》なレイオットだが――目立つこの二人に関してはさすがに印象に残っていた。

「…………」

レイオットは曖昧《あいまい》に片手を挙《あ》げて応《おう》じる。

最近は何かと魔法管理局への魔法士の出入りが激《はげ》しい。魔法士関連《かんれん》の法改正《ほうかいせい》やら何やらで書類上《しょるいじょう》の手続《てつづき》が幾《いく》つも発生《はっせい》しており、その為に管理局に呼び出される魔法士達が多いのだ。恐《おそ》らくはカールとミュリエナが此処《ここ》に居るのもその為《ため》だろう。

「お疲《つか》れの様子ですね……？」

ミュリエナが微笑《びしょう》しながらそう言ってくる。

「まあな。例の〈黒騎士〉関連で半《なか》ば監禁《かんきん》状態だよ」

「〈黒騎士〉ですか……？」

興味《きょうみ》を惹《ひ》かれたのか……ミュリエナの微笑が僅《わず》かに揺《ゆ》らぐ。

「まさか知らないって事はないよな？」

「ええ――勿論《もちろん》」

改《あらた》めて華《はな》やかな笑みを浮かべながらミュリエナは頷《うなず》いた。

「他人を呪《のろ》って魔族化させるという怖《こわ》い怪人《かいじん》の事ですよね」

「そういう事になってるな。俺は魔族化の場面そのものは見ていないが」

「……『そのものは見ていない』？」

「〈黒騎士〉自体とは一度……いや二度会ってるか」

「まあ……」

眼《め》を丸くしてミュリエナが驚《おどろ》く。

「是非《ぜひ》お話を聞きたいです。ねえ――御兄様《おにいさま》？」

「そうだね」

カールが柔《やわ》らかに微笑《ほほえ》みながら頷く。

「何度も何度も同じ話をさせられたよ。勘弁《かんべん》してくれ。今じゃ記録《きろく》採《と》ってた周りの連中の方が詳《くわ》しいんじゃないか？」

「そうなんですの？」

「ああ。しかしお嬢《じょう》さんは〈黒騎士〉を信じてる方か」

「……え？」

「いや、世間じゃ〈黒騎士〉の存在はでっち上げだ、なんて言ってるけどな」

レイオットは苦笑《くしょう》を浮かべて言った。

「でも写真が在りますでしょう？」

「写真は合成が利《き》くよ。まあ粒子《りゅうし》の粗《あら》い遠距離《えんきょり》、しかも夜間の撮影《さつえい》だからな。信じられない奴《やつ》も多いんだろうさ」

「でも……スタインバーグさんは目撃《もくげき》されたのでしょう？」

「戦いもしたがね。警察の公式発表ですら信用されてないんだ。無資格《むしかく》の戦術魔法士の証言《しょうげん》なんざ世間《せけん》では信用されんよ」

苦笑するレイオット。

そこへ――

「――おやおや？」

更《さら》に声を掛けて近付いてくる人影《ひとかげ》が在った。

黒革《くろかわ》の上着と黄色のシャツ。黒髪と金髪《きんぱつ》。これまたやたらと目立つ組合せではあった。

ヴィクハルト・ヤークトルーフである。

この男も当然《とうぜん》ながらしばらく前から魔法管理局に詰《つ》めている。もっともレイオットに比《くら》べると自主的にこの戦術魔法士は待機《たいき》しており、助手や馴染《なじ》みのモールド・エンジニアまで管理局に呼びつけて万全《ばんぜん》の態勢《たいせい》を整えているという。

どうやら自分で〈黒騎士〉を倒《たお》す気満々《まんまん》の様だった。

「辛気《しんき》くさい顔並べて何やってんだ」

「飯喰《く》ってるんだが。見て分からないか？」

レイオットは面倒臭《めんどうくさ》そうに答える。

ヴィクハルトは何かとレイオットの姿を見る度《たび》に絡《から》んできていた。既《すで》にこうやって嫌味《いやみ》だか何だか分からない事を言いに来るのもレイオットが此処《ここ》に詰める様になってから二十回以上になる。一日に三回は嫌《いや》がらせをしにきている計算だ。レイオットも慣《な》れてきて最初こそ多少は不愉快《ふゆかい》に思っていたものの、最近は単にうざったいだけの印象しかない。

「スタインバーグさんから〈黒騎士〉のお話を伺《うかが》っておりました」

ミュリエナが言った。

「ふふん？　取り逃がした魚の大きさを語《かた》るってか？」

笑いながらヴィクハルトが言う。

「あんた相当格好《そうとうかっこう》悪いぜ？　分かってるか？」

「格好良く在りたいと願《ねが》った事も特に無いけどな」

とレイオット。

「でも健闘《けんとう》されたんですよね」

ミュリエナが言う。

「同じ様に戦われたお二方《ふたかた》は怪我《けが》をして入院しておられるとか……」

「まあ二人と多少なりともやり合ったからこそ、〈黒騎士〉が消耗《しょうもう》していたってのはあるかもな」

フィリシス・ムーグとトーマス・パラ・ビーチャムが先に〈黒騎士〉と戦っていたのはレイオットも聞き及《およ》んでいた。

この際《さい》、フィリシスは〈黒騎士〉が創《つく》り出した魔族《メレヴエレント》二体と、トーマスも同様《どうよう》に一体と戦闘《せんとう》になり、共に負傷《ふしょう》している。特にトーマスは魔族を倒しはしたものの、〈黒騎士〉の攻撃で肋骨《ろっこつ》二本を折っており、確かに入院中だ。フィリシスは戦闘中に一般市民を庇《かば》って魔族の攻撃《こうげき》を喰《く》らい、骨折こそしなかったものの打撲《だぼく》傷数か所を負って療養中《りょうようちゅう》である。

「それで逃がしてんだから世話《せわ》ねえな。俺なら確実《かくじつ》に仕留《しと》めてみせるぜ」

ヴィクハルトはあくまで自信満々である。

「そうか。頑張《がんば》ってくれ」

そしてレイオットはあくまで投げやりであった。

彼としては別に自分で〈黒騎士〉を倒したい訳ではない。別に他の誰かが倒してこの拘《こう》束状態《そくじょうたい》から脱《だつ》する事が出来るのなら、それはそれで構《かま》わないのだ。

「〈黒騎士〉はそんなに強いのでしょうか？」

ミュリエナが尋《たず》ねる。

「強いな。魔法士として強いかどうかという意味では——まあ平凡《へいぼん》だと思うが、あの大きめのモールドの筐体内《きょうたいない》に短機関銃《たんきかんじゅう》や手榴弾《しゅりゅうだん》を内蔵《ないぞう》している。武装《ぶそう》という意味では装甲車並《そうこうしゃなみ》だろう。魔法を込みでというのなら戦車より手強《てごわ》いとも言えるか」

「……まあ」

驚いた様子でミュリエナが口元に手を当てる。

「そんなものが街中《まちなか》を？」

「軍の——マノン辺りの軍の実戦試験《じっせんしけん》じゃねえかって意見も有るな」

とヴィクハルト。

「一介《いっかい》の犯罪者《はんざいしゃ》にしちゃ武器が豪勢《ごうせい》な感じもするからな。少なくとも背後《はいご》に組織的《そしきてき》なものが在るのは間違いねえだろ。ローランド工房《こうぼう》のあのエンジニアの言葉を信じるなら、『魔族化』が目的ではなくて拘束度数《デュラビット》を他人を使って増やすシステムなんだそうだがね——」

「恐《おそ》ろしい……」

ミュリエナは兄を振り返る。

「ねえ——御兄様」

「そうだね」

「一体何者なのでしょう？　その〈黒騎士〉のモールドも普通《ふつう》ではないのでしょう？　銃を内蔵していたり、手榴弾を内蔵していたり、壁《かべ》を歩いたり、四つ脚で歩いたり」

「………………」

ふとカペルテータが瞬《まばた》きする。

「……？」

レイオットが気付いたのは共に暮《く》らして長いからだろう。それが彼女の何かを怪訝《けげん》に思った際《さい》の癖《くせ》だという事を彼は知っている。

「ま——何にしても近い内に明らかになるさ。この俺の手でな」

ヴィクハルトが笑う。

「スタインバーグ、あんたはまあ適当《てきとう》に飯でも喰って待ってな」

「そうさせて貰《もら》えれば本当に楽なんだがね」

レイオットは肩を竦《すく》めて言った。

●　●　●

道を歩いていたロン・コルグはふと足を止めた。

いつもの如《ごと》くインバネス・コートに山高帽《やまたかぼう》、そして右腕《みぎうで》には杖《つえ》。

この杖は普段《ふだん》は武器であり服飾《ふくしょく》の一部であったのだが——今はその本来の役目を果《は》たしている。未《いま》だ身体《からだ》が本調子《ほんちょうし》ではないからだ。ただ移動するのにさえ苦労《くろう》するなど一体何年ぶりの事であろうか。

だが意外《いがい》とそれは奇妙《きみょう》な愉悦《ゆえつ》をロンの意識《いしき》に与《あた》えていた。

自分の脚《あし》を動かして歩く。一歩一歩自分の身体を支えながら。重力に抗《あらが》って。物理《ぶつり》法則《ほうそく》の枠内《わくない》で力をやりくりして。破綻《はたん》の無い様に無理《むり》の無い様に。石畳《いしだたみ》の上をゆっくりと歩いていく。

ただそれだけの事が……妙《みょう》に愉快《ゆかい》だった。

「……ふむ」

彼が足を止めたのはパン屋の店先である。

店先に看板《かんばん》代わりに飾《かざ》られた大きなパンが妙に美味《うま》そうに見えたのも久し振《ぶ》りに人間の行為《こうい》をなぞっていた影響《えいきょう》なのかもしれない。今のロンに辞書的《じしょてき》な意味での食事は必要が無い。本来《ほんらい》ならばパンを見ようが小石を見ようがロンの感覚では同じに見える筈《はず》だった。

(全《すべ》てを得るは全てを喪《うしな》うに等しい……か)

それは誰《だれ》が言った言葉であったか。

ロン達は——源流魔法使《ルート・ソーサリアン》達は詳細《しょうさい》な事情《じじょう》の違いはあれど、ままならぬ人間の身体を棄《す》てて万能無限《ばんのうむげん》たる存在を志向《しこう》した者達だ。限界を超越《ちょうえつ》し死を超越し彼等《かれら》は確《たし》かに人間より遥《はる》かに自由で強大《きょうだい》な存在になった。

だが……その結果はどうであったか。

今更後悔《いまさらこうかい》はしていない。

だが自分が棄ててきたものの全てをきっちりと理解《りかい》していたのかと問われればロンとて躊躇《ちゅうちょ》せざるを得ない。

自由である事と愉悦は別のものなのだ。

ままならぬから人間であり、ままならぬからこそ生命の在《あ》り方《かた》に敬意《けいい》を払《はら》える。脆弱《ぜいじゃく》で喪われ易いものであるからこそ人は他人を思いやれる。万能でないからこそ、不自由であるからこそ、人は頭を使い、努力《どりょく》をし、工夫《くふう》を凝《こ》らして出来る事の幅《はば》を広げていく。

それ故《ゆえ》にこそ達成感《たっせいかん》が在り、生きている事に充実《じゅうじつ》を感じ、時にはその不自由さえもを愉《たの》しむ事が出来る。

逆に不自由さを喪った者達はどうなるのか。

その極致《きょくち》の一例がオッフェルトリウムに代表される『結社《けっしゃ》』の連中なのだろう。

彼等は今や神の代行者を名乗る——否《いな》、自《みずか》らを神とさえ称《しょう》する怪物《かいぶつ》と化してしまった。

「…………ふむ」

ロンは懐《ふところ》を探《さぐ》って財布《さいふ》を取り出す。

金銭《きんせん》とは縁《えん》の無い生活をしてはいるが、時に人間社会と関《かか》わらざるを得ない際《さい》、行動し易《やす》い様にと幾《いく》ばくかの紙幣貨幣《しへいかへい》は持ち歩く様にしている。必要ならその場で紙幣だろうと金塊《きんかい》だろうと『合成』する事も出来るが——それはロンの主義《しゅぎ》に反する。

ロンは中身を確かめてからパン屋に入った。

浮浪者《ふろうしゃ》のトムがねぐらにしている廃墟《はいきょ》が近くに在るからだ。既《すで》に『御礼《おれい》』はしてあったが……安物の缶詰《かんづめ》とパンで『美味《うま》い美味い』と大喜びしていた彼の姿を思い出し、改めて差し入れに行く事を思い立ったのである。

店に入ると——

「……いらっしゃい」

――店主と店員それぞれがびくりと身を震《ふる》わせて振り返る。

ロンはざっと店内を見回してから十ドルク紙幣を二枚取り出してレジカウンターの上に置いた。

「貴店《きてん》のお勧《すす》め商品を適当《てきとう》に二十ドルク分ばかり包《つつ》んで貰《もら》えるかな」

「…………」

店主と店員はまるで値踏《ねぶ》みするかの様にロンを眺《なが》める。

「……はい」

店員の方がそう言ったのはたっぷり十秒は経《た》ってからだった。

ロンの言葉をきちんと聞いていたのかいないのか、店員は陳列《ちんれつ》されていたパンを端《はし》から適当《てきとう》に袋に詰《つ》めていく。手つきがひどくぞんざいで――妙な焦燥感《しょうそうかん》が動作《どうさ》にも滲《にじ》んでいる。早くロンに出ていって欲《ほ》しいと思っているのは明らかだった。

店員は十数個のパンを紙袋に詰め込むと最後に袋の口を捻《ねじ》って渡してきた。

「…………」

ロンはそれを受け取ると、そのまま言葉も交《か》わさず店を出る。

『有《あ》り難《がと》う御座《ござ》いました』の言葉は無い。

歩きながらロンは僅《わず》かに顔をしかめた。

まずい傾向《けいこう》だ。

ロンはこの街《まち》の空気に覚《おぼ》えが在った。

〈イエルネフェルト事変〉直後にそっくりだ。あの頃《ころ》は国全体がこんな空気に包まれていた。恐《おそ》ろしく殺伐《さつばつ》とした——互《たが》いの隙《すき》を窺《うかが》い合うかの様なぴりぴりした緊張《きんちょう》ばかりが在る。

あの時は随分《ずいぶん》と人が死んだ。

魔族《メレヴエレント》は全て駆除《くじょ》されたにもかかわらず——だ。

あの時も情報が錯綜《さくそう》し、誰が魔族になるか分からないまま、挙動不審《きょどうふしん》な者や顔付きや体付きが『おかしい』と断《だん》じられた者が弁明《べんめい》も許されないままに殺された。人々はいつ誰が魔族になるか分からずに互いを監視《かんし》し、監視に疲《つか》れれば殺した。そうしないと安《やす》らかに眠る事さえ出来なかったのだ。

いつ誰が化け物になるのか分からない。

政府の言う事は信用《しんよう》出来ない。

社会そのものが成り立たない。

だから——

「……愚《おろ》かな」

身を寄せ合わねば生きていけない程《ほど》に弱く脆《もろ》い存在が人間だ。なのに不《ふ》信感《しんかん》を募《つの》らせ自ら互いの結束《けっそく》を崩《くず》していく。ままならぬのが人間とはいえ……あまりに進歩が無い。惨劇《さんげき》から何も学ぶ事無く、人々は疑心暗鬼《ぎしんあんき》で自分達の立っている場所を自ら崩《くず》しつつあった。

もっとも――

「私に言えた事でもないか」

自嘲《じちょう》混じりに微苦笑を浮かべるロン。

つまらない人間的な感情や感傷は全て捨《す》て去《さ》った積《つ》もりだった。自ら人間社会と決別し『個』として存在する事を選んだ筈だった。ロンに限らず源流魔法使とはそうした者達が殆《ほとん》どだ。全てを捨て去った者だけが――如何《いか》なる夢も希望も持たず徹底的《てっていてき》に絶望《ぜつぼう》し、ただ事実《じじつ》だけをそのままに受け入れる事が出来る者だけが人間である事を忘れ、源流魔法士としての階段《かいだん》を上る事が出来た。

だが――

「所詮《しょせん》、あの若者と同じか」

ロンも……ただ絶望した積もりになっていただけなのかもしれない。

彼が〈資格者《クオリファアイア》〉達の集団に対して敵対行動《てきたいこうどう》を採《と》ったのは、単に自らの戒律《かいりつ》、信念《しんねん》とは相容《あい い》れない行動を彼等が採っていたからだ。別に正義を気取っての事などではない。それはあくまで理路整然《りろせいぜん》たる理屈《りくつ》でしかない。

だが……

「私は……ただ全《すべ》てを棄《す》てた気になっていただけなのかもしれんな」

あの浮浪者トムの笑顔が脳裏《のうり》を過《よ》ぎる。

社会の底辺《ていへん》に——ああいう人間も居る。

自分は世界の全てを見ずに人間というものを見限《みかぎ》ってしまったのではないかとも思う。

無論《むろん》……今更《いまさら》人間に戻りたいと思っても無理だ。人間の振りをする事は出来ても既にロン達は人間ではない。あのロミリオや〈資格者〉達の盟主《めいしゅ》であるオッフェルトリウムも同じである。

ただ……

「……ふむ？」

怪訝《けげん》の表情を浮かべてロンは足を止める。

違和感《いわかん》。

廃墟らしからぬ空気のざわめきがそこには在った。

「…………」

外壁《がいへき》の塗装《とそう》も剝《は》げ掛かった旧《ふる》い雑居《ざっきょ》ビルの中にロンは杖をつきつつ歩いて入っていく。

そして——

「…………」

壁の半ばも崩落《ほうらく》した雑居ビルの一階。遠慮《えんりょ》無く風が通り朝晩《あさばん》の気温の変化も激《はげ》しいが、雨露《あめつゆ》がしのげるだけでも浮浪者達には有り難い場所なのだとロンは聞いた。

そこに彼等は居た。

仮面《かめん》の男達がまるで円陣《えんじん》を組む様にして立っている。

背丈《せたけ》も年齢も様々《さまざま》だ。安っぽい仮面などロンの眼にかかれば在っても無くても同じだ。一人一人はごく平凡《へいぼん》な……街の雑踏《ざっとう》で擦《す》れ違《ちが》っても殊更印象《ことさらいんしょう》に残らない様な普通の人間だった。いかにも犯罪者じみた凶相《きょうそう》や異相《いそう》は特に見当たらない。着ているものはいずれも清潔感《せいけつかん》の在るもので……浮浪者《ふろうしゃ》の類《たぐい》でもないのは一目瞭然《いちもくりょうぜん》だった。

見た限りごくごく普通の人々。

彼等は何かを囲《かこ》んでいるらしかった。

何を……？

「――うん？」

仮面の男の一人が振り返ってロンの姿を認《みと》めた。

「なんだ――貴様《きさま》。こんな処《ところ》に何しに入ってきた？」

「それはこちらの台詞《せりふ》だ」

ロンは——静かに言った。

仮面の男達が次々と姿勢《しせい》を変えてロンの方を振り向く。その為《ため》に円陣が崩れ彼等の囲んでいたものが露《あら》わになった。

地に伏《ふ》せたトムの姿《すがた》が。

「貴様達は何をしている？」

「……見て分からないか」

せせら笑う様に仮面の男の一人が言った。

「魔族になりそうな奴《やつ》を予《あらかじ》め駆除《くじょ》して回っている。我々は〈憂国騎士団〉である」

「…………」

「我々はこの国の、人類の平穏《へいおん》を守るため、活動している。善良《ぜんりょう》なる市民は腐敗《ふはい》した官憲《かんけん》ではなく我々に協力を——」

「くだらぬ事を」

ロンは呻《うめ》く様に言った。

彼の眼《め》はトムの背中に開いた銃創《じゅうそう》を見て呟《つぶや》いた。

握《にぎ》り拳程《こぶしほど》の大きさに背中の肉が抉《えぐ》れている。恐《おそ》らく大口径《だいこうけい》の銃弾《じゅうだん》を身体の正面から撃《う》ち込まれ——衝撃《しょうげき》で射出口《しゃしゅつこう》の肉まで吹《ふ》っ飛ばされたのであろう。

当然ながら死んでいる。

「本当に……愚《おろ》かな事を……」

「……おい。この年寄《としよ》り、挙動不審だな」

仮面の男の一人が言った。

「ひょっとしたら魔族の仲間かも。一緒《いっしょ》に居て感染《かんせん》している可能性もある」

どうやら最新の『流行』は『病気扱《あつか》い』という事らしい。

「どちらにせよ、殺しておいた方がいいな。どうも我々に協力しようという雰囲気《ふんいき》では無さそうだよ」

言って仮面の男達の一人が拳銃《けんじゅう》を持ち上げる。

照準《しょうじゅん》して。引き金を引く。

人間を殺傷《さっしょう》するという行為《こうい》とは思えない位に、その動きは無造作《むぞうさ》だった。何の躊躇《ちゅうちょ》も逡巡《しゅん》も無い。罪悪感《ざいあくかん》など欠片《かけら》も感じられない。意志力で抑《おさ》え込《こ》んでいるのではなく――単に麻痺《まひ》しているのだろう。

銃声《じゅうせい》。

放たれた銃弾はロンの胸元《むなもと》に着弾《ちゃくだん》――そして反対側に抜けた。

「よし。これで――」

言いかけて。

「――!?」

銃を握《にぎ》った仮面の男はそこで凍《こお》り付いた。

ロンは平然《へいぜん》とその場に立っている。

確かに銃弾が命中し貫通《かんつう》するのを仮面の男達は目撃《もくげき》していた。ロンのインバネスの胸元《むなもと》が弾《はじ》け、ほぼ同時に彼のすぐ後ろに――コンクリート製の建物の支柱《しちゆう》に小さな着弾の埃《ほこり》が舞《ま》うのが確かに見えた。

なのに――

「ちっ!?」

仮面の男は立て続けに引き金を引いた。

銃は大口径の回転弾倉式《リボルヴァ》。自動拳銃《じどうけんじゆう》に比べると威力《いりよく》の大きなマグナム弾《だん》を使用する型が多いが……男のそれにも四〇口径のマグナム弾が装塡《そうてん》されていた。

銃声は四度。六連発の内の一発はトムの射殺に、一発は最初にロンに撃《う》ち込《こ》んで消費《しようひ》していたのだろう。回転弾倉が六十度ずつ回り、五度目に弾切《たまぎ》れを示《しめ》す乾《かわ》いた金属音《きんぞくおん》が寒々《さむざむ》しく響いた。

銃声がゆっくりと静寂《せいじやく》の中に溶け消えていく。

だが……

「ば……馬鹿《ばか》な……」

「なんだ……？　防弾《ぼうだん》ジャケットか？」

狼狽《うろた》える男達に向けてロンは静かに一歩を踏《ふ》み出す。

彼は沈鬱《ちんうつ》な口調《くちょう》で言った。

「お前達は本当の魔族というものを知らないと見える」

「こいつっ!?」

別の男が着ていたコートを払い、銃身を切り詰めた水平二連式の散弾銃《さんだんじゅう》をロンに向けた。

次の瞬間《しゅんかん》――拳銃とは比較《ひかく》にならない轟音《ごうおん》が一同の鼓膜《こまく》を叩《たた》く。

十発を越える粒状《つぶじょう》の鉛弾《なまりだま》が散開《さんかい》しながらロンの身体《からだ》を突き刺した。

至近距離《しきんきょり》での散弾銃はまさしく必殺《ひっさつ》――対象《たいしょう》を点ではなく面で破壊《はかい》するこの武器を真正面《ましょうめん》から喰《く》らえば、普通は手の施《ほどこ》し様《よう》も無《な》い程《ほど》に肉がぐずぐずに破壊されてしまう。

無論《むろん》――大抵、撃《う》たれた者は助からない。傷口の縫合《ほうごう》すら難しいのだ。

まして男達は散弾の一発がロンの単眼鏡に食い込むのを見た。

これで死んだ――と誰もが思った。

ぱらぱらと割れた単眼鏡《モノクル》の破片《はへん》がロンの目元からこぼれ落ちる。いくら貫通力《かんつうりょく》に乏《とぼ》しい散弾とはいえわずか数メルトルの距離から撃ち込まれれば、単眼鏡を突き抜け眼球《がんきゅう》をも突き抜けてその奥の脳細胞《のうさいぼう》を破壊する。明らかに致命傷《ちめいしょう》だ。

人間ならば。

「……え？」

男達の漏《も》らした声はむしろ何処《どこ》か間が抜けていた。

ロンは——全く平然とそこに居た。

そこに居て男達に向けて変わらぬ歩調で歩いてくる。破壊された筈の眼球には傷一つ無く——ただ炯々《けいけい》と光るその眼が猛烈《もうれつ》な憤怒《ふんぬ》を湛《たた》えて男達を射竦《いすく》めていた。

「馬鹿な、嘘《うそ》だ⁉」

「そんな——え？　魔族？　魔族って言っ……」

「愚《おろ》か者共《ものども》が」

ロンはむしろ淡々《たんたん》とした口調で言った。

死刑判決《しけいはんけつ》を告げる裁判官《さいばんかん》の如《ごと》くに。

「ひいいいいあああああああああああああっ⁉」

銃声と——仮面の男達の悲鳴が迸《ほとばし》る。

だがそれはわずか数秒で終了《しゅうりょう》した。

…………

そして十数分後。

「……なんだ？」

「仮面——こいつら〈憂国騎士団〉か？」

銃声と悲鳴を聞きつけた通行人からの通報《つうほう》で駆《か》け付けた警察官《けいさつかん》達が見たものは、白目《しろめ》を剝《む》いて痙攣《けいれん》する男達だった。

現場に残っていた大量の血痕《けっこん》や、男達の多くが携帯許可証《けいたいきょかしょう》も無いまま拳銃や散弾銃で武《ぶ》装《そう》していた事、何よりそれらの銃器を現場で発砲した痕跡《こんせき》が在《あ》った事から警官達はこの男達を拘束《こうそく》。後に事情聴取《じじょうちょうしゅ》により、彼等は〈憂国騎士団〉を名乗り何人もの人間を私刑《リンチ》にかけて殺していた事実《じじつ》が明らかになり——そのまま逮捕《たいほ》された。

だが。

問題の男達が殺したと自供《じきょう》した浮浪者の死体も現場から発見される事は無く、男達を卒《そっ》倒《とう》させたという『化け物』の存在も見つからないまま——この事件は〈黒騎士〉問題で忙《ぼう》殺《さつ》される警察官達の手によって『処理済《しょりず》み』に分類《ぶんるい》され、忘《わす》れ去《さ》られていく事となった。

●

●

●

レイオットは魔法管理局《まほうかんりきょく》に幾《いく》つか在る仮眠室《かみんしつ》の一つをあてがわれていた。

殺風景《さっぷうけい》な部屋である。

元々《もともと》は職員《しょくいん》が泊《と》まり込んで仕事をする際《さい》のもので、在るものといえば二段ベッドと小さな棚《たな》が一つだけ。そしてそれだけで部屋がほぼ一杯《いっぱい》になってしまう様な場所だった。

〈黒騎士〉対策《たいさく》の為《ため》——とはいえ魔法管理局や警察《けいさつ》の事情聴取《じじょうちょうしゅ》に答える以外はする事も無いままにここに泊まり込んで既《すで》に一週間。事情聴取も一段落つき、しかし捜査《そうさ》にろくな進展《しんてん》も無く、〈黒騎士〉も出ないまま——とあっては最早《もはや》する事も無い。

だが自宅《じたく》に戻る事も許《ゆる》されない。

『再び事件が発生した際に迅速《じんそく》に対応《たいおう》出来る様に』とカート・ラベル支局長がその許可を出さないのだ。無論《むろん》、法的《ほうてき》にも実質的《じっしつてき》にも拘束力《こうそくりょく》は無い、あくまで『要請《ようせい》』なのだが——無視《むし》して戻《もど》ればネリンが飛んできて小言《こごと》を言いまくるのが眼《め》に見えている。

そういう訳《わけ》で。

「…………ん——……」

仕方なくレイオットは、一階の各種受付窓口の処《ところ》に置いてある来客用の新聞や雑誌《ざっし》を勝《かっ》手《て》に仮眠室に持ち込んで時間を潰《つぶ》していた。官公庁《かんこうちょう》としては意外《いがい》に置いてある新聞雑誌の種類《しゅるい》は多く——流し読みしているだけでもそれなりに時間つぶしにはなる。

ちなみに――カペルテータも普段《ふだん》は此処《どこ》でも一緒《いっしょ》に居る訳だが、さすがに同じ部屋に寝《ね》るのはまずいとネリンが隣《となり》に彼女用の仮眠室も押さえている。レイオットとしては今更《いまさら》まずいも何もあったものではないのだが、ネリンとしては性格的《せいかくてき》にも立場的にもやはり許す訳にはいかないらしい。ただしカペルテータがそこを使っている様子はやはり無い。レイオットが眠るまで彼女は同じ部屋に居て、起きればやはり彼女は側《そば》に居る。

そう――今もだ。

「……レイオット」

レイオットが下の段《だん》のベッドに転がって雑誌を眺《なが》めていると、上の段のベッドに腰掛《こしか》けているカペルテータがふと思い付いた様子《ようす》で声を掛《か》けてきた。

「メイスンさんをあのまま放《ほう》っておいて良いのですか」

「……は？」

怪訝《けげん》そうにレイオットは声を漏《も》らす。

「何の話だ？　メイスンって――あの兄妹の事か？」

「そうです」

「……放っておいてって……？」

「あの兄妹のどちらかが」

カペルテータは淡々《たんたん》とした——それこそ何気《なにげ》ない口調《くちょう》で言った。

「〈黒騎士〉である可能性が高いと思われます」

「…………なんだって？」

レイオットは身を起こしてベッドから降《お》りる。

「あの兄妹のどちらかが〈黒騎士〉？」

「はい」

至極《しごく》あっさりと肯定《こうてい》するカペルテータ。

「何をいきなり……何を根拠《こんきょ》に？」

「ミュリエナさんが本来知《し》り得《え》ない情報《じょうほう》を知っていました」

「…………知り得ない情報？」

「〈黒騎士〉の写真や、行動の結果《けっか》はいずれも各種新聞、雑誌、ラジオ放送等で報道《ほうどう》されています。ですから外見に関しては誰もが知る立場に在ります。しかし彼女は本来、彼女の立場では知り得ない事を知っていました」

「……だから何の事だ」

「〈黒騎士〉の現場での行動です。機関銃《きかんじゅう》や手榴弾《しゅりゅうだん》はレイオットがその直前に喋《しゃべ》っていましたが『壁《かべ》を歩いた』という一点に関してはレイオットは喋っていません」

「……それは……」

そうだったかもしれない。

正直——細《こま》かい事まではレイオットは覚《おぼ》えていない。

何度も何度も〈黒騎士〉と戦った際の事は繰り返し喋らされていたので、誰に何処《どこ》まで喋ったかの記憶が曖昧《あいまい》なのだ。〈黒騎士〉が壁を歩いたという一点に関してもあの真夜中の会議室で喋ったのは確かだが……その後の事情聴取で喋ったかどうか、分からない。

しかし——

「………」

レイオットは手にしていた雑誌をめくる。

話題の〈黒騎士〉についてはどの新聞雑誌でも連日記事《れんじつきじ》を載《の》せている。トリスタンの地方誌だけでなく既《すで》にその存在はアルマデウス全土で話題《わだい》になっている。全国誌にも特集《とくしゅう》ページが組まれている程《ほど》であった。

だが——

「……成《な》る程」

確かにざっと見た限りどの新聞にも雑誌にも〈黒騎士〉が『壁を歩いた』事については記載《きさい》されていない。そもそも〈黒騎士〉の情報は現時点ではあまり細かい事まで公表されていないのだ。謎だらけできちんと発表しにくいという事も在るが――捜査状況を〈黒騎士〉側に知られない様にと情報統制《とうせい》を警察側が掛《か》けているのである。

あくまで公式発表されたのは〈黒騎士〉の存在そのものと、〈黒騎士〉が他者を魔族化させる力を持っているという事、そして、未《いま》だ当局《とうきょく》の追跡《ついせき》を振り切って逃亡中《とうぼうちゅう》で正体不明――この事実だけである。短機関銃や手榴弾、そして何より壁を歩いたなどという部分は公表されていない。元より都市伝説と思われていた〈黒騎士〉を報道する上で、誤解《ごかい》を受けそうな『嘘臭《うそくさ》い』部分は極力《きょくりょく》排除《はいじょ》して情報公開されたのである。

「……とはいえ……」

無論《むろん》――一週間前の深夜、第二会議室に居た者の中の誰《だれ》かからミュリエナが聞いたという事は考えられる。だが、それならばわざわざレイオットの処《ところ》に、詳《くわ》しい事を知らない振りをして話をしに来る意味が無い。

だがもし……あのメイスン兄妹のどちらかが〈黒騎士〉であったならば。

例えば警察や魔法管理局がどれだけの事を摑《つか》んでいるのか探《さぐ》る為《ため》に近付いてきたという事は考え得《う》る。

「……考えてみれば魔法士《ソーサリスト》ってのは……いい隠《かく》れ蓑《みの》か？」

今、例の誘致《ゆうち》政策《せいさく》のせいでトリスタン市の魔法士の数は増え続けている。既《すで》に移住《いじゅう》の手《て》続《つづき》を終えた者は無論——各種手続の処理《しより》や審査《しんさ》を待っているものの、実質的《じつしつてき》にはトリスタン市に住んでいる魔法士達も多い。彼等《かれら》は書類上は『見えない』あるいは『見えない』存在だが魔法士としての技能《ぎのう》と装備《そうび》を備《そな》えてこのトリスタン市に存在する。そして彼等の存在によってモールド・エンジニアに代表される魔法関連機器業者《まほうかんれんききぎようしや》の部品発注量は急激《きゆうげき》な伸《の》びを示《しめ》していた。

つまり……多少部品を大目《おおめ》に調達《ちようたつ》しても目立たないのだ。

そして〈黒騎士〉もモールドの一種である以上、消耗《しようもう》部品の交換《こうかん》は必要になる。通常《つうじよう》のルートでは手に入りにくい銃器や手榴弾を持っていた為《ため》、モールド関連の部品も同じルートで調達していたと思い込んでいたのだが……考えてみれば大量生産の効《き》く通常の武器と異なり、モールド関連の部品は手に入りにくい。そして強引《ごういん》に調達すればどうしても目立つ筈《はず》だ——以前、密造《みつぞう》モールド〈シェル〉を製造していた組織が摘発《てきはつ》された際《さい》の様に。

だが……もし〈黒騎士〉が正規の資《し》格《かく》を持った魔法士だったとしたら。

「だが……それで彼等を〈黒騎士〉と決めつけるには証拠《しようこ》として弱いだろう」

「決めつけていません。可能性が高いと言っただけです」

カペルテータは平然《へいぜん》と言う。

「ただ……レイオットは〈黒騎士〉を気にしている様だったので」

「…………」

レイオットは腕《うで》を組んで壁《かべ》にもたれかかる。

さて──どうしたものか。

ネリンかあるいはブライアン辺りにこの話をしてみるという手も在る。

だが現時点ではあまりにも根拠が薄弱《はくじゃく》で曖昧《あいまい》だ。

何より……

「正義の味方なんてのは柄《がら》じゃない」

「そうですか」

「連中が犯人だと決まった訳でもない」

「そうですか」

「俺に〈黒騎士〉を捕《つか》まえる義理《ぎり》もない」

「そうですか」

「ただ──」

レイオットは雑誌を放り投げて言った。

「いい加減《かげん》、週刊誌も新聞も読み飽《あ》きたしな」

「そうですか」

「買い物に出る度《たび》に撃《う》たれたり刺《さ》されたりするのも面倒《めんどう》だしな」

「そうですか」

「…………」

束《つか》の間《ま》の沈黙《ちんもく》が仮眠室に充満《じゅうまん》する。

そして――

「ま……暇潰《ひまつぶ》しに出《で》掛《か》けてみるか」

「分かりました」

いつもの様に何の感慨《かんがい》も示《しめ》さず――ただカペルテータは頷《うなず》いた。

●　●　●

買い物を終えて戻ってみると――サリヴァン家の前に人だかりが出来ていた。

いや。人だかりというのは正確《せいかく》ではあるまい。

その数二十人余《あま》り。集まっている人間達に共通点《きょうつうてん》は特に見受けられない。たまたま通り掛《か》かった近所の人間が自然と集まり少し遠《とお》巻《ま》きにサリヴァン家を眺《なが》めている様な雰囲気《ふんいき》だった。用が在るのならば呼《よ》び鈴《りん》を押すなり何なりすれば良かろうに……まるで猛獣《もうじゅう》の入った檻《おり》でも眺《なが》めるかの様に微妙《びみょう》な距離を置いて彼等《かれら》はサリヴァン家を眺めている。

「……なんだ？」

そう怪訝《けげん》そうに呟《つぶや》いたのはエリック本人ではなくフレッドの方である。

「…………」

エリック本人は驚《おどろ》く気持ちは在ったものの……心の何処《どこ》かで『やはり』と思う気持ちも在った。この光景は予想《よそう》の範囲内《はんいない》だ。出来れば現実化して欲《ほ》しくはなかったが。

ひどく残念に思いながらも——何に対してなのかはエリック自身にもよく分からなかったが——エリックは冷静《れいせい》にフレッドの車から降りると後部ドアを開き、後部座席《ざせき》に積《つ》んであった買い物品の中から、銃砲店《じゅうほうてん》で買った散弾銃《さんだんじゅう》の箱を引っ張り出した。

「お——おい？」

「御守《おまも》りの積もりだったんだけどね」

溜《た》め息混《いきま》じりにエリックは散弾銃を取り出すと、同じく買った実包《じっぽう》の箱を開き、実包を装塡《そうてん》する。憂鬱《ゆううつ》な彼の気持ちに反して、たっぷりグリスの塗《ぬ》られた新品の散弾銃は至極滑《しごくすべ》らかに動き、十二口径弾《こうけいだん》をその筒状弾倉《つつじょうだんそう》に食い溜《だ》めしていった。

「エリック——」

フレッドの声を背に受けながら、エリックは家の方へと歩いていく——散弾銃を持つ手は身体の後ろに回して隠《かく》しながら。

そして――

「どうかしましたか？」

サリヴァン邸を見つめる人々の一人に、むしろ明るい声でエリックが尋《たず》ねる。

「この家で何か事件でも？」

「どうしたもこうしたも此処《ここ》の親子が魔族になってるんじゃないかって――」

――言いかけて。

「……！」

その中年女性はぎょっとした様にエリックを見た。

エリックはその中年女性に見覚《みおぼ》えが在った。二軒隣《けんとなり》の家に住む主婦である。特に言葉を交《か》わした事は無かったが、何度か通りで見掛《みか》けた事は在る。

どうやら先方《せんぽう》もエリックの顔を覚えていたらしい。

慌《あわ》ててエリックとサリヴァン邸を見比《みくら》べている。

「あ――あんた――」

「すいません、もう一度よく教えて頂《いただ》けますか」

エリックは微笑《びしょう》を浮かべながら言った。

ただし間近《まぢか》に相対《あいたい》している中年女性だけは分かっただろう。エリックの眼《め》は笑っていない。丁寧《ていねい》に取《と》り繕《つくろ》われた上品な笑顔《えがお》の中で……その翡《ひ》翠色《すいいろ》の双眸《そうぼう》だけがぞっとする程《ほど》に冷たい光を宿《やど》していた。

「あ……いや……その」

「ひょっとして、疑《うたが》っておられる訳ですか」

「……あの……」

「此処《ここ》の家の親子は全然《ぜんぜん》外に出てこない。引っ越してきた後も挨拶《あいさつ》に出てこない。母親と娘が居《い》る筈《はず》だが、息子《むすこ》しか見た事が無い、きっと魔族化しそうなのを隠《かく》してるんだ、とか誰かが言い出した訳ですか」

「…………」

中年女性はぱくぱくと喘《あえ》ぐ様に口を開閉《かいへい》させるが肝心《かんじん》の言葉が何一つ出てこない。

どうやら図星《ずぼし》であるらしかった。

彼女の様子の変化に、付近の何名かが気付いたのだろう——ざわめきと共にエリックを中心として人々が潮《しお》が引く様に後ずさる。

溜め息をつきながらエリックは散弾銃を持つ手を掲《かか》げた。

「……!!」

慌てて人々が後ずさった。

エリックはひどく冷めた微笑《びしょう》を浮かべながら——一歩前に出る。

「すいませんが、退《ど》いて貰《もら》えませんか？　家の中に入れないので」

「…………」

玄関前に居た人々が黙《だま》って左右に分かれる。

居るかどうかも分からない魔族云々《うんぬん》よりも、眼の前の散弾銃の方がとりあえずは恐《おそ》ろしいという事だろう。

エリックは視線の集中する中、静かに——周りの連中《れんちゅう》を刺激《しげき》しない様に——歩いて家の玄関《げんかん》に辿《たど》り着く。

そこで彼は振り返って言った。

「御近所《ごきんじょ》の方々に御挨拶《ごあいさつ》出来ないのは申《もう》し訳《わけ》ないのですが、僕の母と妹は対人恐怖症《たいじんきょうふしょう》なのですよ。貴方《あなた》達の様な方達に以前、かなり酷《ひど》い目に遭《あ》わされましてね」

「…………」

エリックは殊更《ことさら》に静かな口調《くちょう》で言った。

努《つと》めて抑《おさ》え込《こ》まないと思わず怒鳴《どな》り散らしてしまいそうだった。

「ついでに言わせて貰《もら》えば、本当に貴方達の考え通りうちの母か妹が魔族化しているのなら、真っ先に僕が殺されてます。その程度《ていど》の事は、皆《みな》さんもお分かりですよね？」

「……あ……いや……だから」

誰かが呻《うめ》く様に言った。

不安によって置き去りにされていた道理《どうり》を、改《あらた》めて説《と》かれた事で、人々の間に安堵《あんど》の空気が流れる。恐《おそ》らく大半《たいはん》の者が、誰かが言い出した根《ね》も葉《は》もない噂《うわさ》に踊《おど》らされただけの事なのだろう。

常識的《じょうしきてき》に考えれば分かることが分からない。

それだけ人々の意識が追い詰《つ》められているという事か。それとも元々人間は此処《ここ》まで馬鹿《ばか》なのか。寄り添《そ》わなければ生きていけない癖《くせ》に、寄り添う相手を常《つね》に疑《うたが》って掛かるその卑《いや》しさを克服《こくふく》する事が出来ない。

「その……姿を見ないから……魔族に殺されたんじゃないかって……なあ？」

「…………」

エリックは溜《た》め息《いき》をついた。

取り繕《つくろ》うにしてももっとマシな言い訳を考えて欲しいと彼は心底《しんそこ》思った。

「大丈夫ですよ。御心配なく」

エリックは微笑《びしょう》を浮かべた。

散弾銃を持ったまま。

「どうか皆さん、お引き取り願えますか。それでも御心配でしたら警察《けいさつ》と魔《ま》法管理局《ほうかんりきょく》に通《つう》報《ほう》して頂《いただ》ければ良いと思いますが」

「…………」

人々は互《たが》いに顔を見合わせると、ゆっくりと散り始めた。

呆《あき》れた事に老若男女《ろうにゃくなんにょ》、本当に様々《さまざま》な者が居《い》た。明らかに服の下や鞄《かばん》の中に拳銃《けんじゅう》だの何だのを持っている様子の人間も居たが、改《あら》めて構《かま》えようとする者は居らず、彼等は何度も何度も振り返りながらそれぞれの方向に帰っていった。

そして——

道路の端《はし》に止めた車の脇《わき》でフレッドが——何故《なぜ》か悲痛《ひつう》な表情を浮かべて立っていた。

「……エリック」

「幾《いく》らなんでも……やりすぎじゃないか？」

「どうだろうね。正直、空に向けて威嚇《いかく》に一発、位は覚悟《かくご》してたんだよ。それを思えば皆、未《ま》だ冷静《れいせい》だったみたいで……正直、人間の理性《りせい》ってのを見直したよ」

エリックは皮肉げな口調《くちょう》でそう言った。

そう——本当にこんな事は予測の範囲内なのだ。今更《いまさら》気落ちする程《ほど》の事ではない。他人《ひと》事《ごと》ならば尚更《なおさら》の筈《はず》で……少なくともフレッドが気にする程の事ではないのだ。多分。

「エリック……」

「無意味に誰かを恨《うら》む積《つ》もりはもうないんだ、僕は。こんな暴力に頼《たよ》る方法が正しい事じゃないのも分かってる。でもだからって他人の悪意《あくい》にそのまま屈《くっ》する積もりもないんだよ。それは、分かってくれ」

「……そうだな」

何度も瞬《まばた》きして——フレッドも溜め息をつく様な口調でそう言った。

●　●　●

幼《おさな》い頃の事はあまり覚《おぼ》えていない。

正確《せいかく》に言えば家の外での事は殆《ほとん》ど漠然《ばくぜん》としか記憶《きおく》していない。

カール・メイスンにとって幼少時代《ようしょうじだい》は苦難《くなん》の連続《れんぞく》であった。辛《つら》い出来事ばかりが繰《く》り返し繰り返し重ねられて行く。多少の緩急《かんきゅう》は在ったが物心ついた時には既《すで》に彼は不幸のただ中に居て——概《おおむ》ねそれが裏返《うらがえ》る事は無かった。

理由は簡単《かんたん》だ。貧乏《びんぼう》だったからである。

生まれた時点で既に貧困《ひんこん》という呪《のろ》いに囚《とら》われていたカールは、幸せというものを具体的《ぐたいてき》に知っていた訳ではない。だがそういう概念《がいねん》が在るという事は知っていた。そして自分と母親の置かれている境遇《きょうぐう》がその概念からかけ離れているという事を理解出来る程度《ていど》には、彼は頭が良かった。

だから日々の出来事を彼は殊更《ことさら》に覚えようとはしなかった。

哀《かな》しい事が多かった。辛い事も多かった。痛《いた》い事も苦しい事も多々《たた》在った。

出来れば忘れてしまいたいと思って——そう思い続ける事で彼は半《なか》ばそれに成功する事となった。まるで眠っているかの様に自分の感覚《かんかく》の半ばを殺し……脳《のう》に入ってくる情報を制限《せいげん》する事で、彼は日中は夢の中に居るかの様な曖昧《あいまい》な世界を構築《こうちく》する事に成功したのだ。

彼は自分の感覚と感性《かんせい》を鈍感《どんかん》にする事でぼんやりと毎日を過《す》ごした。

色々な人々から嘲《あざけ》られ、罵《ののし》られ、酷《ひど》い仕打《しう》ちを受けたりもしたが、彼はそれらの全てを曖昧《あいまい》な忘却《ぼうきゃく》の淵《ふち》に投げ込む事で絶望《ぜつぼう》に囚《とら》われるのを防《ふせ》いできた——まるで目覚《めざ》めれば忘れてしまう夢の中の出来事の様に。

中にはそれでさえも防ぎきれない様な鮮烈《せんれつ》な記憶も無いではなかったが、じっくりと思い返す様な余裕《よゆう》も無いままに日々の生活に追われ……結局《けっきょく》その記憶さえも時間と共に薄れて彼の心から剝《は》がれ落ちていった。

残ったのは大まかな人生の『粗筋《あらすじ》』とそれに直結する記憶だけだ。

具体的には家の中の事である。それすらも細部はひどく曖昧ではあったが。

父は滅多《めった》に家には寄りつかなかった。

物心ついた頃にはもう父は他人同然《どうぜん》だった。母がいわゆる妾《めかけ》と呼ばれる立場の人間であるという事を知ったのも、果《は》たして何歳《なんさい》の頃であったのかカールは覚えていない。はっきりとそう告《つ》げられた事は一度も無いが……細かな事実《じじつ》が無数《むすう》に積《つ》み重《かさ》なってそれはいつしか自明《じめい》の事となっていた。

カールの眼《め》から観《み》て母は敬虔《けいけん》な人間だった。

ホルスト教の信者として朝晩《あさばん》と食事の前の祈《いの》りは欠《か》かした事が無かった。日曜日には奉仕活動《ボランティア》で教会の掃除《そうじ》に出掛《でか》けたりもしていた。ぼろぼろになるまで教義書《ドクシィ》を読んでいた。

だが……同時に母は愚昧《ぐまい》な人間でもあった。

父の様な男に何時《いつ》までも黙々《もくもく》と従っていたのがその証拠《しょうこ》である。

カールの父はカールの母とは結婚《けっこん》していない。カールの母は内縁《ないえん》の妻でありアルマデウスの法律《ほうりつ》によればカールは必然的《ひつぜんてき》に非嫡出子《ひちゃくしゅつし》である。父は学生時代から何年も関係を続けていた母とは何かと理由を付けてずっと入籍《にゅうせき》を拒《こば》んでいた。

しかし……その後、自分の前に資産《しさん》と地位を持った相手が現れた途端《とたん》、彼は何の躊躇《ちゅうちょ》も逡巡《しゅんじゅん》も示《しめ》さずに法的手続《ほうてきてつづ》きに踏み切って名実共《めいじつとも》に結婚した。

無論《むろん》——カールの母とカールの存在は黙《だま》ったまま。

二人の存在を隠《かく》す為《ため》に、ただでさえ遠ざかり気味だった父は益々《ますます》距離《きょり》を取る様になり、素知《そし》らぬ顔で正妻《せいさい》と新しい家庭《かてい》を築《きず》いていた。生活費の意味なのか口止料の意味なのか、当初はそれなりの金銭《きんせん》が父から毎月送られてきていた様だが、いつの間にかそれも途切《とぎ》れがちになっていた。

恐《おそ》らく父にとってカールの母やカールの存在は既《すで》に終わった『過去』に分類《ぶんるい》されていたのだろう。ごく稀《まれ》に顔を見せるのも、言ってみれば顔も見た事の無い先祖《せんぞ》の墓参《はかまい》りをするかの様な——過去というしがらみに対する慣例的《かんれいてき》な儀式《ぎしき》になっていたのかもしれない。

そこにはもう男女や親子の愛情《あいじょう》は無かっただろう。その形骸《けいがい》すらも。

在ったのはただの惰性《だせい》に過ぎない。

だが母はそんな父の仕打《しう》ちに何ら文句《もんく》を言わなかった。

恐らく世界で唯一《ゆいいつ》その哀《かな》しみを共有《きょうゆう》出来るであろう筈《はず》のカールにさえ、母は多くを語ろうとはしなかった。カールが『妾』『隠《かく》し子』といった単語の意味を理解《りかい》しても尚《なお》——母は曖昧な物言いでカールに全《すべ》てを説明するのを拒んだ。少なくともカールは母が父に対する不平不満を口にするのを見た事が無い。

カールには母の気持ちは分からない。

心の底から父を愛していたから健気《けなげ》に耐《た》えていたのか。

単に父をなじるだけの勇気や意気地《いくじ》がなかっただけか。

だがどちらかといえば後者《こうしゃ》であっただろうとカールは思う。

カールの母は何処《どこ》か浮世離《うきよばな》れした——起きていても夢を観《み》ているかの様な、何処かぼんやりした処の在る人物だった。あるいはカールが嫌《いや》な事を曖昧さの壁《かべ》で遮断《しゃだん》して忘却《ぼうきゃく》する事が出来たのも、母から受け継《つ》いだ一種の才能《さいのう》の様なものだったのかもしれない。

これで我《が》が強ければまた違った人生が開《ひら》けていただろう。

だが母は自主性《じしゅせい》に乏《とぼ》しく、気概《きがい》や気迫《きはく》というものにはおよそ欠けた性格だった。ふわふわと頼《たよ》りなく流されるままに流されて、気がつけばどうしようも無くなっている……そんな事は多々《たた》在った様に思う。

神に祈《いの》っていれば——祈っているだけで——いつかは幸せになれるのだと根拠《こんきょ》も無く楽観《らっかん》している様な印象さえ在った。今が辛《つら》いのも単に試練《しれん》の時だからで、真面目《まじめ》に身を修《おさ》め清《きよ》く正しく生きていればその内に運が回ってくるのだと——この世界の公平《こうへい》さを本気で信じていたらしい。

無邪気《むじゃき》で。呑気《のんき》で。敬虔《けいけん》で。穏和《おんわ》で。寛容《かんよう》で。そしてどうしようもなく愚鈍《ぐどん》。

それがカールの母であった。

だがそれでもカールにとっては唯一《ゆいいつ》の『家族』であり大好きな肉親だった。

彼女は確かに愚《おろ》かではあったがそれだけに優《やさ》しくもあった。

父とは他人同然。親戚《しんせき》の類《たぐい》とも没交渉《ぼっこうしょう》。そんな境遇《きょうぐう》で彼に愛情を注《そそ》いでくれたのは母だけである。彼にとって愛情とはただただ母親から注がれるものであり、他《ほか》には在《あ》り得《え》なかった。犬が餌《えさ》と寝床《ねどこ》を与えてくれる飼《か》い主に懐《なつ》く様に——他に選択肢《せんたくし》も無い状態でカールはひたすら母親に愛され彼もまた母親を愛した。

だがそれだけで満ち足りるには彼等は貧《まず》し過ぎた。

当時は未《いま》だ〈イエルネフェルト事変〉から十年かそこらしか経《た》っておらず、景気《けいき》はひどい低迷《ていめい》状態から抜け出せないでいた。世の中から半歩ずれた様な処《ところ》の在る母は同僚《どうりょう》や上司《じょうし》に愚鈍と罵られながらも昼は近所の工場で働き……時には夜半に街頭《がいとう》に立って娼婦《しょうふ》の真似《まね》事《ごと》までして生活費《せいかつひ》を稼《かせ》いでいた。

だがそれでさえ二人の生活はひどく苦《くる》しいものだった。

暖房《だんぼう》用の薪《まき》を買う費用《ひよう》すら確保《かくほ》出来ず、飢《う》えている為に身体は冷《ひ》え易《やす》く、狭《せま》く古い、家とは名ばかりの粗末《そまつ》な建物の中で親子二人、身を寄せ合って肌《はだ》に切り込んでくるかの様な冬の寒《さむ》さを凌《しの》ぐ事もざらだった。

寒さに眠れない事も多かった。

だが起きてランプを灯《とも》せばその分の油が減《へ》る。

だから母は寒さを紛《まぎ》らわす為に闇《やみ》の中で色々な寓話《ぐうわ》を語って聞かせてくれた。

まさしく——御伽噺《おとぎばなし》を。

元々《もともと》は読書が趣味《しゅみ》だったという母は色々な物語を知っていた。教義書《ドクシィ》に記《しる》された説話《せつわ》。アルマデウスに古来《こらい》から伝わる民話《みんわ》。異国《いこく》からもたらされた伝説。あるいは通俗小説《つうぞくしょうせつ》の内容《ないよう》を子供向けに薄《うす》めたものも在ったかもしれない。

母は息子《むすこ》にせがまれるままにそれらを語って聞かせた。

娯楽《ごらく》など望むべくもない生活で——眠る前に母の口から紡《つむ》がれるその物語だけがカールにとって唯一の楽しみであったのだ。辛い日々の中で僅《わず》かながらも幸せを感じる事の出来る事柄《ことがら》であった。

だからこそ……幼い頃の出来事はあまり覚えていなくても、母が語ってくれた話の内容はよく覚えている。幾《いく》つもの物語はまるで宝石箱《ほうせきばこ》の中の宝石の様に大事に大事にカールの記憶の中にしまい込まれている。どれもこれもカールにとっては大切な記憶であり……現実の出来事を殆《ほとん》ど曖昧にしか覚えていない癖《くせ》に、母の語ってくれた物語は今も自分で他人に語れる位にはっきりと記憶に焼《や》き付いている。

特に印象に残っているのは『魔神《まじん》の贈《おく》り物』という物語だった。

だが——

●　●　●

「——御苦労《ごくろう》さん」

掛《か》けられた声に振《ふ》り返る。

通りを歩いて近付いてくるのは大小二つの人影《ひとかげ》だった。

逆光気味《ぎゃっこうぎみ》なのでその容姿《ようし》の詳細《しょうさい》は分からないが、それが誰《だれ》であるのかカールはすぐに理《り》解《かい》した。その二人には何故《なぜ》かミュリエナが御執心《ごしゅうしん》だったからだ。

レイオット・スタインバーグ。

カペルテータ・フェルナンデス。

「あんた一人か？」

「まあそうですね」

両手に持っていたゴミ袋を指定のゴミ捨《す》て場《ば》に降《お》ろしながらカールは頷《うなず》いて見せた。

基本的に炊事《すいじ》洗濯《せんたく》からゴミ出しまで家事《かじ》はカールの仕事だ。これはミュリエナと出会った頃《ころ》から——未《ま》だ彼女が普通《ふつう》に歩く事が出来た時から変わらない。汗水《あせみず》垂《た》らして働くのはカールの仕事。その成果《せいか》を享受《きょうじゅ》するのはミュリエナ。この兄と妹はそうやって十年以上暮《く》らしてきたのだ。

十年も経《た》てば大抵《たいてい》の感覚《かんかく》は麻痺《まひ》する。常識《じょうしき》すらも摩耗《まもう》しきる歳月《さいげつ》ではあった。

「こんな処《ところ》でお会いするとは奇遇《きぐう》ですね」

そう告げるカールの背後《はいご》には一軒《いっけん》のアパートがそびえていた。

ただし集合住宅《アパート》といってもカール達以外の住人は皆無《かいむ》だ。旧《ふる》い建物である為《ため》に造《つく》りや広さに比べれば家賃《やちん》は破格《はかく》に安いが——外壁《がいへき》は汚《よご》れ放題《ほうだい》、ひび割れ放題、一見《いっけん》すれば廃墟《はいきょ》にも見えるこんな建物に、改《あらた》めて住みたがる人間はまず居ない。

メイスン兄妹も『半年で出ていく』事を条件に此処《ここ》を借《か》りた。家主は近い内にこの建物を取り壊《こわ》すつもりの様だった。

元々この辺りは市の再開発対象区域《さいかいはつたいしょうくいき》に隣接《りんせつ》している為《ため》、街区《がいく》そのものに寂《さび》れた印象《いんしょう》が強い。恐《おそ》らく住民台帳《だいちょう》の数字よりも浮浪者《ふろうしゃ》や野良犬《のらいぬ》の数の方が遥《はる》かに多いだろう。無論《むろん》、彼《かれ》等《ら》を数に入れたところで、到底賑《とうていにぎ》やかとは言えない場所だが。

ちなみにメイスン兄妹の書類上《しょるいじょう》の住所は二階の一室となっているが——家主からは『どの部屋も好きに使っていい』と言われている。必要なら壁をぶち抜いても構《かま》わないとも。もっともそれで建物が倒壊《とうかい》しても責任は持たないとも言われているが。

元より資産価値《しさんかち》など無いに等《ひと》しい建物である。ちょっとでも先に壊《こわ》しておいて貰《もら》った方が建て替《か》えの際《さい》の手間《てま》が省《はぶ》ける——そんな風にでも思っているのだろう。

「奇遇じゃないな。魔法管理局《まほうかんりきょく》で調べて来た」

レイオットは肩を竦《すく》めて言った。

「おや？　そうなのですか」

「あんたらに会いたくてね」

「それはそれは」

カールは笑いながら頷《うなず》いて見せた。

「妹も喜《よろこ》ぶでしょう」

「そうか？」

何処《どこ》か皮肉《ひにく》げな苦笑を浮かべてレイオットは言う。

「そうですとも。こちらに来て未だ日が浅いので知り合いらしい知り合いも居ませんし。妹も寂《さび》しい想《おも》いをしている筈《はず》です。御客様《おきゃくさま》は大歓迎《だいかんげい》ですよ？」

「メイスン兄妹としてはそうかもな」

何処《どこ》か意味《いみ》深《しん》な——含《ふく》みを持たせた口調《くちょう》。

レイオットは鼻先《はなさき》にずり落ち掛けていたサングラスを中指で押し上げながら言った。

「だが——〈黒騎士〉としてはどうだ？」

束《つか》の間《ま》の沈黙《ちんもく》がレイオット達とカールの間に横たわる。

カールは眼《め》を瞬《まばた》かせてトリスタン市でも有名な戦術魔法士《タクティカル・ソーサリスト》の顔を見るが——夕刻《ゆうこく》を迎《むか》えて赤らみ始めた陽《ひ》の光がそのサングラスのフレームに反射《はんしゃ》して光るばかりで、その表情からは何の考えも読みとれない。

カールはしばし黙考《もっこう》した後——浮かべる表情に微《び》苦笑《くしょう》を選んでから言った。

「おやおや。もうばれましたか」

「…………」

レイオットが顔をしかめる。

「実の所——半信半疑《はんしんはんぎ》だったんだがね。まさかこうあっさり認《みと》めてくれるとは思わなかったよ」

「ハッタリに引っかかってしまった訳ですか？」

微苦笑を少し深めて見せながらカールは後頭部《こうとうぶ》を掻《か》いた。

「これは妹に怒《おこ》られてしまうなあ……でももうそろそろ潮時《しおどき》ではあったのですけれどね」

全《すべ》ては実験《じっけん》データを揃《そろ》える為《ため》の行為《こうい》だった。

だが〈プロムナード機関《きかん》〉も〈ヴォックス・ユニット〉もそこから派生《スピンオフ》した各種技術も……全てもう少しで完成する。

協力者にして依頼者《いらいしゃ》たる『結社《けっしゃ》』の者達が望《のぞ》んだ技術開発の為の資料《しりょう》はもう充分《じゅうぶん》に揃っ

ているし、先に送った報告書《ほうこくしょ》だけからでも相応《そうおう》の手間《てま》と時間さえ掛《か》ければ充分実用に耐えるものが作り出せるだろう。

そう——もう潮時なのだ。

そろそろ組織的《そしきてき》かつ本格的《ほんかくてき》な〈黒騎士〉狩《が》りが始まる。

そしてカール達が期待した程《ほど》にはトリスタン市は混乱《こんらん》しなかった。

この状況下《じょうきょうか》で実験が続けられると思う程、カール達も傲慢《ごうまん》ではなかった。

「で——どうされますか？」

カールは笑顔を維持《いじ》したまま尋《たず》ねる。

レイオット達が今すぐに警察《けいさつ》に通報《つうほう》する積もりが無いのは分かっている。その積もりならば今此処《ここ》に来ているのは彼等《かれら》ではなく警察官の群《む》れであったろう。

「……順当《じゅんとう》に行けば警察に通報するべきなんだろうがね」

レイオットは肩を竦《すく》めた。

「だが今のところ証拠《しょうこ》らしい証拠が無い」

「というか……何を根拠《こんきょ》に僕達《ぼくたち》を〈黒騎士〉と断定《だんてい》出来たのか分からないのですけどね」

言いながらカールは踵《きびす》を返す。

「まあ此処まで御足労《ごそくろう》されたのですから——お茶の一つもお出しします。どうぞ」

「何を考えている？」

カールの背にレイオットの怪訝《けげん》そうな声が投《な》げ掛《か》けられる。

「僕は何も。考えて決めるのは僕の役目《やくめ》ではありませんので」

「頭脳労働《ずのうろうどう》は妹の担当《たんとう》か？」

「いいえ。労働は全て僕の担当です。妹は違《ちが》う。僕が働き妹がその結果《けっか》を得る。ただそれだけの事ですよ」

「………………」

振り返ってみると――レイオットはずり落ち掛けたサングラス越《ご》しに何か奇怪《きかい》な生物《いきもの》でも見るかの様な眼《め》でカールを眺《なが》めていた。

分からないのだろう。

たった一つのこの世界の理《ことわり》。

それが理解《りかい》出来ないのだろう。可哀想《かわいそう》な人間だ。機会《きかい》が在ればあの物語――『魔神の贈り物』を聞かせてやりたいとカールは思った。そこから何を読みとるかは、その者の精神《せいしん》次第《しだい》ではあるのだろうが。

「どうぞ」

言ってカールは再び歩き出した。

●　●　●

郵便物《ゆうびんぶつ》の束《たば》を抱《かか》えて管理局《かんりきょく》の廊下《ろうか》を歩きながらネリンは溜《た》め息《いき》をついた。

このところ、魔法《まほう》管理局宛《あて》の郵便物が急増《きゅうぞう》している。

二ヶ月前と比べると量は倍近《ばいちか》い。しかもそれらの大半が差出人不明《さしだしにんふめい》の手紙である。ブライアンから聞いた話だが警察の各部署《かくぶしょ》、特にＳＳＳへの郵便物事情《じじょう》も同様《どうよう》らしい。

そして……それらの八割が魔法管理局と警察の無能《むのう》を責《せ》める内容だった。感情的《かんじょうてき》な罵詈雑言《ばりぞうごん》ならば未《ま》だ可愛《かわい》いものだ。中には剃刀《かみそり》を——それも丁寧《ていねい》に封筒《ふうとう》の四方の隅《すみ》に貼《は》り付けたものも在った。迂闊《うかつ》に封を切れば手が血塗《ちまみ》れになるという寸法《すんぽう》である。

以来《いらい》、ネリンも郵便物を開ける時はとりあえず磁石《じしゃく》で剃刀の有無《うむ》を調《しら》べてから、レターナイフで開ける様にしていた。

ちなみに残りの二割は汚物《おぶつ》だの犬猫鼠《ねこねずみ》といった動物の死体だのを詰《つ》めた小包《こづつみ》だ。

あまりに量が増えて本来《ほんらい》郵便物処理業務《しょりぎょうむ》を行う事務員《じむいん》達だけでは対処《たいしょ》しきれず、仕方《しかた》なくネリン達監督官《かんとくかん》もその処理の一部を引き受けているのである。

まあ元々役所というのは市民にあまり好《す》かれる立場ではない。業績《ぎょうせき》を上げてもそれが当然《とうぜん》。失敗すれば非難囂々《ひなんごうごう》。税金泥棒《ぜいきんどろぼう》だの何だのの誹謗中傷《ひぼうちゅうしょう》は既《すで》に聞き飽《あ》きて今更《いまさら》言われても腹も立たない。

とはいえ……

「本当に…………」

気分が重い。

言うまでもなくこうした郵便物が増えているのは〈黒騎士〉事件の影響《えいきょう》だ。

「人間って馬鹿《ばか》……」

この一ヶ月余《あま》りでの市街《しがい》の空気の変わり様はネリンとしても目を覆《おお》わんばかりだった。

一見《いっけん》すれば街は平静《へいせい》を保《たも》っている様には見える。

旅行者ならば余程《よほど》に注意深い者でもない限りはこの違《ちが》いに気付かないだろう。

だが路地裏《ろじうら》や再開発区画近辺で多発《たはつ》する暴力事件、殺人事件の数は急速《きゅうそく》に増え、今や〈憂国騎士団〉を名乗る連中《れんちゅう》が堂々と啓蒙《けいもう》のビラまで配《くば》る始末《しまつ》である。無論《むろん》、即座《そくざ》にそういった連中は警察が押さえるものの、ビラ撒《ま》きだけではそう簡単《かんたん》に逮捕《たいほ》する訳にもいかず、手を出しあぐねているのが現状《げんじょう》だ。

現実に〈憂国騎士団〉を名乗《なの》る連中は幾《いく》つものグループが確認《かくにん》されており便乗《びんじょう》した犯罪も増えている。既《すで》にどれが本物の〈憂国騎士団〉でどれが後から猿真似《さるまね》を始めた集団なのか区別がつかない状態だそうだ。

ネリンの同僚《どうりょう》、つまり魔法監督官や魔法管理局の職員《しょくいん》にも〈憂国騎士団〉を名乗る連中に襲われた者が居り、普段《ふだん》、退局《たいきょく》する際《さい》には置いて帰る筈《はず》の護身用拳銃《ごしんようけんじゅう》――護身用と呼ぶには少々大きすぎる感が在るが――の〈ハンティング・ホーク〉も常《つね》に携帯《けいたい》する様にとの指示が局長から下《くだ》されていた。

お陰《かげ》で肩が凝《こ》って仕方《しかた》がない。〈ハンティング・ホーク〉は対魔族用《たいまぞくよう》という名目《めいもく》で貸与《たいよ》されている大口径の自動拳銃である。当然ながら大きく重く、肌身《はだみ》離さず持ち歩くのには相当に根性《こんじょう》が要《い》る。

何にせよ――こうした荒《すさ》んだ状況はすぐに空気に顕《あらわ》れる。

今や街を歩く子供の姿は殆《ほとん》ど見られなくなった。通行人の数すら減《へ》っている。外に出る者達も何処か警戒心《けいかいしん》に満ちた眼《め》で周りを見ており、落ち着きが無い。リゴレット通りは勿論、プーランク通りの店まではどこか殺伐《さつばつ》とした雰囲気を漂わせていて――経済活動そのものが市全体で停滞気味《ていたいぎみ》なのだそうだ。繁盛《はんじょう》しているのは、今更ながらに自衛《じえい》用の銃を買い求める客が駆け込んでくる銃砲店ばかりだとか。

元より破綻《はたん》しかけてはいたのだろう。

トリスタン市――いやもっと大きな規模で。

(この街だけじゃない。元々……限界に来ていた印象が在るわ)

確証《かくしょう》は何も無い。

だが第一線に居る者達は——魔族事件やそれに絡《から》む諸々《もろもろ》の出来事の現場に居る者達ならばネリンと同様の感想を持っているだろう。気がつけば事態は常《つね》に悪化の方向へと動く様になっており——それはあまりに大きく曖昧《あいまい》な為《ため》に止める手段が無い。

魔族事件の増加。魔族テロ。黒本。〈シェル〉。〈黒騎士〉。

何か大きなうねりの様なものが自分達の脚《あし》の下で蠢《うごめ》いているかの様だ。

眼に見える事件は全《すべ》て亀裂《きれつ》の一部に過ぎず、その奥底《おくそこ》に蠢く何かに手を掛けて止めるには、自分達の腕はあまりに短く、小さく、そして弱い。魔法士《ソーサリスト》の数の増強《ぞうきょう》とか、新型モールドの開発とか、そんなものでどうにか出来ない大きな破綻《はたん》が来る様な気がしてならない。

いや——あるいはそうした個々の抵抗でさえも全て破綻に至《いた》る亀裂の一部でしかない様な気さえしてくる。

一体何が起こっているのか。

まるで目隠《めかく》しをされたまま線路を歩かされているかの様に——破綻の近付いてくる音は聞こえるものの、その正体は見えず、曖昧な危機感《ききかん》と焦燥感《しょうそうかん》ばかりが募《つの》る。

始まりはいつからなのか。

〈黒騎士〉？　黒本？　〈シェル〉？

違う。ネリンの実感とすればもっと前だ。彼女が物心ついた時にはもう始まっていた様な印象が在る。この国の――あるいは世界そのものの動きは。

〈イエルネフェルト事変〉か――あるいは。

「……〈聖シューマンの実験〉」

魔法《ソーサリイ》の発見そのものがひどく迂遠《うえん》な撒《ま》き餌《え》だったとしたら？

「……なんてね。まさか」

微苦笑《びくしょう》を浮かべるネリン。

そんな事を考えながら――

「スタインバーグさん」

仮眠室の前を通り掛《か》かったネリンは声を掛ける。

「注文してた雑誌届いてましたよ――……って。あら？」

仮眠室の扉が開きっぱなしになっている。

のぞいてみるとレイオットの姿もカペルテータの姿も無い。確か半時間程前に覗《のぞ》いた時は二人共居た筈なのだが――

「…………」

顔をしかめながらネリンは仮眠室の中に入った。

備え付けの棚に持っていた郵便物をとりあえず置いて室内を見回す。
すると――眼《め》についたのがベッドの上に置いてある一枚の紙。
『すぐ戻《もど》る。スタインバーグ』
手に取ってみると紙の上には汚《きたな》い字でそう走り書きされていた。
「全く……あの人は……！」
呻《うめ》く様に呟《つぶや》きながらネリンはその紙を握《にぎ》り潰《つぶ》した。

●　●　●

少女は聖歌《せいか》に包まれて眠っていた。
ゆるゆると黒い円盤《えんばん》を回転させる蓄音機《ちくおんき》から雑音《ざつおん》混《ま》じりの旋律《せんりつ》と歌声が流れ出し、旧《ふる》いアパートの室内にわだかまっている。その真ん中で眼を閉じる少女の姿は――まるで宗教画の中に描《えが》かれる聖女《せいじょ》の様に美しく愛らしかった。

おお尊《とうと》きかな　おお尊きかな
星々の息吹《いぶき》によりて生まれたまいし御子《みこ》
御身《おんみ》　人々のため　まことの苦しみを受け　犠牲《ぎせい》となりたまい

御胸を刺《さ》し貫《つらぬ》かれ　血を流したまえり
臨終《りんじゅう》の悶《もだ》えに先立ちて　我等の糧《かて》となりたまえ
おお尊き星の御子
慈悲《じひ》深き星の御子
御血を以《もっ》て我等が罪を贖《あがな》いたもう

だが――

「――いらっしゃいませ」

まるでその瞬間《しゅんかん》に夢から醒《さ》めたかの様に……突如《とつじょ》として眼を開き少女は室内に踏み込んだレイオットとカペルテータを迎《むか》えた。

戸口にて立ち止まる二人。

先に彼等を導《みちび》いてきたカールは立ち止まらず彼女の横を通り過ぎながら――まるで天気の話をするかの様に緊張感《きんちょうかん》の無い口調で言った。

「ミュリエナ。どうもスタインバーグさん達には〈黒騎士〉の正体がばれた様だよ」

「……まあ」

そう言って一瞬目を丸くし――そしてミュリエナは微笑《ほほえ》んだ。

焦燥《しょうそう》も恐怖《きょうふ》も憤怒《ふんぬ》も無い。まるでどうでも良い事の様に、品良く静かな笑顔を浮かべて彼女はレイオット達を見つめていた。

「失礼——僕はお茶の用意をしてきます」

カールはそう言って部屋の奥へと消えていく。

尚《なお》もゆるゆると紡《つむ》ぎ出される聖歌の調べを挟《はさ》んで向かい合うレイオット達とミュリエナ。

座らず、必要以上にも踏み込まず、レイオットはただその場に立ったまま言った。

「随分《ずいぶん》と落ち着いてるな」

「そろそろ実験も終わりますので」

ミュリエナは謡《うた》う様に言った。

「……実験？」

「幾《いく》つかの新機軸《しんきじく》のシステムです」

何処か浮世離《うきよばな》れした少女の唇《くちびる》が紡《つむ》ぐには、酷《ひど》く不似合いな台詞《せりふ》の様にレイオットには聞こえた。まるで詩歌《しいか》を口ずさむ様な滑《なめ》らかさでミュリエナは言葉を続けてゆく。

「御覧《ごらん》になったでしょう？　自分の拘束度《デュラビット》を減らさずに魔法《ソーサリイ》を撃つシステムと、そして魔力圏《ドメイン》の様な力場《りきば》〈随意領域《ずいいりょういき》〉を展開《てんかい》する事によってあの〈黒騎士〉——私達は〈アルカトラ〉と呼んでいますが、あの特殊《とくしゅ》モールドの様に、四本足のモールドでも自由自在に搭《とう》乗者《じょうしゃ》の意志で操《あやつ》る事が出来ます」

「そんなものを造ってどうする？」

「…………」

曖昧に笑うミュリエナ。

彼女の蒼《あお》い瞳《ひとみ》から放たれる視線は戸口に立つレイオット達を——正確に言えばレイオット達の足元に注《そそ》がれていた。

「実の処《ところ》——此処《ここ》まで来た最大の理由はあんた達の目的が知りたかったからだ」

レイオットは言う。

「正直……俺には一体、あんた達が何を考えてるのか分からない。何を思ってあんなモールドを造ろうとした？」

「……理由は幾《いく》つか在るのですが」

ミュリエナは視線を自分の膝《ひざ》に落としながら言った。

「元々はこの脚《あし》のせいですね」

「…………」

「以前は普通に歩く事が出来たのですが……脳《のう》の一部に問題が在るらしく運動神経の一部がおかしくなってしまったみたいです。魔法治療《ちりょう》でもどうしようも無いとか」

一般人の中には医療系《いりょうけい》魔法士による魔法治療を万病《まんびょう》に効《き》く特効薬《とっこうやく》の様に考えている人間も居るが、これは大きな間違《まちが》いだ。

医療系魔法士が医者としての医学知識《ちしき》を備《そな》えなければなれない事からも分かる通り、いくら魔法士の意識を現実の現象や事実に反映《はんえい》し得る魔法といっても、治療法そのものが不明の症状《しょうじょう》には手の打ち様が無い。例えば脳の機能《きのう》の詳細《しょうさい》——何処がどの様に働いてどんな機能を司《つかさど》っているのか——は未《いま》だ解明《かいめい》されて居らず、通常の脳外科《のうげか》手術で出来る治療も魔法治療も実の所、理論上の治療効果にあまり差は無い。魔法治療の方は毛細血管の一本一本をより分けて切除《せつじょ》や癒着《ゆちゃく》が出来るが——そもそも『何をどうしたら良いのか』が分からなければ魔法を使ってもどうしようもない。

「だが——」

レイオットはミュリエナの膝を眺《なが》めながら言った。

「あの魔力圏——いや〈随意領域〉だったか？　それなら自分の脚を動かす事が出来ると思った訳か」

「そういう事です」

ミュリエナは頷《うなず》いた。

「そもそも魔力圏は魔族《レヴェレント》の——あるいは魔法士の意志に従った物理現象を組み立てる為《ため》

のものです。発火させたり電光《でんこう》を生み出したりするより、遥《はる》かに自分の脚を動かす方が楽ではあります。必要とあれば〈アルカトラ〉の様なものまで自由自在に動かせる」

元々魔族の足止めに機関銃の類《たぐい》が使われる事からも分かる様に、魔族は等級が高くなればなるだけ生物としての機能《きのう》を魔力圏に代行《だいこう》させる比率《ひりつ》が高くなる。より恒常的《こうじょうてき》に魔法を行使《こうし》し肉体の新陳代謝《しんちんたいしゃ》や各種機能までもが魔力圏によって稼働《かどう》する様になる。

当然——移動もだ。

どう考えても肉体を支えきれない様な小さな脚や触手《しょくしゅ》で移動する魔族や、そもそも骨格《こっかく》強度《きょうど》の面から見て存在しえない様な巨大《きょだい》な魔族が現に発生し猛威《もうい》を奮《ふる》ったという現実は、この魔力圏の作用によって可能となる。

ならば同様の方法で動かない脚を動かす事も出来るだろう。

しかし……

「四六時中という訳にはいかないだろう」

レイオットは眉間《みけん》に縦皺《たてじわ》を刻《きざ》みながら言った。

「どんな新機軸を開発したのか知らないが、長時間の物理干渉《かんしょう》を行うには相当量の拘束度数が必要だ」

「ええ。そうですね」

ミュリエナは鷹揚《おうよう》な仕草《しぐさ》で頷いて見せた。

「人間一人分の拘束度ではせいぜい保《も》って一時間という処でしょうか。しかもこの〈随意領域〉は激《はげ》しく動けば動くだけ保持《ほじ》時間が減って、動きが鈍《にぶ》くなりますから……実用的とは言えません。一日一時間だけなどというのはとても、我慢《がまん》出来ませんもの」

元々魔法は人間の意志を物理現象に転換《てんかん》するものだ。

これは時に物理法則をもねじ曲げる。

だが当然ながら個人の行使する魔法では空間的にも時間的にもその干渉には限界が在る。

魔法は言ってみれば水面に投げ込む小石の様なものだ。魔法によって物理法則が歪《ゆが》められるのはせいぜいが半径十数メルトルの範囲内《はんいない》であり――それも永続《えいぞく》する訳ではない。すぐに通常の物理法則が押し寄せてきて魔法の効果を押し潰す。

当然だ――さもないと誰かが魔法を使う度に世界が変質《へんしつ》してしまう。

比較的《ひかくてき》、長時間維持《いじ》出来るのは〈デフィレイド〉の様な効果《こうか》の単純な魔法か――あるいは〈アクセラレータ〉の様に、あくまで実質的効力は物理法則の範囲内に在るものだけである。〈アクセラレータ〉はあくまで人体に掛かっている『制限』を外《はず》すだけのものであって、あの超人的《ちょうじんてき》な力は魔法そのものではない。

そしてそれらの魔法にしたところで、効果時間はどれだけ手段を尽《つ》くして延《の》ばしても十数分が限度である。それ以上を望めば更《さら》に同じ魔法を繰り返し発動《はつどう》させるしかない。そうすれば確かに大量の拘束度を消費するが、数時間の魔法の維持は可能になってくるだろう。

しかし……ミュリエナはそれでも足りないと言っているのだ。

「それで——」

レイオットは呻《うめ》く様に言った。

「他人に呪素《じゅそ》を肩代わりさせるシステムを思い付いた訳か」

「ええ。発想の転換《てんかん》です」

むしろ誇《ほこ》る様な口調でミュリエナが言う。

「魔法回路の中に他者を繋《つな》ぎ呪素に冒《おか》される危険《きけん》をそちらに肩代わりさせる——考え方としては封呪素筒《ふうじゅそとう》と拘束度端子《たんし》を併《あわ》せて人体で代用したものですね。これにより〈アルカトラ〉は〈羊〉が居る限り普通に活動出来ます。このシステムをもっと小型化すれば私も問題無く歩ける様になるでしょう」

「〈羊〉……」

レイオットはその隠語《いんご》を舌の上に転がしてみる。

羊——狼に為《な》す術《すべ》も無く喰《く》われる生き物。

彼等はひたすらに穏和《おんわ》で無力だ。他者の糧《かて》となるべく定められているかの様に。ただその為だけに生まれてくるかの様に。

ミュリエナが歩く為に——その為だけに生け贄《い にえ》に供《きよう》される人間を当然の如《ごと》く〈羊〉と名付ける感性にレイオットは薄《うす》ら寒いものを感じた。

「……他人を魔族化させてまで？」

「ええ……」

ミュリエナは頷《うなず》いた。

やはりその表情には何の後ろめたさも無い。

「ちなみに魔族は魔力回路《まりよくかいろ》的には元々〈アルカトラ〉の一部に組み込まれていた人間なので、当初、〈アルカトラ〉を他者と認識《にんしき》出来ません。自分の一部と誤認《ごにん》してしまうのですね。これは当然、長続きはしませんが、この間に処分《しよぶん》するなり、こちらが逃げるなりの方法を採《と》る事が——」

「……無茶苦茶《むちやくちや》だ」

何処か得意げな響《ひび》きすら伴《ともな》うミュリエナの言葉を遮《さえぎ》ってレイオットは言った。

「自分が歩く為に、魔族を造って回るのか？」

「ええ」

首を傾《かし》げてミュリエナは言った。

「それが何か？」

「…………」

「必要ならすぐに殺せるので問題ないとは思いますよ。とりあえずこの間までは私が官憲《かんけん》に捕まらない様に、攪乱《かくらん》の目的で野に放しましたが」

「…………他人を生け贄にする訳か？」

「ええ。供給《きょうきゅう》は割と安定してますよ」

事も無げな口調だった。

供給——生け贄の。

「意外とこの国は浮浪者の類《たぐい》が多いですし。ああ——そうそう、輸血《ゆけつ》や臓器《ぞうき》移植《いしょく》の目的で国外から子供を輸入《ゆにゅう》してくる業者《ぎょうしゃ》も居るんですよ、御存知《ごぞんじ》ですか？」

「…………」

それは知っている。

だが——

「そういった『搾《しぼ》り滓《かす》』でもとりあえず生きていれば使えますから……私が引き取って使ってあげられれば無駄がないと思って」

「…………」

「人間なんて意外《いがい》に安いものですよ」

「もういい、黙れ」

「あら？」

ミュリエナは眼《め》を丸くして言った。

「ひょっとして怒《おこ》って居《お》られますの？」

「……別に正義の味方を気取る様な気色《きしょく》の悪い趣味《しゅみ》は無いが」

レイオットは唸《うな》る様な口調で言った。

「さすがに不愉快《ふゆかい》には思うさ。たかが歩く為だけの事に毎日何人もの生け贄を使い潰《つぶ》そうって訳か？」

「たかが？」

心外《しんがい》――といった様子でミュリエナは首を振った。

「たかが？　たかがとおっしゃいましたか？　なんて傲慢《ごうまん》な」

少女はおっとりと――しかしその瞳に狂気《きょうき》にも似た濃厚《のうこう》な光を宿《やど》しながら言った。

「歩く事を奪《うば》われた私にとって、それがどれだけ辛《つら》いものであったのか、貴方《あなた》には理解出来ないでしょう？　理解出来ないものをさも分かった様な顔をして語《かた》らないでくださいましね？」

「…………」

レイオットは無言《むごん》。

それをどう思ったのか――少女は滔々《とうとう》と言葉を続けた。

「この私が歩きたいと言っているのです。そしてそれはその辺の庶民《しょみん》の命で可能なのです。だったら庶民は喜んで命を投げ出すべきでしょう？　何百年とこの国の庶民を生かしてきたのは私達貴族《きぞく》なのですから」

狂《くる》っている。

価値観の歪んだ人間を見るのは初めてではない。むしろ何人も見てきた。そもそも戦術《タクティカ》魔法士《ル・ソーサリスト》などはどいつもこいつも何処かおかしい。その意味ではレイオットとて他人の事をとやかく言えた義理《ぎり》ではない。

だが――

「世の中には生け贄になるべく生まれてきた者達が必ず居ます。生物は他の生物を生け贄にしてしか生きていけません。これは摂理《せつり》です。その事に是非《ぜひ》を問うのは無意味というものなのですよ」

生命は他を犠牲《ぎせい》にしてしか存在し得ない。

それは真理《しんり》だ。確かにその通りだ。その事の是非を問うても仕方《しかた》が無い。

だが――

レイオットは途方《とほう》もない疲労感《ひろうかん》を覚えながら考える。

（……成《な》る程《ほど》）

（確かにこいつに是非を問うのは無意味だろうさ――）

「とはいえ……」

ミュリエナは笑みを深めて言った。

「いちいち他人を連れてきて魔族化させて魔法を使う――無駄が多く無粋《ぶすい》な方法である事は確かです。それは私としても認めざるを得ません」

「謙虚《けんきょ》で結構《けっこう》だ」

うんざりした口調でレイオットは言う。

だが皮肉《ひにく》に気付いているのかいないのか――ミュリエナは平然《へいぜん》と言った。

「だから私達はもっと綺麗《きれい》な方法を採《と》る事にしました」

「綺麗な方法？」

「はい。ですから実を言えばもうこの〈アルカトラ〉に積まれている各種システムの改良《かいりよう》は、私が歩く為に行っている訳ではありません。始まりは私の脚の為でしたが、その問題は別の解決法が見つかりました。ですから、今行っているのは、その解決法を知る方からの依頼《いらい》によるものです」

「…………別の解決法？」

そもそも治療出来ないからこそ魔法を使って歩くなどという極端《きょくたん》な発想に行き着くしかなかったのだ。ならばそれは治療法ではない。だが魔法を使う以外に動かない脚を動かす方法など――

「それは」

それまで黙っていたカペルテータが不意《ふい》に口を開いた。

「つまり〈完全体《パーフエクタント》〉と呼ばれる魔族《メレヴエレント》になる事ですか」

「……！」

愕然《がくぜん》と傍らの少女を振り返るレイオット。

成る程――確かに〈完全体〉とある医師が言っていた存在になれば、この少女の問題も解決はするだろう。魔族は無限《むげん》に自己《じこ》の魔力圏《ドメイン》を維持出来る。そして同時に〈完全体〉と呼ばれる魔族は人間同様の理性を保《たも》つ事が出来る。その実例《じつれい》をレイオット達は確かに目撃《もくげき》していた。

だが――

「あら。御存知《ごぞんじ》でしたか。あの方達は〈資格者《クオリフアイア》〉と呼んで居られましたけれど」

「……〈資格者〉」

それは——何と傲慢な響きか。

資格在る者と資格無き者。

適格者《てきかくしゃ》と不適格者。

魔族と——人間。

「私は〈資格者〉としてあの方達の仲間に加えて頂《いただ》ける事になりました。この〈アルカトラ〉の研究データはほぼ揃《そろ》っています。これを持参《じさん》すれば私は不老不死で何不自由の無い、文字通りに『完全』な存在となるのです」

「……しかし……」

レイオットは思い出す。

〈完全体〉あるいは〈資格者〉になる為には文字通りに資格が——生来の資質《ししつ》が必要だとレイオットはある医者から聞いた。その医者とて〈完全体〉の実例はたった一人しか知らず、その資質の無い者を〈完全体〉に『進化』させる方法にまでは到達《とうたつ》していなかった。

だが——

（……源流魔法使《ルート・ソーサリアン》？）

彼等の技術ならあるいはそれは可能なのかもしれない。

ならば……このメイスン兄妹の背後《はいご》に居るのはあのロン・コルグやそれに類《るい》する者達なのか。それとももっと別の存在も源流魔法使達と同じ技術を持っているのか。

あるいは――

「何にしても」

ミュリエナは言った。

「実験は無駄ではなかった。この技術と資料を引き替えにして私は〈資格者〉となる。糧《かて》となった者達も本望《ほんもう》でしょう」

「…………」

この少女は強がっている訳でも悪ぶっているわけでもない。ミュリエナは徹頭徹尾《てっとうてつび》素直《すなお》に本音をさらけ出している。それは分かる。口調からも表情からも。

これ以上、この少女と言葉を交《か》わしても無駄だろう。ミュリエナとて同じ人間に喋《しゃべ》っているという実感《じっかん》は無いのかもしれない。この少女にとって貴族と庶民《しょみん》とは別の生き物なのだ――まるで狼《おおかみ》と羊の様に。

話し合いは本当に無駄だ。

自らを狼と主張するこの少女に生け贄にされる羊の気持ちは理解出来ない。理解出来ても実感出来ない。共感《きょうかん》も出来ない。違う生き物だと決めつけているのだから当然だ。

「……正直言って」

皮肉な笑みを浮かべながらレイオットは言った。

「俺はあんたが少し羨《うらや》ましいよ」

「…………」

ミュリエナが婉然《えんぜん》と笑う。

だが――

「あんた位に他人を何とも思えない人間だったなら――他人を糧と呼び、生け贄と呼んでも躊躇《ためら》いすら覚えない人間だったなら、俺はもっと楽に生きる事が出来たろうにな」

「……それはひょっとして侮辱《ぶじょく》ですの？」

微妙《びみょう》に表情を歪《ゆが》ませながらミュリエナが尋ねてくる。

だがレイオットは首を振った。

「単なる実感だよ」

レイオットは腰の後ろから愛用の回転弾倉式拳銃《リヴォルヴァ》〈ハードフレア〉を抜いた。

「……正義の味方ぶる様な気色悪い趣味《しゅみ》は無いとおっしゃりませんでした？」

「無論そんな趣味は無い」

レイオットはこの期《ご》に及《およ》んでも平然と――傲慢なまでに平然と微笑《びしょう》を続けている少女に

銃口《じゅうこう》を向けながら言った。

「だがどうにも俺にはあんたの存在が我慢《がまん》出来ない——不愉快《ふゆかい》だ。それだけさ」

「私を殺しますか？　でも証拠も無いのに私を撃《う》てば貴方は単なる殺人犯として逮捕《たいほ》されるだけですよ？」

むしろ愉《たの》しそうにミュリエナは言う。

「そろそろこの住居は引き払《はら》う予定でしたので——証拠になる様なものは特に残っておりません」

「…………」

確かに証拠は全て口頭《こうとう》でのものだ。

録音《ろくおん》していた訳でもなし——たとえ録音していたとしてもそれだけで逮捕状は下りまい。撃てばレイオットが殺人犯、あるいは傷害犯《しょうがいはん》として逮捕されるだけの事だ。このまま銃を突き付けて警察に連れて行ったとしてもミュリエナの言う通りなら無意味だ。むしろレイオットの立場が悪くなるだけである。

「御納得《ごなっとく》いただけましたか？」

そう言って奥から出てきたのはカールである。

彼は香茶《こうちゃ》のポットやカップ一式を盆《トレイ》の上に載《の》せて立っている。

だがその盆の下の右手は自動拳銃を握っていた。

その気になればいつでも引き金を引けるだろう。腕《うで》の善《よ》し悪《あ》しはともかく、この距離でしかも室内となれば銃撃戦をするのはとても得策《とくさく》とは言えまい。レイオット自身はともかくとしてカペルテータが巻き添《ぞ》えを食う危険性が高い。

「ではお茶を」

「……悪いが遠慮《えんりょ》する」

レイオットは肩を竦《すく》めて〈ハードフレア〉をホルスターに戻す。

銃口からカペルテータを庇《かば》う様にしながらレイオットは彼女を部屋の外に押しやる。

「最後に一つ訊《き》かせてくれるか」

「何なりと」

ミュリエナが余裕《よゆう》めいた微笑を浮かべる。

「カール・メイスン。あんたはどう思ってるんだ？」

「……御兄様《おにいさま》？　御兄様がどうかしましたか？」

「ミュリエナ・メイスン。あんたには聞いてない。カール・メイスンは何の為《ため》にこんな事をしているんだ、と聞いているんだよ。顔立ちに貴族の特徴《とくちょう》も無く、名前でもあんたは貴族名を名乗らなかった。立《た》ち居振《いふ》る舞《ま》いも明らかに違う。あんたは——血統《けっとう》はともかく庶民の育ちじゃないのか？」

「そうですね」

カールは頷いた。

「僕の母は庶民です。父と付き合い、僕を生みましたが、僕は本来メイスン家の人間ではありません。母が死んだときに父が僕を引き取ったので便宜上養子《べんぎじょうようし》になっておりますが」

「で――あんたはどう思ってるんだ」

「どうとは？」

「自分達のしてきた事を。貴族の為なら庶民は死んで当然と言い放つ妹の事を」

「……さあ」

カールは頰《ほお》を掻《か》きながら曖昧《あいまい》な微笑を浮かべた。

「僕は妹の望む事の手伝いをするだけです」

「御兄様の意志や意見は関係有りません」

ミュリエナは至極《しごく》当然といった口調で言った。

「考えるのは私。望むのも私。行うのは御兄様。汗を流すのも血を流すのも御兄様。ただそれだけの役割分担《ぶんたん》ですわね。当然でしょう？　私は貴族、御兄様はそうではないのですから――ねえ？」

「そうだね」

のんびりとカールは妹の問いに微笑んで見せた。

「犠牲になる者が居るから世の中は回るのです。誰もが誰かの糧になる。ならば誰の犠牲になるのかは自分で選びたいじゃないですか」

「…………」

レイオットは肩を竦めた。

駄目《だめ》だ。妹が妹なら兄も兄——揃《そろ》ってねじくれた価値観《かちかん》の持ち主だ。

ただねじくれているだけなら別に珍しくない。

だがここまで卑《いや》しいものの考え方をする人間と出会ったのはレイオットとしても初めてであった。ミュリエナもカールもだ。卑しさや俗《ぞく》っぽさも極《きわ》まれば浮世《うきよ》離《ばな》れしてくる——

そういう事なのかもしれなかった。

「なるほど。よく分かった」

「そうですか。良かった」

「あんたらの言っている事が俺には到底《とうてい》理解出来ないという事がよく分かった」

「…………」

小さく首を傾《かし》げてからカールが言った。

「残念です」

「帰らせて貰おう」

「ご自由に」

揃って微笑を浮かべるメイスン兄妹に背を向けると——レイオットは二人のアパートの部屋から出る。いつでも振り返って〈ハード・フレア〉を抜き撃ち出来る様、右手に若干《じゃっかん》の緊張《きんちょう》を残したままで。

銃弾《じゅうだん》は……追ってこなかった。

「……レイオット」

歩き出したレイオットの隣《となり》にカペルテータが並びながら言った。

「どうするのですか」

「どうするかね……」

溜《た》め息《いき》をつく様に言うレイオット。

あの二人の言葉を信じるならもうこの街で〈黒騎士〉が出る事は無いだろう。

問題の特殊《とくしゅ》なシステム——〈プロムナード機関〉や〈ヴォックス・ユニット〉と彼等が呼んでいた——の開発はもう充分《じゅうぶん》な資料が揃っており、また、ミュリエナが歩く事に関しては別の解決策も提示《ていじ》されている。

このまま〈黒騎士〉が出現しないなら街の異様《いよう》な緊張感もやがて雪の様に溶《と》けて消え去っていくだろう。

だが――

「法は法――なんてのを言える立場でもなし、殺人だの何だのに関しても偉《えら》そうに言える立場でもなし。まして証拠も無い。何より俺は『正義の遂行者《すいこうしゃ》』って柄《がら》でもないし趣味でもない。ついでに言えば捜査《そうさ》権《けん》も逮捕権も無い」

「…………」

カペルテータは黙ってレイオットの言葉を聞いている。

非難《ひなん》しない。同意もしない。

ただ冷徹《れいてつ》な観察者《かんさつしゃ》の瞳が彼を見つめているだけ。

まるで――何かを試《ため》しているかの様に。

「……お前はどう思う？」

「私はただレイオットの判断《はんだん》を見るだけです。私が自ら判断する時は今ではありません」

「…………」

苦笑《くしょう》めいた表情を浮かべるレイオットに――カペルテータが念を押す様に言う。

「私の意向《いこう》は無視して貰《もら》って構《かま》いません」

「左様《さよう》で」

溜め息をつきながら言うレイオット。

分かっていた事ではある。彼女はただの観察者だ。彼女は自らの言動がレイオットの行動理念《りねん》や行動方針《ほうしん》に影響を与《あた》える事を好まない。自分が怪我《けが》をしていた時ですら——自分の存在をレイオットが気にして彼本来の行動を採《と》らない事を懸念《けねん》していた。

だから彼女は何も望まない。

だから彼女に聞いても仕方《しかた》が無い。

レイオットが考えて判断すべき事ではあった。

「……とりあえず魔法管理局に戻るか。何をするにしてもそれからだろ」

言いながら彼は停車中のモールド・キャリアに歩み寄った。

第三章　生贄の論理は巡り

IKENIE NO RONRI HA MEGURI

ミュリエナ・パル・メイスン。

彼女は本来《ほんらい》──何不自由の無い人生を送る筈《はず》だった。

貴族《きぞく》制度が有名無実《ゆうめいむじつ》化《か》したこのアルマデウス帝国《ていこく》においては、貴族達が徴税権《ちょうぜいけん》を失ってもう一世紀近くになる。当然の様に領民《りょうみん》からの税収《ぜいしゅう》に頼《たよ》って生活していた多くの貴族は、他《ほか》に収入を得る術《すべ》を知らず、時代の変化に対応《たいおう》しきれずに、蓄《たくわ》えた私財《しざい》を磨《す》り減《へ》らして没落《ぼつらく》していった。

メイスン家はそんな中でも稀《まれ》な例外と言えただろう。

先祖伝来《でんらい》の土地や各種貴金属《ききんぞく》を担保《たんぽ》に商売を興《おこ》し、それが比較的《ひかくてき》順調《じゅんちょう》に回っていた為、各種権能や生活規模の縮小《しゅくしょう》は余儀《よぎ》なくされたものの、それなりに貴族としての体面《たいめん》を保《たも》ったままこの一世紀を切り抜けてきた。

だがそれはつまり──本物の苦渋《くじゅう》を舐《な》めていないという事でもあったのだ。

ミュリエナはそんなメイスン家の長女として生まれた。

元々女系としての傾向《けいこう》が色濃《いろこ》いメイスン家の事……代々の系譜《けいふ》を遡《さかのぼ》ってみれば当主が女性という事例は多々《たた》在った。むしろ男性当主の数より多い程だ。故《ゆえ》にこそ長《ちょう》じれば彼女はメイスン家の次期当主の座に就《つ》く筈であった。

故に祖父母は彼女に多大な期待を掛けていた。

元々ミュリエナの母親は少し頭が弱い女性だった。子供を産む様な年齢《ねんれい》になっても一番の関心事はお人形遊びで、物事が思い通りにならなければ手足を振り回してむずかった。

別に珍《めずら》しい事ではない。

長く続いた貴族の家柄《いえがら》の中には、血統《けっとう》を重んじるあまり近親婚《きんしんこん》を繰《く》り返し、この様な特殊《とくしゅ》な人間が——もっとはっきり言えば『問題の在る』人間がしばしば生まれてくる家系も少なくない。メイスン家もその例に漏《も》れていなかったというだけの事である。

人によってはそれは搾取《さくしゅ》され続けてきた領民の怨念《おんねん》が呪《のろ》いとなってその家系に取り憑《つ》いているのだとも言うが——現実的には単に劣性遺伝子《れっせいいでんし》の顕在化《けんざいか》というだけの事だった。

ともあれ……

母親の出来が悪かった為に祖父母の期待はミュリエナに全《すべ》て背負《せお》わされる事となった。

生粋《きっすい》の貴族である彼等《かれら》は、子守歌《こもりうた》の様に貴族の何たるか、領主《りょうしゅ》としての心得《こころえ》をミュリエナに吹き込みながら育てた。当然ながらミュリエナは十歳になる頃には貴族としての——それも旧来《きゅうらい》の、連綿《れんめん》と受け継《つ》がれてきた支配者としての価値観《かちかん》を備《そな》えた人格が完成していた。

無論……貴族と一言で言っても実体は千差万別《せんさばんべつ》だ。

ミュリエナの問題は——祖父と祖母が彼女に吹《ふ》き込んだ諸々《もろもろ》の中に、支配権を奪われた貴族の怨念と、そこから派生《はせい》した傲岸不遜《ごうがんふそん》さが当然の如《ごと》く含《ふく》まれていた事だった。

凋落《ちょうらく》しきったのなら諦《あきら》めもつく。

多くの没落貴族は不平不満をこぼしながらも生きる為《ため》に平民達の中に交じっていった。

だが幸か不幸か——メイスン家は貴族としての体面を最低限保《たも》ったままこの現代を生き延びた。生き延びてしまった。その結果として高まるだけ高まった矜持《プライド》をへし折られる事無く、貴族を崇《あが》め奉《たてまつ》る事を辞《や》めた庶民《しょみん》への怨念と蔑視《べっし》が純粋培養《じゅんすいばいよう》されていったのである。

庶民と貴族は違う存在である。

貴族は庶民よりも尊《とうと》い。それなのに庶民は今や貴族と対等《たいとう》の権利を主張《しゅちょう》しようとしている。本来、庶民は貴族によって管理《かんり》されその生活を支《ささ》える為の道具であり生《い》け贄《にえ》であった筈なのに、今や彼等は自らの立場を忘れて傲慢《ごうまん》にも対等であると思っている。

「良いか——ミュリエナや」

孫娘《まごむすめ》の頭を撫《な》でながら祖父は言った。

「お前は貴族じゃ。平民の奴等《やつら》とは違う存在なのじゃ。奴等を自分と同じと思ってはいかん。奴等は馬車馬なのじゃ。良き御者《ぎょしゃ》が居なければ自分をどう生かして良いのかさえ分からない、卑《いや》しく哀《あわ》れな生き物なのじゃ。そんなものの処《ところ》に下りていって泥《どろ》にまみれては、見えるものも見えなくなる。良いかミュリエナや。奴等と仲良くするなとは言わん。だが奴等が我々貴族の為に此《こ》の世に生まれてきた生き物だという事を、忘れてはいかん。仲間だと思ってはいかん。あれは我等とは違うモノじゃ。分かるかな？」

「はい——お祖父様」

彼女は素直《すなお》に祖父母の教えを受け入れた。

後に——父がかつて付き合っていた女性に生ませていたという腹違《はらちが》いの兄をメイスン家が引き取る事になっても、庶民の血が半分混じっているその少年をミュリエナは『自分とは別の生き物』と捉《とら》えていた。

兄——カール。

兄はメイスン家に下男として引き取られてきた。一人娘という事で大事にされていたミュリエナに比《くら》べると随分《ずいぶん》と酷《ひど》い扱いではあった様だが、唯一《ゆいいつ》の家族である母を喪《うしな》い、更《さら》には喰《く》うにすら困《こま》っていたカールにとってメイスン家はむしろ居心地《いごこち》の良い場所であるらしかった。彼は甲斐甲斐《かいがい》しくメイスン家に仕え、文句《もんく》一つも言わずに掃除《そうじ》や庭の手入れに精《せい》を出していた。後に彼の頭が悪く無い事が分かると、メイスン家の商売を彼は手伝う様になり——そこでも彼は真面目《まじめ》に働いていた。

思えばこの時がミュリエナにとっては一番幸せだった時期であるだろう。

だが……

ミュリエナの運命はその後急転《きゅうてん》する——それも悪い方向へと二度も。

一度目は脚《あし》だった。

ある日を境《さかい》に全く脚が動かなくなったのである。診療《しんりょう》した医者は『脳内に小さな腫瘍《しゅよう》らしきものが確認《かくにん》される』とした上で『遺伝的《いでんてき》なものではないか』との判断を下《くだ》した。母の精神《せいしん》をねじ曲げた血の濃《こ》さがミュリエナでは脚の麻痺《まひ》という形で顕《あらわ》れたのである。

以来……彼女は車椅子《くるまいす》に座る生活を余儀《よぎ》なくされた。

だがそれでも未《ま》だ彼女は幸福であったろう。後に来る決定的な破局《はきょく》に比べれば。

二度目の転換点《てんかんてん》。

即《すなわ》ちメイスン家の破算《はさん》である。

商売はミュリエナの父——父はメイスン家の遠縁《とおえん》に当たる没落《ぼつらく》貴族の子弟《してい》だった——と、その共同経営者に任《まか》されていたっ そして共同経営者が経営戦略《せんりゃく》を見誤《みあやま》り、大きな負債《ふさい》を抱《かか》え込んでしまったのである。

共同経営者は負債の全《すべ》てをメイスン家に押し付け、自らは可処分財物《かしょぶんざいさん》の全てを金銭に換《か》えてからそれを持ち逃《に》げした。メイスン家の財産はその負債の支払《しはら》いに全て充当《じゅうとう》され――屋敷《やしき》までもが取り上げられた。

父は母を道連れに自殺した。

残された祖父母は、それまでとはうってかわったあばら屋に移り住み、そこで逃げた共同経営者への罵詈《ばり》雑言《ぞうごん》を孫娘に聞かせながら衰弱《すいじゃく》していった。

「平民の癖《くせ》にっ……儂等《わしら》が……貴族の儂等が……仕事を……任せてやっていたのに……卑しい飼《か》い犬の癖にっ……！　恩知《おんし》らずがっ……低能《ていのう》の恩知らずめがっ……薄汚《うすぎたな》い平民共めが……！」

やがて祖父母は失意《しつい》の内《うち》に亡《な》くなった。

金の切れ目が縁《えん》の切れ目――メイスン家に雇《やと》われていた使用人達もメイスン家の破算と共に去っていき、ミュリエナの許に残ったのはカールだけだった。

だが。

それをミュリエナは有《あ》り難《がた》いとは思わなかった。

ミュリエナにとって庶民は『自分の為に犠牲《ぎせい》になるもの』という認識《にんしき》が出来上がってい

た。植物が草食動物に食べられる為に、草食動物は肉食動物に食べられる為に存在するのと同じく、庶民は貴族に全身全霊《ぜんしんぜんれい》、その全財産と生命の全てを捧《ささ》げてしかるべき存在であるのだと、その為に存在しているのだと彼女は考える様になっていった。

そしてその庶民の中には半分だけ血の繋《つな》がった兄であるカールも含《ふく》まれていた。

ミュリエナにとってカールは犬と変わらない。

とりあえず形式的に敬語《けいご》を使い『御兄様《おにいさま》』と呼んではいるが、これは他《ほか》の喋《しゃべ》り方と呼び方を彼女が知らないに過《す》ぎない。

彼女は疑わない。

自分は生け贄を捧《ささ》げる側であり、あるいは捧げられる側であるという事を。

彼女にとって生け贄とは庶民であり、それは絶対に自分ではない者達の総称《そうしょう》だ。

だから彼女にとってそれは当然だった。

自分が歩きたいと思い——それに数十人、数百人の庶民が犠牲になる事は、別に問題ではない。彼女の倫理《りんり》と道徳《どうとく》の中ではそれは非難《ひなん》されるべき事ではない。人間が生きるために他の生物を喰《く》うのと同じくそれは今更《いまさら》問題にしてもしょうがない事だった。

ミュリエナは悪人ではない。

悪いと思う事を実行しているのではない。彼女はそれが正しい事だと——いや善悪どころか是非《ぜひ》が論《ろん》じられる様な類《たぐい》のものではないとさえ思っている。それは呼吸する様に、水を飲む様に、食事をする様に、ただそういうもので当然であるのだと。

そして――

●　●　●

愕然《がくぜん》とした表情でネリンは声を上げた。

「――メイスン兄妹が……!?」

いや。正確に言えば声を上げ――かけてから慌《あわ》てて続くべき言葉を喉《のど》の奥へと呑《の》み込んだ。レイオットが拳《こぶし》から立てた人差し指を口元に当てて見せたからである。

ネリンは慌てて背後《はいご》を振り返る。

だが廊下《ろうか》には他に人影は無い。安堵《あんど》の吐息《といき》を短く漏《も》らしてからネリンはレイオット達の方に向き直り、声を顰《ひそ》めて続きを口にした。

「……〈黒騎士〉って……本当に……？」

魔法管理局《まほうかんりきょく》――の仮眠室。

レイオット達があてがわれている部屋である。

メイスン兄妹のアパートから戻ってきたレイオットとカペルテータは、その仮眠室《かみんしつ》の中に書類《しょるい》仕事を持ち込んで片付けながら待っていたネリンに速攻《そっこう》で捕《つか》まる結果となった。そしてそのまま勝手に何処《どこ》に出掛《でか》けていたのかと詰問《きつもん》されたのである。

実の所――レイオットとしてはあの兄妹をどう扱《あつか》うかについて多少の逡巡《しゅんじゅん》が在った。

彼等の価値観は途方《とほう》も無く不愉快《ふゆかい》ではある。だが『許しておけない』と断《だん》じてしまう事にはレイオットとしては抵抗《ていこう》を覚えるのだ。

生け贄の――羊。

何かを生かす為に必要な犠牲《ぎせい》。

彼等とてこのトリスタン市という死にかけの街《まち》を生かす為に必要な生け贄の羊だ。彼等を『悪』として捕まえ晒《さら》し者にする事で一旦《いったん》はこの街は平穏《へいおん》を取り戻すだろう。その為に警察や魔法管理局は躍起《やっき》になって〈黒騎士〉を捕まえようとしている。だがそれは根本的《こんぽんてき》には彼等の語《かた》る価値観を肯定《こうてい》する事になるのではないか。

何も解決しない。

全ては誰かを生け贄にした上に成り立つ砂上《さじょう》の楼閣《ろうかく》だ。

それを覆《おお》い隠《かく》す為に『正義』が語られるとすれば――それはやはり何か違うのではないかとレイオットは思う。自分自身が育ての親の犠牲の上に生きているからこそ、彼はそう思うのだ。

とはいえ……

レイオットはそういう訳で若干《じゃっかん》の迷《まよ》いを覚えて口を濁《にご》していたのだが、彼の傍《かたわ》らのカペルテータがネリンに問われるままに全てを喋ってしまった。

そういう訳で──

「証拠《しょうこ》は何も無い。あくまで当初はミュリエナ・メイスンが口を滑《すべ》らせただけだし、連中のアパートで語った事は本当に口先《くちさき》だけの事だ」

「でも……認《みと》めたんですよね？」

「裏付けを取るのは難《むずか》しいだろうよ。まして証言《しょうげん》が俺《おれ》とカペルではな」

言ってレイオットは肩を竦《すく》める。

確かに無資格《むしかく》の戦術魔法士《タクテイカル・ソーサリスト》とその『愛人』だの何だのと世間《せけん》で言われているCSAの少女と──この二名の証言で逮捕状《たいほじょう》や強制捜査令状《きょうせいそうされいじょう》を発行する程《ほど》、検察《けんさつ》も物分かりが良くはないだろう。

「モデラート警視《けいし》に話したら……」

「あのおっさんが俺の話を信じるかどうかも疑問だし、今、警視はSSS専従《せんじゅう》だから捜査権限無いんじゃなかったか？　現行犯逮捕は出来るだろうが──」

そこでレイオットは言葉を切った。

恨《うら》めしそうな眼《め》でネリンが睨《にら》んでいるからである。

「……どうしてそう、否定的《ひていてき》な事ばっかり言うんですか」

「否定的な材料しかないからだよ」

レイオットは肩を竦めて言った。

「でもこのまま放《ほう》っておく事は出来ません」

「おや——シモンズ監督官《かんとくかん》はこの無資格戦術魔法士の証言を信じてくださる？」

からかう様に言ってみるがネリンは至極真面目《しごくまじめ》な表情で言った。

「そりゃ信じますよ」

「何で？」

「何でって…………」

さすがに改めてそう聞かれて言葉に詰《つ》まるネリン。

しばらく眉間《みけん》に縦皺《たてじわ》を刻《きざ》んで考えてから——彼女は言った。

「カペちゃんも証言してますし」

「社交辞令《しゃこうじれい》でも『スタインバーグさんの言う事ですから』とか言うと人間関係がもっと円《えん》滑《かつ》になると俺は思ったりする訳だが」

苦笑《くしょう》するレイオット。

「まあ連中のモールド……〈アルカトラ〉とか言ってたか……何とかしてアレを引っ張り出して押さえれば良いんだろうけどな」

「ですね」

「そういう訳でまあ——後は頑張《がんば》ってくれ」

言ってレイオットは仮眠用のベッドに横になった。

「……え？」

「一市民の情報提供《ていきょう》終わり。後は公僕《こうぼく》の仕事だろ」

「………そ、それはそうですけど……」

「それともシモンズ監督官は俺に何かしろと？」

ベッドに寝ころんだまま首だけネリンに向けてレイオットは尋《たず》ねる。

「この待機《たいき》命令を破る様な困《こま》った奴に、決まり事を守る事の重要さをこんこんと説教《せっきょう》していたシモンズ監督官が？」

「…………」

しばし沈黙《ちんもく》するネリン。

やがて彼女は傍らのカペルテータを振り返って言った。

「……どうしてこう意地悪《いじわる》なのかしらね、この人は」

「幼少期の人格形成に何か問題が在ったのかもしれません」

「なるほど」

「勝手に精神分析するな。そっちも納得するな。何にしても監視《かんし》を付ける位しかやれる事は無いとは思うんだが――」

言いながら欠伸《あくび》をするレイオット。

最も良いのは〈黒騎士〉のモールドそのものを、彼等が所持《しょじ》している処《ところ》を発見して、その場で逮捕する事だろう。だがただでさえ手が足りない状態になっている警察が、レイオット達の証言だけでメイスン兄妹に監視人員を割《さ》くとも思えない。

だが――

「やっぱりモデラート警視に相談してみます」

「ご随意《ずいい》に」

まさか彼はこの時、その『引っ張り出す』作業《さぎょう》を勝手にしている人間が居《い》るとは想像だにしていなかった。

●　●　●

「――ふふんっ」

薄《うす》い笑みが自然に浮かび上がってくる。

正直に言えば全くの予想外――予想外の幸運であると言えた。

レイオット・スタインバーグを追い抜いて自分の名前を売るにはレイオットの仕事を横からかっさらうのが一番の近道である。実力主義の業界《ぎょうかい》というのはつまりそういう事だ。過程《かてい》はあまり関係が無い。結果を出せれば他の部分はいくらでも誤魔化《ごまか》しが利《き》くというものだ。

故にヴィクハルトはレイオットの動きをよく観察《かんさつ》していた。

彼自身だけでなく小金を与えて魔法管理局の局員や出入り業者《ぎょうしゃ》に『レイオット・スタインバーグが何か動きを示《しめ》せば伝《つた》える様に』と頼《たの》んでおいた。

その結果が――これだ。

双眼鏡《そうがんきょう》の中で見知った顔がトラックの貨物部《かもつぶ》の扉《とびら》を開いている。その貨物部の奥に在るものが何なのか、さすがのヴィクハルトにも分かる。道理《どうり》でこんな廃棄物《はいきぶつ》ばかりの処に車を停《と》める訳だ。

「メイスン兄妹だっけか……？」

呟《つぶや》きながらヴィクハルトは考える。

このまま此処《ここ》でメイスン兄妹を押さえるのは簡単《かんたん》だ。脚の動かない妹が助手席に居る以上、カートはどうしても『お荷物』を背負《せお》う事になる。〈黒騎士〉のモールドをどれだけ早く装着《そうちゃく》出来ようと、〈黒騎士〉になって妹を守る位置と魔法を確保《ソーサリイかくほ》する作業《さぎょう》が一瞬《いっしゅん》で済むとは思えない。ヴィクハルトが今すぐ光学照準器《スコープ》付きライフルなり何なりで制圧《せいあつ》すれば良いだけの話だ。

今が好機《こうき》とも言える。

だが――

「……それじゃあ駄目《だめ》なんだよな」

此処でメイスン兄妹を押さえるのは楽だ。

だがそれは戦術魔法士としてのヴィクハルトの功績《こうせき》にはならない。あくまで『あのレイオット・スタインバーグが引き分けた上に取り逃がした』『あのフィリシス・ムーグですらも取り逃がした』『トーマス・パラ・ビーチャムが取り逃がした』――諸々《もろもろ》の付加価値《ふかかち》のついた〈黒騎士〉の状態で倒さなければ、ヴィクハルトの戦術魔法士としての評判《ひょうばん》が上がる事にはならない。

最悪――単に『一市民の協力』でおしまいだ。

ならば――

「適当《てきとう》な時間まで待って――それでも動かないならつついてみるか」

ヴィクハルトはにたりと笑った。

●　●　●

「——レイ！」

いきなり駆け込んできてレイオットの名を呼んだのは、ジャックであった。

「出来たぞ！」

「……何が？」

ずり落ち書けたサングラスを人差し指で押して戻しながら彼はベッドから起きあがった。

「何がって——スタッフだってば」

「……ああ」

そういえばジャックに新型のスタッフの製作《せいさく》を任《まか》せていた。

とはいえ——

「えらく早いな」

「はっはっは。実は元々簡単《かんたん》な図面は引いていたんだよな。レイがその気になったらいつでも作れる様に。傑作《けっさく》だぞ」

「…………お前の傑作は色々不安が残るんだが」

とレイオット。

ジャックは天才的な技術者《ぎじゅつしゃ》で腕《うで》も良いが——他者の設計《せっけい》の機械《きかい》はともかく、自分で零《ゼロ》から設計したものとなると、かなり極端《きょくたん》な代物《しろもの》を作りたがる。例えば普通《ふつう》の自家用車を欲《ほ》しがっている人間に競技用《きょうぎよう》の車をデザインする様なものだ。「性能《せいのう》がこっちの方が良いんだから」と彼は主張するものの、あきらかに過剰性能《オーバースペック》な代物を作ったり、一つの性能を追求《ついきゅう》する余《あま》りに他の部分がお話にならない位に脆弱《ぜいじゃく》だったりするものも少なくない。

品物としては悪くないのだが、使う側からすれば、『程々《ほどほど》』で良い処《ところ》を手を抜かない為《ため》、かえって使いにくくなる事が在る。以前、修理調整《しゅうりちょうせい》に出した回転弾倉《リヴォルヴァ》式拳銃〈ハードフレア〉が、修理前は五連発だったのがいきなり無断《むだん》で六連発になっていたのなどはその典型《てんけい》だ。無論、弾を込める段階で気付いたが——ついつい五連発で使い続けてきた時間が長いだけに、レイオットは一発残っているのを忘れる事が今でも在る。

「何言ってんだか。俺も〈アセンブラ〉の一件でそれなりに思う処が在ったからね。レイの立場に立った設計に手直しはしてるよ」

「……そりゃどうも」

「まあ——重量《じゅうりょう》バランスと操桿《そうかん》のスプリングテンションには気を使ったから、使用感は以前とそんなに変わらないと思うけど、軽量化、小型化は随分《ずいぶん》したからね。〈リバース・ペット〉と併用《へいよう》していても楽な感じになったんじゃないのかな。バランスさえ変わらなければ軽量化・小型化はあまり影響《えいきょう》でないと踏《ふ》んでいるんだけどね」

「……ふむ」

「機能的《きのうてき》にはまあ基本機能は同じ。ただ一つ面白《おもしろ》い機能を付けてある」

「それが怖《こわ》いんだよ、お前の場合」

「大丈夫《だいじょうぶ》、スタッフの魔《ま》法増幅器《ほうぞうふくき》としての機能じゃないから。まあ実は〈黒騎士〉の絵と写真見て思い付いたんだけどね」

「……まさか脚でもついてんじゃないだろうな」

四本脚を備《そな》えて自走《じそう》する『魔法の杖《スタッフ》』。

冗談《じょうだん》としては正直あまり面白くない。

「まさか。まあこれは見れば一目瞭然《いちもくりょうぜん》だよ。今回は性能向上っていうよりレイの負担《ふたん》を軽《けい》減《げん》するのが目的の設計だからね。現場できっと感謝する。断言《だんげん》してもいい」

「ほう」

あまり気乗りして無さそうにレイオットは言う。

まあジャックが此処まで言うのならば悪い品ではないのだろうが――

「エヴァ姉に車借りて持ってきたから。とりあえずレイのモールドとのフィッティングしたいんだけど、モールド・キャリアの鍵《かぎ》貸して、鍵」

「此処《ここ》でするのか？」

レイオットのモールド・キャリアは魔法管理局の地下駐車場《ちゅうしゃじょう》に停《と》めたままである。

作業をするのならばジャックの工房《こうぼう》に戻《もど》って行った方が確実《かくじつ》だろうが――

「充分《じゅうぶん》だよ。あくまで最終調整だからね」

「左様《さよう》で」

言いながらレイオットはポケットを探《さぐ》り、モールド・キャリアの鍵を引っ張り出す。

その時――

「スタインバーグさん！」

慌《あわ》てて仮眠室《かみんしつ》に駆け込んできたのは、ネリンである。

「出ました――〈黒騎士〉が！」

「…………」

顔を見合わせるレイオットとジャック。

「すぐに用意を！」

「いやいやいや――ちょっと待て。落ち着けシモンズ監督官。俺が出る前に出るべき戦術魔法士は何人か居るだろっ」

「出てますよ、もう既《すで》に」

ネリンは言った。

「でも魔族《メレヴエレント》をまた大量生産されたら、やはりSSSだけでは対処《たいしょ》しきれません。スタインバーグさんも用意してください」

「…………」

レイオットはしばらく天井《てんじょう》を仰《あお》ぎ――

「動作試験《どうさしけん》も無しに実戦《じっせん》か？」

「レイらしくていいんじゃないの？」

ジャックは平然《へいぜん》とそう言った。

●　●　●

簡単な事である筈だった。

メイスン兄妹が〈黒騎士〉を動かした時点《じてん》でヴィクハルトは彼等を押さえる積もりだった。いくら新型のモールドといっても、装着《そうちゃく》して次の瞬間《しゅんかん》に戦闘《せんとう》状態に入《はい》れる筈が無い。また奇襲《きしゅう》を喰《く》らえばまともに体勢《たいせい》を整える前に若干《じゃっかん》の隙《すき》が出来てしまうだろう。

だからこそ相手がこちらの存在に気付いて戦闘態勢を整える前に、ヴィクハルトは速攻《そっこう》で〈黒騎士〉を撃破《げきは》する積もりであった。相手がモールドを装着してさえいれば、それはヴィクハルトが魔法戦闘で〈黒騎士〉に勝った、という結果が残る。何も正々堂々と戦いを挑《いど》む必要は無いのだ。

だが——

「…………くそっ!?」

ヴィクハルトは呻《うめ》く様に声を漏《も》らした。

甘《あま》かった。

メイスン兄妹が〈黒騎士〉を動かそうとしないので、少々焦《じ》れたヴィクハルトはライフルで〈黒騎士〉の積まれたモールド・キャリアを狙撃《そげき》した。無論、メイスン兄妹やモールドそのものやトラックに当てる積もりなど無かった。相手を少々驚かせ、戦闘態勢に移行《いこう》させれば良かっただけの事なのだ。

だが……

ヴィクハルトは甘く見ていた。

〈黒騎士〉という存在と——その存在が生み出すものを。

ヴィクハルトは実の所、数年の軍歴《ぐんれき》は在るが、魔法士としては事実上の新人《しんじん》である。魔族と戦った経験《けいけん》は過去に二度程《ほど》しかなく、いずれも下級魔族であった。それ故《ゆえ》に彼は楽々《らくらく》と魔族を倒《たお》し――『自分は戦術魔法士として既《すで》に天才級である』と思い込んでしまったのである。

だからヴィクハルトは知らなかった。

複数存在する魔族がどれだけ恐《おそ》ろしいものであるのかを。

魔族を生み出せる――その技能《ぎのう》がつまりどういうものであるのかを。

理屈《りくつ》としては知っていても実感《じっかん》としては知らなかったのだ。

「…………てめえ……どきやがれっ!!」

叫《さけ》んでみるものの、無論《むろん》相手は道を譲《ゆず》る様子は無い。こちらの言葉が分かっているかど
うかさえ怪《あや》しいものだった。

「おぎゃあ！」

その怪物《かいぶつ》はそう言った。

「おぎゃあおぎゃあおぎゃあ！」

赤ん坊《ぼう》の泣き声ではない。赤ん坊の泣き声を大人が記号的に真似《まね》しているかの様な――

それは不自然でいびつな声だった。声が『おぎゃあ』と聞こえるのではなく『おぎゃあ』

と書かれた台詞《せりふ》を読んでいる様な。

それは数分前まで中年の女性だった。

この辺りにたむろする浮浪者《ふろうしゃ》の一人であろう。薄汚《うすよご》れた格好《かっこう》な上に髪《かみ》もばさばさ、肌《はだ》もぼろぼろで、少し離れれば男女の区別さえ付かなかっただろう。

たまたま動き出した〈黒騎士〉の側《そば》に居たのが問題だった。

〈黒騎士〉はその『槍』を展開《てんかい》すると問答無用《もんどうむよう》でその女性を刺《さ》した。

同時に攻撃《こうげき》魔法を使ってヴィクハルトの助手が運転していたモールド・キャリアを一撃《いちげき》で破壊《はかい》して逃走《とうそう》——そして女性は魔族化して襲ってきたのである。

「おんぎゃあ!」

それはずんぐりむっくりの塊《かたまり》であった。

胴体《どうたい》は卵形だ。全高一メルトル強の巨大な卵を思い浮かべればそれに近い印象《いんしょう》を脳裏《のうり》に描《えが》き出す事が出来るだろう。その表面は大量の亀裂《きれつ》の如《ごと》き模様《もよう》が走っており、まるで一度粉々《こなごな》に割れた卵を無理矢理《むりやり》元に戻したかの様にも見える。

そしてその下部。

卵を支《ささ》える様にして四方に広がっているのは、総計《そうけい》十二本の——偽足《ぎそく》。

まるで寸詰《すんづ》まりの環状列石《ストーンサークル》の様に、卵形を支える放射状《ほうしゃじょう》の突起《とっき》十二本が不定形にぺたりぺたりと動いている。

しかも……

「おぎゃおぎゃおぎゃあ」

顔はその表面を滑《すべ》っていた。

定位置に無いのだ。

若々《わかわか》しい——元となった中年女の面影《おもかげ》を残しながら明らかに十年以上、いや、二十年程も若返り、娘の様になった女の顔が、まるで壁に掛《か》けられた仮面《マスク》の様に、縦横無尽《じゅうおうむじん》に卵形の胴体の表面を動き回っている。どういう形で胴体と繋《つな》がっているのか全く不明だが顔面は卵形の胴体を上を上下左右表裏と区別無く、まるで顔面だけが別の生き物の様に這《は》い回っている。

それも——二つ。

一方は眼《め》を閉じたまま細い声で何か歌の様なものを迸《ほとばし》らせながら。

呪文詠唱用副顔《じゅもんえいしょうようふくがん》——〈謡うもの《シンガー》〉。

中級以上の魔族は恒常魔力圏《こうじょうドメイン》と呼ばれる随意空間《ずいいくうかん》をその身に纏《まと》う。これを維持《いじ》する為《ため》に途切《とぎ》れる事無く発生し続ける撃発音声《トリガーボイス》こそが、この歌の様に聞こえる音であり、それを歌い続ける為だけの顔——呪文詠唱に特化《とっか》した顔面、それこそが〈謡うもの〉であった。

「——イグジスト！」

焦《じ》れたヴィクハルトが〈ブラスト〉を発動《はつどう》させる。

撃発音声と共に発生した魔力含みの火炎《かえん》が魔族に襲い掛かった。

「おぎゃあ!!」

魔族が一際《ひときわ》高く咆吼《ほうこう》する。

次の瞬間、魔族の前に発生した壁の様なものが〈ブラスト〉の火炎を弾《はじ》き、散らした。

「――！」

ヴィクハルトは愕然《がくぜん》とした。

中級以上の魔族が纏う恒常魔力圏は一瞬《いっしゅん》の隙《すき》さえも無くその身を守る。この為に中級以上の魔族は物理攻撃がほぼ効《き》かない。だからこそ中級以上の魔族を倒すには、その魔力圏の反応以上の速さで奇襲――つまりは超高速弾《ちょうこうそくだん》による一発必中の狙撃《そげき》――を行うか、さもなければ魔力圏と親和性《しんわせい》が高く魔力圏が『脅威《きょうい》』と認識《にんしき》しにくい魔力含みの攻撃、つまりは攻撃魔法を使うしかない。

だが……攻撃魔法も超高速弾も破壊力そのものは物理的《ぶつりてき》なものだ。

そしてそれは物理的な防壁《ぼうぎょ》で充分に遮《さえぎ》る事が出来る。

故に、たとえ攻撃魔法を以《もっ》てしても魔族が積極的《せっきょくてき》に魔法《ソーサリイ》で物理的な防壁《ぼうへき》を構築《こうちく》した場合、この攻撃を突き破れない事が多い。

故に狩《か》る側からすれば中級魔族は下級魔族とは全く別の存在と言っていい。

ただ単純に魔法攻撃すれば倒せるという相手ではないからだ。より強大になった魔族の魔力圏を抜け、その事象処理能力《じしょうしょりのうりょく》をも超《こ》える規模《きぼ》で攻撃魔法を叩《たた》き込《こ》まなければ魔族を殺す事は——傷付ける事さえ出来ない。

下級魔族だけを楽に狩っていい気になっていたヴィクハルトにとって、眼の前の中級魔族はあまりにも強大だった。

「おぎゃおぎゃおぎゃぎゃぎゃああ！」

魔族の周りに光る球体が発生したかと思うと、そこから空間に刻《きざ》まれた亀裂の様な電光《でんこう》がうねくりだして辺りを這《は》い回る。

「——！」

咄嗟《とっさ》にこれを回避《かいひ》しようとしたヴィクハルトであるが、しかし強大な電光は辺りの空気をかき乱し、電線や街灯の支柱《しちゅう》に当たっては火花を飛び散らせ、あちこちに伝播《でんぱ》し——その一端《いったん》が彼のモールドの爪先《つまさき》に触《ふ》れた。

「がっ……!?」

瞬間電圧《でんあつ》五十万ボルト。

それはヴィクハルトの全身の筋肉を収縮《しゅうしゅく》させ、彼は重いモールドやスタッフごと、まるで発条仕掛《ばねじか》けの人形の如《ごと》く軽々と跳《は》ねた。筋肉を動かしているのは神経電流である。故に人間の身体は強い電流を流されると全身の筋肉が本人の意志にかかわらず収縮してしまうのである。

「ぐ……が……」

全身の感覚《かんかく》が遠い。

まるで自分の肉体ではないかの様に身体が重く動かない。

眼も眩《くら》むかの様な無力感《むりょくかん》と絶望感《ぜつぼうかん》の中でヴィクハルトは魔族が近付いてくるのを見つめていた。

(……こんな……化け物……)

こんな尋常《じんじょう》でない化け物を相手に——それも場合によっては複数《ふくすう》と——レイオット・スタインバーグやフィリシス・ムーグは戦い、そして勝利してきたのか。

ならば。

魔を狩る魔——奴等も同じ化け物だ。

戦慄《せんりつ》と共にヴィクハルトは考える。

「おぎゃんぎゃぎゃぎゃぎゃぎゃがが」

魔族が叫びながら近付いてくる。

胴体の上を滑っていた顔面がくるくると回りながら愉《たの》しげに言った。

「おんぎゃあああああああああああああああああああああん！」

そして——

「あああああぎゃ？」

——びす。

（——!?）

びすびすびすびす。

魔族の胴体に続けざまに小さな孔《あな》が穿《うが》たれる。銃声《じゅうせい》は——その直後に来た。

「あああんんんぎゃあああああああああああああ!?」

よろめく魔族。

音よりも何倍も早く殺到《さっとう》する銃弾《じゅうだん》の群《む》れ。

それは——

「——イグジスト！」

撃発音声と共に発生した力場刃は怪物《かいぶつ》の胴体を真正面から真っ二つにした。

（……!!）

そして——

「いいいいいいいいいいいいいいいいいいいいいやっはあああっ!!」

軽快《けいかい》なエンジン音と共に迫《せま》り来るそれ。

対魔族用狙撃銃《まぞくようそげきじゆう》と魔法増幅用長杖《スタッフ》を左右に備《そな》えた走行機械《きかい》。

それをヴィクハルトは知っていた。

見るのは初めてではあったがそれが何なのか聞き及《およ》んでいた。

レイオット・スタインバーグを追い落とすと定《さだ》めて調《しら》べていたのだから。

〈ホイール・マニアⅡ〉。

そして——モールド〈スフォルテンド〉。

颱風の如き速度で突っ込んできた〈ホイール・マニアⅡ〉は、急遽方向転換《きゆうきよほうこうてんかん》、横滑《よこすべ》りを起こしながらその場で百八十度回転——左右に切り分けられ、ぐらりとよろめいた魔族の身体に更《さら》に魔法を叩き込む。

「イグジスト！」

切断面《せつだんめん》に強制的《きようせいてき》に割り込む様にして炸裂《さくれつ》した爆裂《ばくれつ》は、二つに分割されていた魔族の肉体を更に数十——いや数百に引き裂いて吹っ飛ばした。

さすがの中級魔族でもこれでは復活など出来る筈もない。

「…………」

地に這《は》い蹲《うずくま》るヴィクハルトの側を高速で通り抜けていく〈ホイール・マニアⅡ〉。

その姿を見据《みす》えながらヴィクハルトは呪詛《じゅそ》の様にその名を呟《つぶや》いた。

「……レイオット……スタインバーグ……」

●　●　●

立ち塞《ふさ》がる邪魔《じゃま》な魔族を瞬殺《しゅんさつ》し——レイオットは仮面の下で戦闘の興奮《こうふん》に沸《わ》き立つ狂暴《きょうぼう》な笑みを浮かべながら更に〈ホイール・マニアII〉を加速させた。

（……何が『使用感は以前とそんなに変わらない』なんだか）

改めてジャックの技術者としての優秀性《ゆうしゅうせい》を見せ付けられた気がした。

仕上がってきたスタッフは全く以前のものとは別物だった。

軽量化、小型化したとジャックは言っていたが、最初レイオットにはそれが何かの間違いであったのかと思えた。

同じ形をしていたからだ。以前のスタッフと。

だがジャックの言葉が嘘《うそ》ではないと気付いたのはそれを握《にぎ》った時である。

自分の手の大きさと合わない。

いや——正確に言えば自分が一見《いっけん》して脳裏《のうり》に描《えが》いていた実寸《じっすん》と、現実が微妙《びみょう》にずれている。それはつまり——全体の外観《がいかん》やバランスはほぼ同じながら、微妙《びみょう》に余分《よぶん》な部分を詰《つ》め、小さくしているのである。極論《きょくろん》してしまえばそれは以前のスタッフを丸ごと縮小《しゅくしょう》した様な形状であったのだ。この為、距離《きょり》感《かん》が狂《くる》ったというか——実際《じっさい》に握ってみるまでそれがどれだけ小型化されていたのかレイオットは気付いていなかった。全長は以前のものの八割程度になっているだろう。

しかも、実際に握《にぎ》るとそれは予想以上に軽い。

だが……最も驚《おどろ》いたのはそこまで小型化・軽量化されているのにもかかわらず、実際に使ってみると明らかに増幅率《ぞうふくりつ》も上げられているという事だった。恐《おそ》らく魔《ま》法精錬《ほうせいれん》による軽合金や強化樹脂《きょうかじゅし》を多用しているのだろう——普通《ふつう》の工業的手法で生産される合金や樹脂ではそもそもこんな大きさと複雑さで強度を維持出来る筈もない。

(一体どれだけの請求書《せいきゅうしょ》が来る事やら)

普通のスタッフの十倍近い金額が請求されてくるであろう事は想像に難《かた》くない。無論《むろん》それに見合う性能ではあるのだが。

「——さて」

呟きながらレイオットは通りを疾駆《しっく》する灰暗色《かいあんしょく》の異形《いぎょう》を見据《みす》えた。

〈黒騎士〉である。

四本脚の騎影《きえい》は猛烈《もうれつ》な速度で街路《がいろ》を走っていく。

「四本脚を制御《せいぎょ》しているのが魔力圏だとしたら、あれが走っている以上は普通の銃弾《じゅうだん》は効かない事になるが……」

「スタインバーグさん!!」

声が轟音《ごうおん》と共に追い縋《すが》りながら彼の名を呼ぶ。

ちらりと振り返った横に——小型のトラックが併走《へいそう》していた。エヴァからジャックが借りたというトラックだろう。その運転席にはジャックが、その隣《となり》にはネリンとカペルテータが座っていた。

恐《おそ》らくカペルテータはいつもの調子でレイオットの戦闘《せんとう》現場を見たがったのだろうし、ジャックはジャックで自分の創《つく》ったスタッフの実戦運用の場面を見たがったのだろう。当然そうなれば責任感の強いネリンは彼等だけを行かせはしない。

結果……三人揃《そろ》ってトラックで追い縋ってきているのである。

はっきり言ってレイオットとしては迷惑《めいわく》なのだが——

「早く制圧を！　でないと——」

「……………そう言われてもな」

呟くレイオット。

銃器が通用しないとなれば追いついて攻撃魔法《こうげきまほう》の射程圏内《しゃていけんない》での近距離《きんきょり》戦闘が基本となる。

だが——街中《まちなか》では他者を巻き込む可能性《かのうせい》が高く、また、通行人が〈黒騎士〉の〈生け贄《ジツ》〉になってしまう場合も在る。

出来ればこのまま追い立てて、郊外《こうがい》に連れて行くのが無難《ぶなん》なのだが——

「…………」

「スタインバーグさん？」

「……いや」

ふとレイオットは傍《かたわ》らを併走するトラックを見つめて眉《まゆ》を顰《しか》めた。

そういえば。

今まで改めて考えてもいなかったのだが……あの〈黒騎士〉に乗っているのは、カールとミュリエナ、どちらなのか？

体格的《たいかくてき》にはどちらもあの特殊《とくしゅ》モールドを装着する事は出来るだろう。

単純に、妹を歩かせてやる為の実験資料を集める為にカールがあの〈黒騎士〉の中に入って凶行《きょうこう》を繰り返していたと考える事も出来る。カールは元々救命《きゅうめい》魔法士の肩書《かたが》きを持っているので、レイオットとしては当然の様に彼が中に入っているものだと考えていた。

だが——

ではミュリエナは今、何処《どこ》に居る？

こんな目立つモールドを普通に運送する訳にはいかないだろうから、恐らく彼等はモールド・キャリアも用意しているだろう。だが脚《あし》の不自由なミュリエナがトラックを運転しているとも思えない。

となれば——

(中に入っているのはミュリエナか。あるいはトラックの方にミュリエナでも動かせる様な改造《かいぞう》が施《ほどこ》してあるのか、それとも——更《さら》に第三の助《すけ》っ人《と》が居るのか)

最初の可能性であった場合、メイスン兄妹は揃《そろ》って魔法士という事になる。

それはつまり——

(……いや、気にしても仕《し》方《かた》ないだろう)

レイオットは眼《め》の前の獲物《えもの》を狩《か》る事にまず集中した。

●　●　●

「…………」

モールド・キャリアを運転しながらカールは短く溜《た》め息《いき》をついた。

もう少しだったのだ。もう少しで完全に資料を揃えて提出《ていしゅつ》する事が出来た。〈資格者《クオリファアイア》〉への『昇華《しょうか》』の儀《ぎ》式《しき》を受ける事が出来たのだ。無論——今現在も、無線機で〈アルカトラ〉の稼働《かどう》データは受け取っている。幾《いく》つかの自動計測器《けいそくき》が〈アルカトラ〉には積載《せきさい》されている為に、たとえ中のミュリエナが気絶しようと計測数値はこのモールド・キャリア内の記録装置に記録されていく。

だがミュリエナを回収するのは非常に難《むずか》しい。〈アルカトラ〉はもう用済《ようず》みなので警察《けいさつ》なりレイオット・スタインバーグなりにくれてやってもいいが、妹を——ミュリエナをこのまま〈黒騎士〉として官憲《かんけん》の手に渡《わた》す訳にはいかない。

「どうしたものか……」

プロフェット男爵《だんしゃく》からの助力は期待できまい。

元々彼等はメイスン兄妹の事をさして重要視していない。恐らく此処《ここ》でメイスン兄妹が死のうが捕《つか》まろうが痛《いた》くも痒《かゆ》くもないだろう。たまたま『使えそうだから使っている』だけで……わざわざ窮地《きゅうち》を助けに来てくれる様な善意《ぜんい》を期待出来る相手ではない。ミュリエナはまた別の印象を抱《いだ》いている様だが——カールはプロフェット男爵という存在をその様に判断していた。

ならば此処はやはりカールが何とかするしかなかろう。

「仕方ない……」

後の事はどうとでもなる。

まずは追い掛《か》けてきている邪魔《じゃま》な戦術魔法士を全滅《ぜんめつ》させるのが先決だろう。

カールはハンドルをきって〈アルカトラ〉のいる街路へ合流する方向でモールド・キャリアを走らせた。

●　●　●

ラジオがけたたましい勢いで市民に警戒《けいかい》命令を通告《つうこく》していた。

〈黒騎士〉が出現した事。

その〈黒騎士〉は人間を魔族化させる事で力を得る事。

故《ゆえ》に〈黒騎士〉に近付いてはならない事。

〈黒騎士〉が近くに来れば隠《かく》れる事。近付いてくると分かれば全力で逃《に》げるべきである事。

警察《けいさつ》や戦術魔法士がこれを捕縛《ほばく》するべく動いているが——時期を同じくして別の魔族が別件で発生している為、手が回っていない事。

等々——

「おやおや」

ロミリオ・ポロ・プロフェット男爵は苦笑《くしょう》を浮《う》かべる。

「派手《はで》好きな人達だ……」

「……助けは？」

相変わらず陰気《いんき》な空気をまとわりつかせて部屋の隅《すみ》に佇《たたず》んでいたアルフレッドが尋《たず》ねてきた。

「まあ必要ないでしょう。今までの研究資料でも充分《じゆうぶん》役に立つ。君の玩具《がんぐ》にも充分応用が利《き》く筈《はず》ですよ」

「…………ならばいい」

「それでも官憲や戦術魔法士の手を逃《のが》れきる事が出来るのなら、まあ儀《ぎ》式《しき》を受けさせてあげても良いでしょう」

「…………」

珍《めずら》しくアルフレッドがふと視線をロミリオの顔に向けた。

「……本当にあの兄妹は〈資格者〉になれる保証《ほしよう》は在るのか？」

「無いですよ」

ロミリオは肩を竦《すく》めて言った。

「我々の様に昇華の儀式を通過《つうか》して〈資格者〉になれるのは多くても千人に一人といった処《ところ》でしょう。つまり彼等が〈資格者〉になれるのは千分の一の確率《かくりつ》といった処ですね。彼

等はその数値《すうち》までは知りませんが」

「…………」

「糧《かて》となる者、生け贄のヒツジ、それは当然——その上に来る存在よりも遥《はる》かに多い。何《な》故《ぜ》か多くの人々は自分がそれである事を認めようとしませんがね」

ロミリオは愉しげに言った。

●　●　●

(成《な》る程《ほど》、これは面白《おもしろ》い新機軸《しんきじく》だな)

〈ホイール・マニアII〉で〈黒騎士〉を追いながらレイオットは考える。

今回、ジャックの持ってきたスタッフには特殊《とくしゅ》な機構《きこう》が備《そな》わっていた。

機械肢《アーム》である。

それには折りたためる上にかなりの自由度を持つ関節《かんせつ》が備わっている。これがモールド〈スフォルテンド〉の装甲《そうこう》の固定金具《こていかなぐ》に装着され、スタッフ本体を少ない力で保持《ほじ》する事が出来る様になっているのである。

必要とあればレイオットは背中に背負ったスタッフを軽く引っ張るだけで構える事が出来るし、油圧《ゆあつ》で支えていてその力はモールドの方にも掛かる為、スタッフを「支える」腕の力が半分以下で済むのだ。

また同時にスタッフを手放すと、スプリングや油圧によってそれらを支える機械肢は自動的に折り畳《たた》まれ、背中に戻《もど》る。

要するにいちいち固定金具にスタッフを固定する必要も無いのである。

しかもスタッフのものとは別に汎用《はんよう》固定金具を先端《せんたん》に付けた同様の機械肢がもう一本同梱《どうこん》されていた。これには現在、レイオットは予備武装の散弾銃を装備している。こちらも必要とあれば軽い力で引き出し、片手での行使《こうし》を助けてくれる。

恐らくこの新機構を装備したレイオットの〈スフォルテンド〉はまるで四本の腕を持つ怪物じみた――あるいは昆虫《こんちゅう》じみた外見《がいけん》に見えるだろう。確かに『六本脚』という意味では〈黒騎士〉に近いものが在る。

（とはいえ……今回はむしろ新機軸を使う場面は無いかもな）

実の所レイオットには〈黒騎士〉を倒す策《さく》がもう出来上がっていた。

確かに〈黒騎士〉は様々《さまざま》な武装《ぶそう》と新機軸の装置を載《の》せた特殊なモールドで、その戦闘能力は非常に高い。相手が一般《いっぱん》の兵士や警官《けいかん》であった場合はほぼ無敵《むてき》と言っても過言《かごん》ではないだろう。

手の内が知られていない限りは戦術魔法士が相手でも有利《ゆうり》ではあるかもしれない。

だが……手の内が知られてしまえばその力は半減《はんげん》する。

「——イグジスト！」

撃発音声を唱《とな》えながら〈デフィレイド〉の力場平面を展開《てんかい》。

走りながら〈黒騎士〉が撃《う》ち込んできた銃弾《じゅうだん》は、全《すべ》て弾《はじ》き返され、路面《ろめん》や付近の建物の壁面《へきめん》に火花を散らす。まだその防御力《ぼうぎょりょく》が生きている間にレイオットは更《さら》に無音詠唱《ダムキャスト》。

同時に——〈ホイール・マニアII〉のNOSスイッチを入れる。

ナイトロジェン・オキサイト・システムが生み出す爆発的《ばくはつてき》な加速《かそく》が一気に〈黒騎士〉との距離《きょり》を縮《ちぢ》めていった。

相対距離三十メルトル。

二十五メルトル。二十メルトル。十五メルトル。十メルトル。

〈デフィレイド〉の力場平面が効果時間を終えて消失《しょうしつ》。

狙《ねら》い澄《す》ましたかの様に弾倉交換《だんそうこうかん》を終えた〈黒騎士〉の短機関銃《たんきかんじゅう》がレイオットを照準《しょうじゅん》する。

だが——

「——イグジスト！」

撃発音声と同時に——〈黒騎士〉の体勢《たいせい》が崩《くず》れる。

選択呪文《せんたくじゅもん》は〈ジャミング〉。

「――ビンゴ！」

レイオットの声と同時に〈黒騎士〉は後ろ脚をもつれさせ、転倒《てんとう》した。

無論《むろん》〈ホイール・マニアII〉でようやく追いすがれる様な速度である。ただ転ぶだけではなく勢《いきお》い余《あま》ってそのまま路面《ろめん》を滑《すべ》っていく。石畳と鋼《はがね》の装甲《そうこう》が擦《こす》れ合って大量の火花を散らしながら灰暗色《かいあんしょく》の巨体《きょたい》は十数メルトルを滑って――そして止まった。

魔法でその筐体《きょうたい》を動かしているというのならその魔法を妨害《ぼうがい》してやれば良い。

それだけで〈黒騎士〉は円滑《えんかつ》な動きを疎外《そがい》され、その巨体はむしろ操《あやつ》る者にとっては果《は》てしなく重い足枷《あしかせ》になる。

「手品ってのはネタがばれるとつまらんもんだよな」

言いながらレイオットは〈ホイール・マニアII〉を停車させる。

結合金具を外し、地面に下りたって徒歩で近付きながら、彼は言った。

「中に入ってるのは妹の方だな？　大人しく出てくればよし。出てこないのなら〈ジャミング〉を改《あらた》めて掛《か》けた状態で銃撃《じゅうげき》するが。どうする？」

「…………」

返事は――無い。

代わりに〈黒騎士〉の装甲の一部が開いて短機関銃の銃口が――

レイオットが放った散弾銃《さんだんじゆう》の一撃が短機関銃の銃身とフレームをひん曲げる。歪《ゆが》んだ回転盤《ターレット》の上で、痙攣《けいれん》するかの様に、かちりかちりと短機関銃の引き金を金属《きんぞく》部品が無意味に引き続けていた。

轟音《ごうおん》。

「そうか。出来れば五体満足で捕《つか》まえたかったんだがな」

言いながらレイオットは改めて散弾銃の照準を合わせた。

中に装填《そうてん》されているのは打撃力重視《だげきりよくじゆうし》の一発弾《スラッグ》である。いくら〈黒騎士〉とはいえ、至近《しきん》距離でまともに喰《く》らえば装甲板が大きくへこむ。ミュリエナの小柄《こがら》な体軀《たいく》がどういう形で〈アルカトラ〉の中に入っているのかは分からないが――魔力で動きを制御しているのならば、別に腕の部分に腕を、脚の部分に脚を入れる必要は無く、馬の胴体部分に寝《ね》ころんでいても構《かま》わない筈だ――下手に銃弾を撃ち込むとミュリエナに致命的《ちめいてき》な重傷《じゆうしよう》を負わせてしまう可能性が在った。手や足ならともかく、頭蓋骨《ずがいこつ》が陥没《かんぼつ》すれば命にかかわる。殺してしまっては一連の〈黒騎士〉事件の真犯人として法廷《ほうてい》に立たせる事が出来なくなり――事件の真相《しんそう》の大半は闇《やみ》の中に沈《しず》む事になる。

それではこの街を覆っている疑心暗鬼《ぎしんあんき》の空気を完全に払《はら》いきる事は出来まい。

「生け贄の羊――か。今度はあんたがそれになる番だな、お嬢《じよう》さん」

レイオットは言う。

だが――。

●　●　●

ミュリエナは焦《あせ》っていた。

まさかこうも簡単《かんたん》に無力化されるとは思ってもみなかったのだ。

だが、重武装の〈アルカトラ〉に乗っているとはいえ、所詮《しょせん》彼女は戦闘経験そのものがろくに無い子供――何度も命を晒《さら》して戦ってきたレイオットとは違《ちが》う。まして二度目ともなれば、余程《よほど》の馬鹿《ばか》でもない限り対抗策《たいこうさく》は思い付く。

今まで〈黒騎士〉が無敵《むてき》たり得たのは、その正体が不明であった事――その機動力《きどうりょく》と兄のカールの支援《しえん》により神出鬼没《しんしゅつきぼつ》の活動が出来たからだ。

だが――

（……御兄様《おにいさま》……何をしているの）

ミュリエナは焦りを覚える。

このままでは卑《いや》しい庶民《しょみん》共に捕まってしまう。彼等は彼女を犯罪者として晒し者にするだろう。確固《かっこ》たる価値観も無く、他人を疑い、その利《り》をかすめ取る事でしか生きていけない癖《くせ》に、誰かが大声を上げると何も考えずにぞろぞろとその後に付いていく愚《おろ》か者共。〈憂国騎士団〉などはその極《きわ》みだ。そしてそんな連中の心の安寧《あんねい》の為《ため》に貴族である自分が生け贄に供《きょう》されるなど——在ってはならない事だった。

(早く何とかしなさい御兄様。早く早く早く早く！)

近付いてくる黒いモールドを——レイオット・スタインバーグの姿を曲視鏡《ペリスコープ》で見つめながらミュリエナは思う。

その時。

『ミュリエナ』

〈アルカトラ〉内蔵《ないぞう》の無線通信機《むせんつうしんき》がカールの声を吐《は》き出した。

「——御兄様？　何をしていたの！　早く何とか——」

『大丈夫《だいじょうぶ》、落ち着いて。非常用のシステムを積んである。二番の操作盤《コンソール》の左下に小さなボタンが在るだろう？』

「在るわ。それで？」

『それを押《お》して。そしたら操作盤が外《はず》れる。その下にスイッチが在る筈だ』

「…………在るわ」

〈アルカトラ〉の内部に装備された操作盤を外しながらミュリエナは言った。

『それを押しながら〈随意領域《ずいいりょういき》〉を再起動《さいきどう》して。それでいける筈だ』

「分かった」

ミュリエナは即座《そくざ》に兄の指示に従って操作盤の下から出てきたボタン型のスイッチを押す。こんなスイッチが装備されていたのは今の今まで知らなかったが——状況を打開《だかい》出来るというのなら躊躇《ためら》う必要は無い。

「——イグジスト！」

ミュリエナは撃発音声を詠唱《えいしょう》。

その——瞬間《しゅんかん》。

「…………え？」

何かが歪《ゆが》む感覚《かんかく》が在った。

「……え？　……あ……え……？」

視界《しかい》が歪む。

ミュリエナは喘《あえ》いだ。

何かおかしい。感覚がおかしい。全身の感覚が——何か狂《くる》っている。

ぐにゃりと見えるものの全《すべ》てが歪曲《わいきょく》していく。

それが——自分の網膜《もうまく》が眼球《がんきゅう》ごと変形しているのだという事にミュリエナは気付いてい

なかった。

『ミュリエナ』

通信機の向こう側からカールの木訥《ぼくとつ》な声が聞こえてきた。

『〈随意領域〉は再展開したかい？』

「あ……ひあ……お……にいさ……ま……なにか……へん……」

『いや。別に変じゃない』

カールは淡々《たんたん》と言った。

『予定通りだよ。可愛《かわい》いミュリエナ。君は本当によく役立ってくれた』

「……え？」

気持ちいい。

気持ち悪い。

両方の感覚が同時に押し寄せてくる。自慰行為《じいこうい》に数倍優《まさ》る快楽《かいらく》が全身を駆《か》け巡《めぐ》り――だが同時に全身を切り刻《きざ》まれているかの様な激痛《げきつう》がやはり体中に生まれる。ミュリエナは快楽に激《はげ》しく喘ぎながらも同時に苦痛《くつう》で全身を痙攣《けいれん》させた。

びちりびちりと音がする。

轟音《ごうおん》の様にミュリエナの鼓膜《こまく》に響《ひび》く。それは、彼女の身体《からだ》を拘束《こうそく》している〈アルカトラ〉

の内蔵《ないぞう》モールド——〈アルカトラ〉は二重構造になっている——の関節部や比較的構造《ひかくてきこうぞう》上《じょう》弱い部分が破壊される音だった。内側から盛《も》り上がる肉に耐えきれず、樹脂部分や革《かわ》製《せい》部分が弾《はじ》け飛んでいるのだ。

これは——

「ひあっ……あっ……あっ……」

『聞こえているかい。ミュリエナ。可愛い僕の妹。僕と母が寒さと飢《う》えで苦しんでいた時、ずっとずっと幸せを貪《むさぼ》っていた僕の妹。尊《とうと》い尊い貴族様』

「あ……あひっ……あは……」

『君が捕まってしまっては——君が捕まって証言《しょうげん》すると、色々と困《こま》る。一応《いちおう》、君も〈アルカトラ〉関連《かんれん》の資料は見ていたし、プロフェット男爵の連絡先《れんらくさき》とかも知っているしね』

「……ああああ……はあっ……んあっ……どうし……て……」

『どうして？　ああ——どうしてと君は問うのだね』

通信機を介《かい》して届く声は空電雑音混じりで——しかしその向こうで兄が笑っているのははっきりと分かった。

『まあ君が誤解《ごかい》する様にし向けたのは僕だけれども。うん。実はいつからこんな風に考える様になったのかは僕にも分からないんだよ。本当は——最初はね、君に言った通りの事を僕も考えていたさ』

　懐《なつ》かしむ様にカールは言った。

『誰もが何かの生け贄になっている。だからそれを悲しむべきではない。むしろ積極的《せっきょくてき》に受け入れるのが正しい事なんだと。そう母に教わった。僕もそう考える様にしていた。この考えに今も変わりはないんだ。生け贄というシステムを受け入れる事。その事には是非《ぜひ》は無い。当然だ。生命《いのち》とは常《つね》に生け贄によって生かされている。だから——僕はずっと思《し》考停止《こうていいし》していた。悲しまない様に。怒《おこ》らない様に。全てをありのままに受け入れて何も考えない様に——』

「かは……は……あああ……」

『だから僕は君の様な貴族様に誠心誠意《せいしんせいいっ》尽くす——それはもう当然の事だと思っていたさ。僕の人生の全てを君に捧《ささ》げる事も当然だと思っていた。君を生かす為《ため》に生まれてきたんだと僕は信じていた。本当だよ？』

　カールは優《やさ》しく優しく——囁《ささや》き諭《さと》す様に言った。

『でもね。君の下半身が麻痺《まひ》した時、ふと——思ったのさ。君はきっともう子孫を残せない。結婚《けっこん》出来ない。だって君の下半身はもう役に立たない。子供もきっと生めない。その証拠《しょうこ》に……触《ふ》れられても何も感じなかったろう？』

「……それは……」

性的快楽《せいてきかいらく》と受胎及《じゅたいおよ》び出産の能力はまた別だ。

ましてや――たとえ性感が正常であったとしても、兄に、それも庶民《しょみん》の血の混《ま》じった卑《いや》しい男になど触られても快楽を感じる筈《はず》が無いではないか。

だがそんな道理《どうり》を今更《いまさら》カールに説《と》いても意味は在るまいし――説ける状態にミュリエナは無かった。

『君の生命としての連鎖《れんさ》はそこで途切《とぎ》れる。まして君の中に在る遺伝子《いでんし》はあまり出来が良くない。君のお母さんや君を見れば分かる。近親婚《きんしんこん》を繰《く》り返したメイスン家の血統《けっとう》はもうどうしようもない処《ところ》にまできていたんだよ』

それはその通りではあったかもしれない。

頭の弱い母。

脚の動かぬ娘。

あるいは――祖父母の恐《おそ》ろしく短絡的《たんらくてき》で激昂《げっこう》し易《やす》い性格も一種の精神的な疾患《しっかん》が影響《えいきょう》していたのかもしれない。閉《と》ざされた範囲《はんい》で繰り返され、袋小路《ふくろこうじ》に入り込んだ遺伝によって精神に失調《しっちょう》をきたしやすい人間が生まれるのは珍《めずら》しい事ではない。

『だったら。君が僕を生かす為の生け贄になってもいいかなって……ね？』

「……………お………にい………さ………」

『そうさ。今でも僕は生け贄の論理《ろんり》について異論《いろん》は無い。誰かが生きていく為には常に誰かを犠牲《ぎせい》にし続けなくちゃならない。それに是も非もない。責《せ》められるべきではない。それは確固《かっこ》たる現実として倫理とか道徳とかを越えた場所に在る。聖人が何人並んで理想論を唱《とな》えようと変えられない――確固たるシステムだ』

「……き……ぞく……の……」

『変わったのは方向性だけだよ。僕が君の犠牲になっても仕方ない。君が僕の犠牲になった方が大きな視野《しや》で見れば未来へ繋《つな》がる可能性が高い』

「……ふ……ざ……け……」

『そういう訳でね』

楽しげにカールは言った。

『君はそこまでだよ。ああ――でも君が本当に君の言う様に、『他者を犠牲に生きていく当然の権利』を持つ者なら、君は〈資格者〉に、〈完全体《パーフェクタント》〉になれるのかもしれないね。およそ確率《かくりつ》は千分の一だそうだけれど。庶民と貴族の比率《ひりつ》よりは高いかな?』

「……あ……あああああ……ひあああああ…………!」

びちりびちりと肉体が組み換《か》わっていく音を聞きながらミュリニテは吼《ほ》える。

信じられない。

貴族たる自分が。あんな家畜《かちく》同然の。庶民の血の混じった兄に。あんな。生け贄。馬鹿《ばか》な。くだらない。卑しい。許せない。何を。馬鹿な。庶民など貴族の。生け贄。犠牲。当然。下衆《げす》な。カール。御兄様。犠牲。殺す。何を。生き物を。何かを。常に。人は。だから。当然。是非。〈黒騎士〉。脚《あし》。車椅子。〈羊〉。プロフェット男爵。権利。愚民《ぐみん》。けれど

――


『さようならミュリエナ。君の尊い犠牲は忘れないよ』

その言葉を最後に通信機は沈黙《ちんもく》し――その筐体を肥大化《ひだいか》するミュリエナの身体が押し潰す。〈アルカトラ〉の装甲板が急速《きゅうそく》に膨《ふく》れあがる内圧《ないあつ》に耐《た》えきれず、軋《きし》み、あちこちで火花を散らして各種装置が破裂《はれつ》する。

そして――

「あああああああああああ――」

ばらばらと〈アルカトラ〉であったものが路面《ろめん》に落ちる。

まるで蛹《さなぎ》からかえった蝶《ちょう》の様に――鋼鉄《こうてつ》の無粋《ぶすい》な殻《から》を脱《ぬ》ぎ捨ててミュリエナは悠然《ゆうぜん》と立ち上がる。

脚が。動く。

「ああああああああああああ」

自らの脚で。立つ。その——快感。

意識の全てが溶けていく中でそれだけがくっきりと残っている。

ミュリエナはその喜悦《きえつ》にただ咆吼《ほうこう》した。

● ● ●

「…………！」

レイオットは愕然《がくぜん》と脚を止める。

それは——瞬《また》く間の出来事であった。異音《いおん》と共に〈アルカトラ〉の筐体が震《ふる》えだしたかと思うと次々とその装甲板が弾け飛び、中から悠然《ゆうぜん》と一回り小柄《こがら》な人影が立ち上がる。

恐らくは内側に更《さら》に別のモールドを着込《きこ》んでいたミュリエナなのだろう。

だがその姿は既《すで》に人間のそれを大きく逸脱《いつだつ》し始めていた。

「魔族化……！」

追《お》い詰《つ》められて自暴自棄《じぼうじき》になったのか。

あるいは他に何か理由が在るのか。

正直——メイスン兄妹の考えている事などレイオットには理解出来ない。

だが眼《め》の前でミュリエナが人間である事を放棄《ほうき》しつつあるのは明確《めいかく》に理解出来る。

それを駆逐《くちく》するのはレイオットの仕事だ。

「……出来れば司法裁判《しほうさいばん》に掛けたかったが」

正義にこだわる趣味《しゅみ》は無い。

法律《ほうりつ》にこだわる趣味も無い。

だが今このトリスタン市を覆《おお》う不穏《ふおん》な空気を追い払《はら》う為には〈黒騎士〉を公《おおやけ》の裁《さば》きの場に連れ出すのが最も確実《かくじつ》であった筈なのだ。

だが……こうなってはもうそれは無理《むり》だろう。

ならばこれ以上被害《ひがい》が広がる前に殲滅《せんめつ》するのみだ。

「ああああああああ――」

十数秒前までミュリエナであったものが咆吼する。

ばらばらと瘡蓋《かさぶた》の様にインナー・モールドを剝離《はくり》させながら、一歩一歩前に進む。

進むたびにその体軀は膨《ふく》れあがり、異形《いぎょう》のものになっていく。

「あああああああるあるくるくるるる……あるけあるけあるければるけるばる」

人の形が壊《こわ》れていく。

弾け飛ぶ様に肥大化《ひだいか》していく。

それは——あるいは彼女の自我《じが》の形であったのかもしれない。

「…………おいおい」

呻《うめ》く様に呟《つぶや》くレイオット。

彼の前には——巨大な卵が屹立《きつりつ》していた。

卵としか言い様が無い。

胴体の形状はまるっきり鶏卵《けいらん》だった。球体の一方を摘《つま》んで引き延《の》ばしたかの様な——転がした場合に延々《えんえん》と同じ場所で円を描《えが》きながら転がって何処《どこ》にも行かない様な。

ただしまるっきり大きさが違《ちが》う。

もしこの卵から生まれる鳥が居れば、それは牛や馬をもさらう様な伝説の怪鳥《かいちょう》に育つ事だろう。全高約三メルトル。直径《ちょっけい》二メルトル弱。こんなものの中になら、成鳥の大鷲《おおわし》ですら何羽も詰《つ》め込めてしまう。

だが……

それだけならばただ大きいだけの卵だ。

その姿を異様に見せているのは、その卵の下部から生えている二本の——大きいが形は人間の、それも女性のそれそのものといった脚だった。

それは——その姿は何処かの漫画《まんが》か何かの登場人物《キャラクター》の様だった。巨大で異様《いよう》だが何処か間が抜けているという点で。

そして……

「あるけるばるあるくるあるくるるるくる」

謡《うた》う様に声を発しているのは――卵の側面についた顔だった。

但《ただ》しその顔は皺《しわ》に埋もれた老婆《ろうば》の様なもので、大きさも普通《ふつう》の人間のそれより遥《はる》かに小さく、まるで白い壁面《へきめん》についた汚点《おてん》の様にも見えた。

「……それがあんたの心の形だったりする訳か」

レイオットは呟く。

卵。そして脚。

自らの価値観を守る為の防壁《ぼうへき》と――その外側に突《つ》き出したただ一つの器官《きかん》である脚と。

「『たかが』――確かにそう言ったのは俺の落ち度だな。あんたがそんなにも歩きたかったんだとは理解出来なかった。所詮《しょせん》、歩ける者に歩けない者の渇望《かつぼう》なんぞは理解出来なかったんだろうな」

卵がその二本の脚で軽《かろ》やかに――そう軽やかに――ステップを踏《ふ》みながらレイオットに向けて迫《せま》ってくる。

奇怪《きかい》な歌を歌いながら、楽しげに、愉《たの》しげに、踊《おど》る巨大《きょだい》な卵が迫《せま》り来る――

「だがそれはあんたも同じだ」

「あるくるけるくるあるけるくるぱる」

「生け贄なんざ欲しくないのに生け贄を喰《く》って生き延《の》びてしまった者の気持ちも——あんたには分からないだろうな」

「あるるるるる」

「生け贄とされるものの気持ちも分からないだろうな。それが当然《とうぜん》という価値観の中に逃《に》げて思考停止してる。そういうのは——」

レイオットは言いながら無音詠唱《ダムキャスト》。

同時に魔族の身体《からだ》の回りに巨大な球電が幾《いく》つも発生《はっせい》し、高速で回転を始める。鞭《むち》の様に細長い電光が近くの建物の壁面を、石畳《いしだたみ》の路面《ろめん》を叩き、その先端《せんたん》に触《ふ》れられた街灯が一瞬《いっしゅん》にして炎を噴《ふ》き爆裂《ばくれつ》した。

「そういうのは——気持ち悪いんだよ」

「あるくぅ！」

「——イグジスト！」

レイオットの放った攻撃魔《こうげきま》法《ほう》と、殺到《さっとう》する球電が空中で衝突《しょうとつ》し、爆裂した。

穏《おだ》やかな笑《え》みを浮《う》かべながらカールは車を走らせていた。

自分はもうすぐ〈資格者《クオリファイア》〉になる。

妹を実験台《じっけんだい》として――生《い》け贄《にえ》として集めて積《つ》み上げた研究結果《けんきゅうけっか》は、彼をより生物として上位の存在へと押し上げてくれるのだ。妹は自分も〈資格者〉になれると思っていた様だが、それは恐《おそ》らく無理《むり》だろう。行き詰《づ》まった遺伝子《いでんし》の体現者《たいげんしゃ》が人類の上位存在たる〈資格者〉になれる筈《はず》も無い。

かつては本当に――彼は自分を『誰かの生け贄になる存在』だと思っていた。

父の幸せの為《ため》に切り捨てられた母の様に。

いつか誰かの幸せの為に遣《つか》い潰《つぶ》される存在なのだと。

だから耐《た》えられた。だからメイスン家の家長《かちょう》の血を引きながら、メイスン家で下男同然《げなんどうぜん》の扱《あつか》いを受けていた事にも不満を覚えたりはしなかった。メイスン家が崩壊《ほうかい》した後も、彼は当然の事として甲斐甲斐《かいがい》しくミュリエナに仕えていた。

その為に自分は生まれたのだと言い聞かせていた。

そんな価値観が崩《くず》れたのは――あの時だ。

ふとしたきっかけで彼は〈資格者〉を見た。〈完全体《パーフエクタント》〉とも呼ばれる意志持つ魔族《メレヴエレント》。人の形を保《たも》ちながらも魔族の持つ無限《むげん》とも言うべき魔法《ソーサリイ》の力を行使《こうし》し得《え》る不老不死《ふろうふし》の超越《ちようえつ》存在。

それは本当に――文字通りの超越者だった。

下《くだ》らない因習《いんしゆう》も条理《じようり》も常識も全《すべ》てから解放されたものだった。

彼等《かれら》は食べなくても生きていける。死なない。必要とあれば光合成して栄養《えいよう》を得る事も出来る。土塊《つちくれ》や空気をも自分の魔力圏《ドメイン》の中で好きに組み替《か》えて、栄養素を創《つく》り出す事だって出来る。ただそこに存在するだけで完全に自己完結《じこかんけつ》出来る究極《きゆうきよく》の存在。他の生物を生け贄にせずとも生きていける解脱者《げだつしや》。

彼等の様になりたい――とカールは思った。

強烈《きようれつ》に彼等の存在に魅了《みりよう》された。

そしてその気持ちはそれまで彼の心を縛《しば》っていた母の言葉を砕《くだ》いた。

どうして自分が生け贄にならなければならないのか。

そもそもの前提《ぜんてい》が間違っているのだ。この世界には何の犠牲《ぎせい》も無く存在し得る者達がいた。例外《れいがい》が無いからこそ生け贄の論理《ろんり》は正しかったのだ――だが例外が在ったならばそれはただの敗北主義者の言い訳に堕《だ》する。

なりたい。超越者に。

何を犠牲にしてでも——生け贄の論理を超越した存在に。

そして彼は密《ひそ》かに、しかし営々《えいえい》とその為の努力を開始した。妹に悟《さと》られない様に、悟られない様に、愚鈍《ぐどん》な兄を演《えん》じながら、妹を騙《だま》し、実験を繰《く》り返してきた。

そして——今やそれが実を結ぼうとしている。

プロフェット男爵は彼に約束した——〈アルカトラ〉に積まれている〈プロムナード機関〉や〈ヴォックス・ユニット〉の完成と引き替えに〈資格者〉にしてくれると。

既《すで》に実験成果の大半は先方《せんぽう》に送ってある。

後は彼が用済《ようず》みの妹を処分《しよぶん》してプロフェット男爵の許に馳《は》せ参《さん》じるだけでいい。

そう——思っていた。

「……ん？」

彼の運転する大型トラック——〈アルカトラ〉のモールド・キャリアを兼《か》ねていたものだ——のライトが夜道の一部を切り取って浮かび上がらせる。

その真ん中……

「——おお」

先方から迎《むか》えに来てくれたらしい。

ライトの中で浮かび上がる見覚えの在る人影《ひとかげ》にカールは微笑《ほほえ》んだ。

コートをまとった白髪《はくはつ》の陰気《いんき》な男。

隻眼《せきがん》が静かにカールを見つめ――

「――え？」

カールは瞬《まばた》きした。

これは一体どういう事かと考えようとして――思考《しこう》がまとまらずに散逸《さんいつ》していくのを感じる。当然《とうぜん》の事ではあろう。彼の脳髄《のうずい》は、フロントグラスを貫通《かんつう》し、音よりも速く彼の額《ひたい》に、そしてその奥《おく》へと侵入《しんにゅう》した一発の銃弾《じゅうだん》によって破壊《はかい》され、その機能《きのう》を急速《きゅうそく》に失いつつあったからだ。

銃声《じゅうせい》が響いたがもう彼には聞こえていなかった。

――最早《もはや》用済み。

それは彼にも言える事ではあったのだ。

カールは失念《しつねん》していた。

生け贄の論理は連鎖《れんさ》する。小さな生き物をそれより大きな生き物が喰《く》う。その大きな生き物をもっと大きな生き物が喰う。もっと大きな生き物を、更《さら》にもっと大きな生き物が喰う。それが生け贄の連鎖だ。

ならば彼がその頂点《ちょうてん》に居ると誰《だれ》が保証《ほしょう》したか？

自分自身も過程《かてい》でしかないのだと――より他のものに生け贄に供《きょう》される存在でしかないのだと気付く事が出来なかったのが……気付けた筈《はず》なのに思考《しこう》を停止してしまっていたのが、彼の最大の問題であった。

故《ゆえ》に――

「……貴様《きさま》の犠牲《ぎせい》は無駄《むだ》にはせんよ……く……くくっ……」

自分をかすめて走り去り――そして遥《はる》か彼方《かなた》で何かにぶつかって爆発炎上《ばくはつえんじょう》するカールのトラックにそう告《つ》げると、隻眼《せきがん》の戦術魔法士《タクティカル・ソーサリスト》アルフレッド・スタインウェイは手にしたマーセルＭ７２機関拳銃《きかんけんじゅう》をホルスターに戻《もど》して歩き出した。

●　●　●

「イグジスト！」

発現《はつげん》した〈デフィレイド〉が魔族《メレヴエレント》の放った攻撃《こうげき》を跳《は》ね返す。

強大な雷を封《ふう》じ込《こ》められた球電が力場平面の上で解けて無数の稲妻《いなずま》となり四方八方に飛《ひ》散《さん》して消えた。

「……さすがに手強《てごわ》いか……」

細々《ほそぼそ》とした声で奇妙《きみょう》な歌を歌い続ける呪文詠唱用副顔《じゅもんえいしょうようふくがん》〈謡うもの《シンガー》〉を見上げながらレイオットは呟《つぶや》いた。

人間が魔族化する場合、その個体《こたい》の備《そな》える素質《そしつ》によって魔族化の際《さい》の等級《とうきゅう》は大きく異《こと》なる。最低位の男爵級《バロネージ》になり、一日近くの時間をかけて等級が一つずつゆっくりと上がっていく個体も居れば、いきなり〈謡うもの〉を備えた中級魔族に変異《へんい》する個体も居る。実際《じっさい》に確かめられた事ではないが——魔族は可能な限り早めに滅殺《めっさつ》されるからだ——個体によって成長限界も違《ちが》うのではないかと推測《すいそく》されており、たとえ放置《ほうち》しておいても全《すべ》てが最上級魔族、即《すなわ》ち魔王級《ルシフエル》に変異《へんい》するとは限らない。

ミュリエナは『素質《そしつ》が在った』のだろう。

いきなり中級——恐《おそ》らくは伯爵級《カウント》として魔族化した。

しかもこの巨体《きょたい》は厄介《やっかい》だ。卵形の胴体の最奥部《さいおうぶ》に脳組織《のうそしき》が在った場合、これを破壊《はかい》するのは並大抵《なみたいてい》の事ではない。かといって丸ごと殲滅《せんめつ》を仕掛《しか》ける様な高破壊力の魔法《ソーサリイ》で、周囲に被害《ひがい》を及《およ》ぼさないものとなると限られてくる。

「〈マキシ・ブラスト〉か〈ヴォルテックス〉か。いや——」

走りながら銃撃《じゅうげき》。

散弾銃の銃弾はしかし魔族の胴体に達する前に空中で消滅《しょうめつ》した。静止させたのでも跳ね飛ばしたのでもない。恐らく圧倒的《あっとうてき》な処理容量《しょりようりょう》を持つ魔力圏《ドメイン》が分子か原子にまで分解《ぶんかい》してしまったのだろう。

「あるるるるる!!」

街路《がいろ》を走るレイオットを追って球電が降《ふ》り注《そそ》ぎ、更《さら》には火炎《かえん》があちこちで噴《ふ》き上がる。雑居《ざっきょ》ビルと雑居ビルの間に飛び込んで致命的《ちめいてき》な攻撃の群《む》れをやり過ごしたレイオットは自分のモールドの胸元《むなもと》に触《ふ》れて残りの拘束端子《こうそくたんし》の数を数える。一応《いちおう》──使った数は覚えているが、念のためだ。

既《すで》に残り拘束度数《デュラビット》は七。

「さて──どうする？」

呟くレイオット。

当初、追撃《ついげき》の最中に拘束度数を使った為に、伯爵級の魔族を相手にするという意味では残り拘束度数はかなり心許《こころもと》ない。更に言えば〈マキシ・ブラスト〉は呪文詠唱が長く、あの魔族相手では隙《すき》が多く出過ぎる。また〈ヴォルテックス〉もその渦《か》動《どう》力場の範囲内《はんいない》に全てあの魔族が入るかどうか疑問《ぎもん》だ。

巨大すぎる魔族はそれだけで脅威《きょうい》だ。

「いや──待てよ」

レイオットは呟く。

巨大だから手に負えない。それは事実だ。

だが巨大だからこそ攻《せ》めやすい部分は——無いか？

例えば——

「早速《さっそく》役に立つか？」

モールドに取り付けられた機械肢《アーム》を一瞥《いちべつ》して呟くと、レイオットは口早《くちばや》に〈アクセラレータ〉の呪文を口頭詠唱《リアルキャスト》する。

「——〈アクセラレータ〉、イグジスト」

撃発音声《トリガーヴォイス》と共に弾《はじ》け飛ぶ三つの拘束度端子。

同時にレイオットの全感覚が沸騰《ふっとう》し、轟音《ごうおん》の如《ごと》き耳鳴りが彼の脳を揺《ゆ》さぶる。強制的《きょうせいてき》に高効率《こうこうりつ》で稼働《かどう》させられる肉体の内側で、筋肉が爆発的《ばくはってき》に収縮《しゅうしゅく》を繰《く》り返し、血管《けっかん》を引き裂《さ》く程《ほど》の圧力で血潮《ちしお》が心臓《しんぞう》から押《お》し出されていく。

レイオットはビルの間から飛び出した。

「あるるるるるるるるるる」

巨大な歩く卵に向けて疾走《しっそう》するレイオット。

手から離《はな》したスタッフと散弾銃は自動的に折り畳《たた》まれた機械肢によって彼の背に固定さ

れ、レイオットは全身の平衡《バランス》を取りながら全力疾走《しっそう》する。無論、重量に変化は無いのだが、スタッフや銃という長物を持っている時に比《くら》べると、格段《かくだん》に動き易《やす》い。

「おおおおおおおおおおおおおおおおっ!!」

気力鼓舞《こぶ》の為の雄叫《おたけ》びを上げながらレイオットは駆《か》ける。

相手が巨体という事はその分、小回りが利《き》かないという事だ。更に言えばミュリエナは未だ『成り立て』で自分の能力を生かし切れていない。破壊力は大きいが雑《ざつ》な攻撃はその証拠《しょうこ》である。

レイオットは走る。

勢いをつけ、そのまま壁《かべ》を――

(壁を走るのはそっちの専売特許《せんばいとっきょ》じゃないんだ、元〈黒騎士〉)

――走る。

強化された脚力《きゃくりょく》で建物の壁を蹴《け》り、建ち並ぶ建物の壁を斜《なな》めに横切る様にして、一気にそれらの上に駆け上がる。魔族が放つ電光が次々と彼を追って炸裂《さくれつ》するが、〈アクセラレータ〉で強化された脚力とその反応速度の前に、どの攻撃も虚《むな》しく虚空《こくう》や壁面を灼《や》くのみである。

そして――

「おおおおおおおおおおおおおおおおおっ！」

建物の屋根を蹴って跳躍《ちょうやく》するレイオット。

同時に――両手を背後に回し、空中でスタッフと散弾銃を引き出す。

「あるくるるるるるる！」

魔族が反応し、新たに球電を生み出すが――

「遅《おそ》い!!」

レイオットが左手で散弾銃を連射《れんしゃ》。

立て続けに撃ち込まれる銃弾を、しかし魔族の魔力圏が無効化《むこうか》する。

しかしそれはつまり魔力圏を『銃弾を止める』事に機能特化《きのうとっか》させている状態だ。魔族は迫《せま》り来るレイオットと――そして彼が使おうとしている魔法に対する対処手段《たいしょしゅだん》を封《ふう》じられた状態となる。

時間にすればほんの瞬《まばた》き程の隙《すき》。

だが加速中のレイオットにとっては充分な隙であった。

機械肢にスタッフを保持《ほじ》させて右手一本で装桿《そうかん》を操作《そうさ》――無音詠唱《ダムキャスト》。

選択呪文《せんたくじゅもん》は〈アサルト〉。

しかも――

「だあああああああああああああああああああああああああああっ!!」

　叫《さけ》びながらレイオットは魔族の巨体《きょたい》に——真っ直《す》ぐ飛びつく。

　まるで杭《くい》を打ち込むかの様にスタッフを掲《かか》げて。

　硬《かた》い音と共にスタッフの先端《せんたん》が魔族の『殻《から》』に突き立てられ、そして——

「——イグジスト!!」

　最大威力《さいだいいりょく》で撃ち込まれる〈アサルト〉。

　見えない砲弾《ほうだん》は零距離《ゼロきより》で叩き込まれ、その推力《すいりょく》の殆《ほとん》どを消費《しょうひ》して自《みずか》らを魔族の内側深くに侵入《しんにゅう》させる。

「イグジスト！」

　更に一発。

　そして——

「あるうううおおっ!?」

「お嬢《じょう》さんにはちょっとキツかったか？」

　地面に落下しながらレイオットは皮肉《ひにく》な笑《え》みを仮面の下で浮かべる。

びしりびしりと音を立てて卵形魔族の『殻』に亀裂《きれつ》が走る。

内側深くで炸裂した強力な破壊の魔法に、その体組織が耐《た》えられないのである。

ぶるぶるとその巨体を震わせながら魔族がその場に立ち竦《すく》み、ぼろぼろと亀裂から剝離《はくり》した殻の断片が地面に落下する。

「ま——卵はいつか割れるもんさ」

両脚を曲げて着地の衝撃《しょうげき》を吸収、それでも御《ぎょ》しきれなかった落下速度は転がす事で流し、レイオットは数メルトル離れた場所まで転がってから、身を起こした。

歩く巨大卵は尚《なお》もその身をぶるぶると震わせ——

「——!」

爆裂した。

大量の破片《はへん》が路面や雑居ビルの壁面で跳《は》ね回り、更に細かい破片は粉塵《ふんじん》となって舞《ま》い上がり辺りの視界を閉《と》ざす。

だが街灯《がいとう》を背に立つ魔族の胴体はその殆《ほとん》どが吹っ飛ばされて消滅《しょうめつ》していた。

そして——

「——なにっ!?」

レイオットが確認《かくにん》の為に眼《め》をやった先——腕に巻いた魔力計の針《はり》は、しかし紅《あか》い数字の

間を小刻《こきざ》みに動いていた。魔力《まりょく》が減《げん》じていない。

それはつまり――

「あるるる――っ!!」

咆吼《ほうこう》しながら巨大な二本脚が迫ってくる。

平然《へいぜん》と、二本脚――だけが。

「……なんてこった」

レイオットは跳《は》ね起きながら、呻《うめ》いた。

「そっちが本体か！」

粉塵の幕《まく》を破って姿を現したのは、巨大な――それだけですら三メルトル近くに成長した二本の脚と、それを繋《つな》ぐ股《こ》関節《かんせつ》だけの異様《いよう》な代物《しろもの》だった。人間で言えば臍《へそ》から下が無い。腰骨《こしぼね》回り以外は本当に何も無い。

元より胴体部分は虚飾《きょしょく》――〈謡うもの《シンガー》〉とその周辺以外は空《から》っぽだったのだ。

「あるるるるるる――きょうもいーてんき〜ッ！」

真夜中で良い天気も何もあったものではないが魔族の言動《げんどう》に意味を求めてもしょうがない。

声を発しているのは――やはり〈謡うもの〉だった。

新たに形成されたそれは、股間《こかん》の真ん中、女性性器に相当する部分に何故《なぜ》か横倒《よこだお》しで生《は》えていた。

「あしたもあさってもよいてんきぃ！」

「――っ！」

声と共に発生《はっせい》した衝撃波がレイオットを吹っ飛ばす。

近くの路面《ろめん》に叩き付けられ――跳ねる。

「ぐっ……く……」

レイオットは散弾銃を背中から引き出し――撃つ。

だが筒状弾倉《つつじょうだんそう》に残っていた一発を発射すると、空の薬莢《シエル》を吐《は》き出し装塡桿《ボルト》は停止。散弾銃はただの鉄棒《てつぼう》と化した。

無論、たった一発の散弾銃の一撃が魔族に効《き》く筈も無い。

レイオットは右手を背後に回し――そして。

「――なんてこった」

呟く。

実戦での耐久《たいきゅう》データが無かったせいか、それともジャックの設計《せっけい》に問題が在ったのか、あるいは問題が無くても仕方《しかた》が無い事だったのか――機械肢《アーム》は折れ、スタッフはレイオットから十数メルトル離れた処《ところ》に転がっていた。先に衝撃波で吹っ飛ばされた際《さい》に、路面を滑っていったらしい。

身を起こして取りに走ろうとするが――

「てんきてんきおさんぽびよりぃ！」

今度こそはと立て続けに叩き込まれる球電がレイオットの周りを抉《えぐ》り、弾《はじ》け、その動きを阻害《そがい》する。辛《かろ》うじて〈アクセラレータ〉が効いている為にかわし続けていられるが、スタッフの許に走ってこれを手にする余裕《よゆう》は無い。

むしろかわし続ける内に、彼とスタッフの距離《きょり》は次第《しだい》に開いていく。

「くそっ――」

呪文を口頭詠唱《リアルキャスト》する隙も無い。

激しい動きは当然にそれだけ呼吸を乱す。〈アクセラレータ〉が効いているならば尚更《なおさら》の事だ。ましてこの中級魔族を完全に殲滅《せんめつ》する様な魔法となると、追加呪文も含《ふく》めてどれだけの長い詠唱を必要とするか。

しかも残り拘束度数は――二。

口頭詠唱の効率《こうりつ》の悪さを思えば、最早《もはや》基礎級呪文《ベーシック・スペル》一発で勝負するしかない。

だがそれはとても無理だ。

「……駄目《だめ》か」

レイオットは呟《つぶや》く。

やはり自分の生命に未練《みれん》は無い。

しかし――

（ふん――俺も未練を覚《おぼ》える位にはなったか？）

二度とネリンやカペルテータやジャックや――諸々《もろもろ》の人々と会えなくなる事を惜《お》しむ気持ちが自分の脳裏《のうり》を過《よ》ぎった事にレイオットはむしろ驚《おどろ》いた。

そして――

「さんーぽッ！」

轟音《ごうおん》と共に巨大な脚が空気を抉《えぐ》り抜いて迫《せま》る。

人体の――数倍、いや十数倍の威力《いりょく》と規模《きぼ》で迫る壮大《そうだい》な踵落《かかとお》とし。

威力《いりょく》は破城槌《はじょうつい》に匹敵《ひってき》するだろう。いくらモールドを着ていても一撃で肉も骨も原型《げんけい》を留《とど》めぬ程《ほど》に叩き潰される――

「――疾《ジャイ》！」

――筈《はず》だった。

聞き覚えの在る声と共に銀色の閃光《せんこう》が迸《ほとばし》る。

それは真っ直ぐ風景に一線を引き——そしてその先端《せんたん》には魔族の〈謡うもの〉が在った。

「あるおうえをわっ!?」

深々《ふかぶか》とその半ばまでを魔族の詠唱用副顔に埋め込んでいるのは——

「……なんだ？」

呆然《ぼうぜん》とそれを見つめるレイオット。

それは一本の剣だった。

異様な——まるで機関銃《きかんじゆう》の銃身《じゆうしん》をそのまま剣身《けんしん》に置き換《か》えたかの様な、ある意味でスタッフとよく似た形状《けいじよう》の、しかしそれは明らかに剣だった。

(——レイオット・スタインバーグ)

同時に声が何処《どこ》からか漂《ただよ》ってくる。

(私は今あまり力が出ない。それを貸してやる故《ゆえ》に——この場の始末《しまつ》をつけたまえ)

「——ロン・コルグ？」

(ただ一言、撃発音声《トリガーボイス》と共に魔力《まりよく》を注《そそ》ぎ込め。さすればアレは君でも使える——急げ！)

鋭《するど》く突き刺さる様に響《ひび》く源流魔法使《ルート・ソーサリアン》の声。

レイオットは——地を蹴《け》った。

今は逡巡《しゆんじゆん》している場合でも突然の再会に動揺《どうよう》している場合でもあるまい。

幸い〈アクセラレータ〉は未《いま》だ効いている。

「あるるるおるるおうえうおうえおう」

未だ混乱している魔族に向かって再び跳躍《ちょうやく》。

レイオットは突き刺さっている異形《いぎょう》の剣の柄《つか》らしき部分に手を掛《か》けた。

得体《えたい》の知れない代物《しろもの》だ。迂闊《うかつ》にこの状態で魔法を撃って本当に大丈夫なのかどうか、分からない。下手をすればレイオットも魔族化してしまう可能性も在る。

だが他《ほか》に現状打開《げんじょうだかい》の方法は無い。

故《ゆえ》に——

「——イグジスト！」

撃発音声、詠唱《えいしょう》。

「——!?」

ごそりと自分の中から何かが引き抜かれる様な感覚《かんかく》。

それが強制的《きょうせいてき》に残りの拘束度数を——それに相当するだけの魔力を『剣』がレイオットの中から持っていった結果《けっか》だという事に気付いたのは、効果《こうか》が発現《はつげん》した時だった。

「おおおおおうううううううううううおあおあおあおあおあおああ!!」

魔族が絶叫《ぜっきょう》する。

轟々《ごうごう》と唸《うな》りを上げながら魔族の周囲で紅《あか》い光が飛び交《か》う。

蛍火《ほたるび》の様な小さな――しかし遥《はる》かに速く狂《くる》おしく飛び回る小さな光の群《む》れ。

魔族の魔力圏が異常《いじょう》な反応を示しているのである。

やがて光は互《たが》いに連結《れんけつ》し、レイオットと魔族を包んで球状となり、更にそれが瞬間的《しゅんかんてき》に膨《ふく》れあがり――

轟音。

次の瞬間、それは無数の砕片《さいへん》に切り裂《さ》かれて吹《ふ》っ飛んでいた。

どういう種類の攻撃が発動したのかはレイオットにも分からない。

だが魔族は、次の瞬間、魔力圏と同様に無数の破片へと砕《くだ》かれて崩壊《ほうかい》していた。

「………………！」

着地して――呆然《ぼうぜん》とその様子を見守るレイオット。

まるで見えない肉挽《ひ》き機にかけられたかの様だった。巨大な二本脚はぞろりと崩《くず》れ――

腐肉《ふにく》の塊《かたまり》の様になって路面にわだかまる。

最早《もはや》脳がどうのという状態ではあるまい。念のためにと確認《かくにん》した右腕《みぎうで》の魔力計の中で、針が急速に危険領域《きけんりょういき》から外《はず》れていくのが見えた。

「………倒した、か」

呟いて、レイオットはその場に座り込む。

これも魔法の効果《こうか》なのか、それとも元よりそういう物質で構成された肉体であったのか、しゅうしゅうと音を立てながら魔族の肉体は急速に乾燥《かんそう》し、まるで茶の出涸《でが》らしの様な状《じょう》態《たい》になっていく。

「…………で、一体これは何なんだ」

呟くも返事は無い。

レイオットの前で——その異形の『剣』が意味ありげに煌《きら》めいていた。

終　章　されど糧なるものに祈りを捧げ
SAREDO KATENARUMONO NI INORI WO SASAGE

今日も今日とて妹を宥《なだ》めてから家を出る。

母の様子は相変わらず——妹の様子も大きな変化は見られない。

絶望《ぜつぼう》している訳ではないが楽観《らっかん》出来る状況《じょうきょう》でもない。

そんな事を思いながらエリック・サリヴァンは家の門扉《もんぴ》を閉じた。

そこに——

「……あ……あの」

ふと掛《か》けられた声に振《ふ》り返る。

見れば——先日、家の前に集まっていた連中の一人だった。いや、それ以前からでも見《み》覚《おぼ》えが在る。確か通りを挟《はさ》んで斜《なな》め向かいの家に住む若い主婦《しゅふ》だった筈《はず》だ。

「——何か？」

「この間は——ごめんなさいね」

言ってその主婦は頭を下げた。

「…………」

エリックは黙《だま》ってその主婦を見つめる。

よく見れば彼女は何処《どこ》かやつれた様な印象《いんしょう》が在る。それが先日の一件の為《ため》なのか、そもそも〈黒騎士〉関連の世情不安《せじょうふあん》に端《たん》を発《はっ》するのか、あるいは単純に生活苦なのかはエリックにも分からない。

ただ――

「……皆《みな》……気が立って……その……不安で……」

「お気持ちは分かります」

エリックは溜《た》め息《いき》をついて言った。

「僕《ぼく》も貴方《あなた》達の立場になれば同じ事をしたかもしれない。いや……似《に》たような事はした事があります」

「…………」

顔を上げて目を瞬《まばた》かせる主婦にエリックは言った。

「だから貴方達を責《せ》める積もりはないんです、僕は。拳《こぶし》を振り上げられればこちらも拳を振り上げて殴《なぐ》り掛《か》かります。でも拳を振り上げるその事自体を咎《とが》める積もりは無い。それはもう——誰《だれ》だってしてしまう事だろうから」

「……許してくれるの？」

「許すとか許さないとか。そういう権利《けんり》は僕には在りません。貴方にも」

「……君は」

主婦は何かを言いかけて——しかし言葉にならないのか、そのまま再び口をつぐんだ。

「でももし少しでも悪いと思うのなら」

「……思うのなら？」

「その気持ちは忘れないでください。御願《おねが》いです」

「………………」

主婦はしばらく呆然《ぼうぜん》とエリックを見つめていたが——

「自信ないけど。頑張《がんば》るわ」

「それで、充分《じゅうぶん》です」

言ってエリックは会釈《えしゃく》をすると歩き出す。

最後に主婦が浮かべた笑みを脳裏《のうり》に改《あらた》めて描《えが》き出しながら——エリックは思う。

（僕だって貴方達と大差《たいさ》無い）

個々人を見ていなかった。

『一般大衆』だの『近所の人々』だのという大まかな括りだけでそれらの人々を理解した様な気になっていた。それは『魔族事件の関係者《ケースSA》』というだけで自分達の『枠《わく》』から他人を排斥《はいせき》しようとする人々と、実質的《じっしつてき》には何ら差は無い。

エリックは自分の食べたパンの数を覚えていない。

自分の食べたソーセージの数を覚えていない。

そういう単語と概念《がいねん》でくくった、個々の区別の無い『集合体』でしかないからだ。

でも――

「……ああ、そういう事か」

知り合いのホルスト教徒《きょうと》がいつも食事の前に祈《いの》りを捧《ささ》げているのを彼は知っている。

無意味な儀礼《ぎれい》だと思っていた。食事の度《たび》にいちいち何を虚礼《きょれい》じみた事をしているのかと彼はいつも思っていた。

だが、あれは――

「受け入れるってそういう事だよな……」

エリック自身は宗教に興味《きょうみ》は無い。

祈りの意味をきちんと理解しているホルスト教徒ばかりでもないだろう。

だが――ホルスト教徒達を見習って食事の前には糧《かて》となった者達に感謝を捧げるのも悪

くはない。ついつい忘れてしまう事を――自分が『生かして貰《もら》っている』のだという事を忘れない為に。

そんな事を考えながらエリックは学校へと急いだ。

●　●　●

「――シャロン」

しゃがんで手を差し伸《の》べたカペルテータに黒猫《くろねこ》は素早《すばや》く走り寄ってきて身をすり寄《よ》せた。

あまり猫らしくないというか、誰にでも愛想《あいそ》の良い猫ではあるのだが、それでも一番世《せ》話《わ》をしてくれている飼《か》い主《ぬし》の事はきちんと覚えているらしい。嬉《うれ》しそうにカペルテータにまとわりつきながらシャロンは甘《あま》えた声を何度も上げていた。

「シャロンちゃん。元気にしてまちたか？」

ついつい幼児《ようじ》言葉になって声を掛《か》けているのはネリンである。

この堅物《かたぶつ》の魔《ま》法《ほう》監《かん》督《とく》官《かん》はどうもかなり猫に弱いらしい。シャロンの相手をしている際《さい》などは明らかにでれでれと言動《げんどう》が緩《ゆる》みまくっている。

その癖《くせ》、彼女は自分では猫を全《まった》く飼おうとしない。

一度その理由を尋《たず》ねたシイオットに、彼女は言った――『そんな事したら私、仕事に出

掛けられませんから……』」

まあそれはさておき。

スタインバーグ邸《てい》の玄関先《げんかんさき》。

レイオットは眼《め》の前の中年女性に小さく頭を下げた。

「どうも」

「色々と面倒を――」

「いやいや。元々私が押し付けた猫だしね」

レイオットの台詞《せりふ》を制《せい》しながら苦笑《くしよう》して答えるのは隣家《りんか》の主婦にして週一でスタインバーグ邸の掃除《そうじ》に来る家政婦《かせいふ》――エレナ・シェリングである。

小太りの、見るからに『おばさん』といった容姿《ようし》と雰囲気《ふんいき》の女性なのだが、不思議《ふしぎ》と所帯臭《しよたいくさ》さがあまり感じられない。少女がそのまま歳《とし》を取っていったかの様な……長く生きていればそれだけ身に付いてとれなくなる垢染《あかじ》みた雰囲気《ふんいき》が薄《うす》い。仕草《しぐさ》や表情が溌剌《はつらつ》としていて生活に『疲《つか》れている』人間には決して出せない闊達《かつたつ》さがそこには在った。

きっと日々の生活をこの女性は愉《たの》しんでいるのだろう。

「カペちゃんの躾《しつけ》がいいのか、まあ大人しかったよ」

彼女はレイオット達が魔法管理局《まほうかんりきよく》に半《なか》ば拘束状態《こうそくじようたい》に在った際、シャロンの面倒《めんどう》を見ていてくれた。ようやく事件が解決《かいけつ》してレイオット達が家に戻《もど》るという事で、掃除がてらシャロンを連れてきてくれたのである。

「――お茶を」

言いながらカペルテータがシャロンを降《お》ろし、奥《おく》へと歩いていく。

「じゃあ御《お》言葉に甘《あま》えるとするかね？」

肩を竦《すく》めてそう言うエレナにレイオットも苦笑《くしよう》して頷《うなず》く。

カペルテータを除《のぞ》いた大人三名は居間に移動した。

「ひょっとしてあれかい。ずっと留守《るす》にしてたのは街《まち》の方で騒《さわ》ぎになってた〈黒騎士〉の？」

「……そうですね」

頷いて言ったのはネリンの方だった。

「詳細《しようさい》の発表は明日にでも出ると思いますが」

レイオットがミュリエナを――彼女が魔族《メレヴエレント》化した個体を倒《たお》して今日で三日目。

実の所、警察《けいさつ》も魔法管理局も〈黒騎士〉事件についてどう発表したものか、多少困惑《こんわく》している状態であるらしい。直接《ちよくせつ》の犯人が魔族化して死んでしまった以上、真相《しんそう》は――少なくとも一般《いつぱん》市民にとっての真相は永遠に闇《やみ》の中だ。またミュリエナの共犯者《きようはんしや》であったと思われる兄のカール・メイスンも射殺《しゃさつ》死体で発見された。恐《おそ》らく背景には組織的《そしきてき》な力が働いていたと思われるが――それを辿《たど》る糸はぷっつりと途切《とぎ》れてしまっていた。

お陰《かげ》で週刊誌や一部新聞が無責任《むせきにん》な憶測《おくそく》を得意《とくい》げに書き立てているが――実際《じっさい》に〈黒騎士〉のモールドの残骸《ざんがい》の写真が公表され、警察と魔法管理局が〈黒騎士事件〉の終了を宣《せん》言《げん》した為、少しずつトリスタン市街《しがい》は落ち着きを取り戻しつつある。

「何かこう……後味《あとあじ》の悪い事件でしたよね。色々と」

「そうだな」

珍《めずら》しくネリンの意見に素直《すなお》に同意《どうい》するレイオット。

確かにトリスタン市を覆《おお》っていた異様《いよう》な緊張感《きんちょうかん》は薄《うす》れつつある。未《ま》だ三日目とはいえそれが分かる。以前のトリスタン市の空気が戻ってくるのに二週間は必要無かろう。

だが……これは根本的《こんぽんてき》な原因が無くなった訳ではない。

〈憂国騎士団〉は今も活動を続けている。

同じ様な事件が起これば再び市民は互いに疑心暗鬼《ぎしんあんき》の眼を向け合うだろう。

自分が生き残る為《ため》に、自分が安心する為に、人々は懐《ふところ》で短剣を握《にぎ》って他人の背中を見つめるのだ。カペルテータの言う様に、人の敵は人であり、人は潜在的《せんざいてき》な敵と寄《よ》り添《そ》って暮《く》らしている。

そしてそれは仕方《しかた》の無い事だ。

人は――生命は常《つね》に生《い》け贄《にえ》を求める。何かを壊《こわ》し、潰《つぶ》し、殺し、そうしないと生命は生きていけない。そういう風に出来ている。だからこれはもうどうしようもない事だ。

「なんて言うか……終わった気がしません」

ネリンは言った。

「むしろこれが始まりみたいな。何かの」

「同感だ……」

ミュリエナとカールはあの〈黒騎士〉の技術を欲《ほ》しがっている者が居ると言っていた。

恐《おそ》らくは彼等《かれら》に陰《かげ》で資金《しきん》や武器を提供《ていきょう》していた集団だろう。そしてそれが国家や企業《きぎょう》の類《たぐい》ではないらしい事は容易《ようい》に想像がつく――ルイーゼが看破《かんぱ》した様に、〈アルカトラ〉のシステムは公的立場を持つ組織が量産化《りょうさんか》したり商品化したり出来るものではない。

では――その組織とは一体何なのか。

その組織は何を目的にしているのか。

そして――

（……それらはあるいは、源流魔法使《ルート・ソーサリアン》達と何か関係が在るのか？）

レイオットは脳裏《のうり》に、ミュリエナとの戦いで投げ込まれた異形《いぎょう》の『剣』の事を思い浮《う》かべる。あの後——ロンの声は聞こえる様子も無く、レイオットは何となく警察やネリン達が駆《か》け付けてくる前にあの『剣』を近くの路地裏《ろじうら》に隠《かく》した。

ロンがあの『剣』をレイオットに『託《たく》した』様な気がしたからである。

今はあの『剣』はレイオットの連絡《れんらく》を受けたジャックが回収し、調べている筈《はず》だ。

そんな事を考えていると——


——みあ。


黒猫のシャロンと共にカペルテータがキッチンワゴンを押して居間に入ってきた。ワゴンの上には香茶《こうちゃ》一式と、そしてクッキーが盛《も》られた皿が載《の》っていた。

「あるいはあのメイスン兄妹ですら、これから始まる何かの『生け贄』だったのかもな」

常に何かが何かを生け贄にしている。

常に誰かが誰かを犠牲《ぎせい》にしている。

だからこれは——

「……救われない話です」

「元より期待してないがね」

レイオットは苦笑《くしょう》しながら手を伸ばし、傍《かたわ》らを通り過ぎるワゴンからクッキーの一つを取り上げる。それを口の中に放《ほう》り込もうとしたレイオットに、先程《さきほど》から黙《だま》って話を聞いていたエレナが言った。

「スタインバーグさん。行儀《ぎょうぎ》悪いよ」

「……うん？」

「いただきます位は言うべきだろ。カペちゃんにも、そのクッキーにも」

「…………クッキーにも？」

レイオットは束《つか》の間《ま》、手の中のクッキーを見つめる。

「農家《のうか》の人が汗水垂《あせみずた》らして造《つく》ってんだし。そもそも小麦《こむぎ》だって生き物だし。そういうのの上にそれはある訳だろ？」

「…………」

レイオットはしばし黙考《もっこう》し――そしてふとネリンの方を振り返る。

魔法監督官も同じ事を考えていたのか、苦笑を浮かべて頷いた。

「ああ――まあそういう事か。そうだな。そうだ」

「……？」

エレナが怪訝《けげん》そうに首を傾《かし》げる。

彼女にすれば至極《しごく》当たり前の事を言っただけなのだろう。
だが――
そう。それはそういうもの。だから当たり前。
忘却《ぼうきゃく》するのではなく。
思考停止《しこうていし》するのでもなく。
無視《むし》するでも開き直るでもなく。
受け入れるとはただそういう事なのだろう。
故《ゆえ》にこそ――
「いただきます」
言ってからレイオットはクッキーを口の中に放り込んだ。

The END

あとがき

黒騎士。それは——

……………………………………………………………………

……………つーかそのネタ上巻あとがき先にやったですね。下巻という事でしょーもないボケは省略しましょう。別にネタ思い付かなかったという事ではないです。ないんですったら。ないですよ？／＼しつこい。

どうも、軽小説屋の榊です。

なんかこう、最初は一冊のだった筈の「イケニエ〜」ですが「あれ？　違う。これも。これもだ。これも書いておかないと」とかやりだすと止まらなくなって上下分冊に。すんません。やはり今回もあまり財布《さいふ》に優しくないのでした。これでもあっちこっち削《けず》って可能な限り短くした積もりだったのですが……ううう。

「まあ後半は少なくしますすよ」とか担当のたなぽんに言っていたにもかかわらず原稿用紙

換算で360程になっとりますな。うげえ。まあストジャとしては一巻と並んで薄い方ですが。

そういえばこのあとがき書いている最中になんか左手が痺《しび》れてきまして。

元々肩だの肘だのがやたらと痛くなっていたのですが、某社の仕事で無茶な事をした直後だったので、痛んでも「あー。肩凝《かたこ》りか。でも締め切りあるしなー」とばたばたしていたのです。

でもさすがに指先が痺れてくるとちょっと「うわ。まずいか？」という気に。常にこう――腕枕長時間した後の様な感覚ですね。微妙に指先の触覚《しょっかく》に膜《まく》がかかってるみたいというか。血行が阻害《そがい》される感じというか。

で、仕事に一段落付いてから整形外科に行ったら「レントゲン撮りましょう」と。

で――レントゲンとった結果。

「頚骨《けいこつ》がですね。普通の人と違って貴方は湾曲《わんきょく》してないんですよ」

「はあ」

まあ私は実は顎《あご》も普通の人より小さいので、今更驚きはしません。というか小学生の頃は歯科矯正《しかきょうせい》の痛みで夜も眠れないというのを体験してますので自分の骨格が何処かおかしいというのは自覚があるんですな。どうなってんだか私の遺伝子。

「それでこう——吸収力が低いというか。とにかく首の神経が炎症《えんしょう》起こしてますね」

「はあ」

「さっきぐりぐりした時、左だけ貴方痛がったでしょう。その証拠です。まあ椎間板《ついかんばん》ヘルニアって可能性もありますが」

「は……はあ……」

「とにかく。しばらく——二週間くらいはマッサージも何もしないで普通に安静にしていてください。風呂は控《ひか》えること。首を暖《あたた》めてはいけません」

「はあ（昨日、痛いからって長く風呂に入って身体暖めてたのは言わない方がいいのだろうか）」

「あと、炎症を抑《おさ》えるクスリを出します。食後。それから注射」

「はあ」

「首に」

「…………」

……まあそういう訳で。

ガクガクブルブルしながら首に注射打ってもらいました。まあ痛くはなかったんですが、なんか首に注射とか言われると無条件で筋肉弛緩剤《きんにくしかんざい》とか思い出す私∨変な映画の見過ぎ

しかし注射打たれながら「ネタになる！」とか思っている訳ですから小説屋というのは因果《いんが》な商売ですな。十中八九私以外でもそう思うだろうし。ある作家さんなんか気分悪くなってぶっ倒れる直前、別の作家さんに「資料になるから救急車で運ばれていく俺を撮《と》ってくれ」とデジカメ渡してました（笑）。

まあそれはさておき。

今回出てくるジャックの「新機軸」ですが。元ネタは実は「エイリアン2」のヴァスケズとドレイクが使っていたスマート・ガンです。ああいうのがあると戦い易《やす》いのかなあとか思う私。ちなみに旧い映画で恐縮ですが「エイリアン2」は私の心のベスト5に入る映画なのです。何回見たか最早《もはや》わからん。レーザーで死ぬ程見倒したせいで、ＤＶＤで買い直したらパッケージも開けてなかったりするんですが。

あと。作中に出てくる「魔神の贈り物」ですが。

これは元ネタがあります。グイド・カラブレイジの法理学関係の著作だっけか（ちょっと今資料が手元にないので不明／大学の時に授業で使った本にあった）。これ、普通に見るとエグい話なんですが、作中でも言っている通り、『この贈り物』を車とかパソコンとかに置き換えると色々考えさせられる話です。


さてさて。

最短ならばストレイトジャケット本編はあと3冊となりまする。まあ本当にそれで終わる事が出来るのか？　と問われると若干自信が無かったりしますが。場合によっては4冊、最終話が上中下巻になったら5冊か。番外編があと2冊出る予定である事を考えると、実は代表作である「棄《す》てぷり」と変わらない位の冊数になってしまいました。

いまいち周《まわ》りの状況もあって先の見えないシリーズなんですが、最終話の青写真は出来上がっておりますので、どうか皆様、おつき合いくださいませ。

また毎度ながら地獄のスケジュールに付き合わせて申し訳ない――たなぽん&藤城《ふじしろ》さ

ん&校正さん&印刷屋さん&……もっと多くの方々。
最早毎度こんな感じなので「次こそは」と言えないのがなんとも。
でも見捨てないで……

ではでは。また次の本でお会いしましょう！

２００６／３／２３
ＭＡＣＨＩＮＥ：自作機
ＢＧＭ：無し

富士見ファンタジア文庫

ストレイト・ジャケット 8
イケニエのロンリ
〜THE SACRIFICE 2nd. HALF〜
平成18年4月25日 初版発行

著者——榊《さかき》 一郎《いちろう》

発行者——小川 洋
発行所——富士見書房
〒102-8144
東京都千代田区富士見1-12-14
電話 営業 03(3238)8531
編集 03(3238)8585
振替 00170-5-86044
印刷所——暁印刷
製本所——BBC
落丁乱丁本はおとりかえいたします
定価はカバーに明記してあります
2006 Fujimishobo, Printed in Japan
ISBN4-8291-1814-8 C0193

富士見ファンタジア文庫

ストレイト・ジャケット2

ツミビトのキオク

～THE ATTACHMENT～

榊　一郎

“人間のなれの果て”を狩る戦術魔法士レイオット・スタインバーグ。彼が偶然見つけたものは、“魔法”で殺されたヒトだった。

何らかの魔族犯罪組織の動きを感じ取るレイオット。だがしかし、その裏には、警察の対魔族戦闘部隊の影が!?

真に狩るべきは警察なのか？　レイオットの孤独な闘いは続く……。

ハードボイルドファンタジー第二弾!!

富士見ファンタジア文庫

ストレイト・ジャケット３

オモイデのスミカ

～THE REGRET／FIRST HALF～

榊　一郎

それは男にとってちょうど十番目の仕事だった。郊外にあるとても小さな村からの仕事依頼。

「いつ私を殺すのですか」――血の色の髪と瞳を持つ少女は、村に現れた男にそう言った。少女の紅い髪と瞳は、彼女がヒトでないことの証。そして、彼女の前に現れた男はヒトで無いモノを狩る戦術魔法士。レイオットとカペル、二人の残酷な出会いの物語。

富士見ファンタジア文庫

ストレイト・ジャケット4

オモイデのカナタ

~ THE REGRET/SECOND HALF ~

榊 一郎

時は北歴1951年。ところは郊外の寒村ケルビーニ。事件の発端は魔族の出現だった。生きることに倦んでいるレイオットは、いつものようにさしたる思いもなく仕事を受けた。魔族を退治すれば、それで終わるだけの取るに足りない仕事。しかし、彼はそこで出会ってしまった。深い絶望を瞳に湛えた少女・カペルテータに。どこか似ている二人の出会いがさらなる悲劇を呼ぶ!!

富士見ファンタジア文庫

ストレイト・ジャケット５

ヨワムシのヤイバ

～ THE EDGE ～

榊　一郎

俺を憎め！　レイオットは少年に向かってそう言った。それで哀しみを乗り越えられるならそれで良いんだと。けれども少年はそれを拒んだ。全てを他人のせいにして弱い心から逃げていたんじゃ駄目なんだと。しかし、みんなが強く生きられるわけじゃない。大きな力を持てば強くなれると信じた人を誰が責められるだろう。本当の強さを問う、ハードボイルド・アクションファンタジー!!

ストレイト・ジャケット6

ラクエンのサダメ

～ THE MIRAGE ～

榊 一郎

誰も死なない。誰もが穏やかな生を約束された地。そんな場所があったなら、あなたは行ってみたいですか。そこが、ヒトでなくなる場所だとしても。

　人間のなれの果てを狩るレイオットは言う。世界はくだらない。不公平で不条理で無意味だ。だけど、それでも絶望しきれないから人間は足掻くんじゃないのか。好調のハードボイルド・アクションファンタジー第6弾!!